孝感市重点文艺创作扶持项目

荆楚锣

——赵金禾随笔自选集

赵金禾　著

武汉出版社

（鄂）新登字08号
图书在版编目（CIP）数据

荆楚锣：赵金禾随笔自选集 / 赵金禾著. — 武汉 :武汉出版社, 2024.5
ISBN 978-7-5582-6672-0

Ⅰ. ①荆… Ⅱ. ①赵… Ⅲ. ①随笔—作品集—中国—当代 Ⅳ. ①I267.1

中国国家版本馆CIP数据核字（2024）第075346号

荆楚锣 —— 赵金禾随笔自选集

作　　者：赵金禾
责任编辑：黄　澄
封面设计：袁思文
出　　版：武汉出版社
社　　址：武汉市江岸区兴业路136号　　邮　　编：430014
电　　话：（027）85606403　　85600625
http://www.whcbs.com　　E-mail: whcbszbs@163.com
印　　刷：武汉鑫佳捷印务有限公司　　经　　销：新华书店
开　　本：787 mm × 1092 mm　　1/16
印　　张：18.5　　字　　数：294千字
版　　次：2024年5月第1版　　2024年5月第1次印刷
定　　价：98.00元

关注阅读武汉
共享武汉阅读

老来仍是少年（代序）

◎ 曹军庆

赵金禾说过，有两件事对他影响深远，这两件事直接损害了他的脑子，因而阻碍他成为中国最好的作家。第一件事是他的父母是近亲结婚，父亲和母亲是表兄妹，赵金禾认为，他生命基因中的文学天赋因为父母，一开始就落下了某种先天性缺陷。第二件事是，据他讲，他童年时贪嘴，特别爱吃村口那棵枣树上的枣子，但他个头太小，够不着树上的枣子。大人们恶作剧似的逗他玩，声称只要他在树干上使劲碰一下头，他们便摘一颗枣子给他吃。赵金禾说当时为了吃枣子，就不停地在枣树上碰脑袋，直到母亲发现他额头上有肿块，才阻止了这件事情。他母亲一边在村子里拿刀剁砧板，一边骂很难听的话，大人们便再也不敢哄他在树干上碰脑袋了。回顾这一生，赵金禾说这两件事对他的脑子，尤其是对他文学才能的破坏不可估量。他已经达到了现在这样的文学成就，如果没有那两件事发生，他的成就肯定会更高。

那天我们在安陆县城，在府河岸边，在金泉禅寺下边的湿地公园散步，赵金禾笑容满面地对我讲了这两件事。我对此提出了不同看法，我认为恰恰是这两件事情机缘巧合，凿开了他脑子里的某扇窗口，打开了某个洞孔，并由此开启了他的文学人生，让他成了作家，赵金禾听后哈哈大笑。他今年八十三岁，正在编选他的随笔精选集，他是个小说家，在小说创作之余写下了大量随笔。我们如此这般说话，不是调侃他的文学成就，也不是故弄玄虚地想要证明文学创作的神秘不可知，这仅仅只是我们之间的说话方式，没有其他言外之意。

赵金禾是湖北黄陂人，他的老家所在地如今是天河机场，他生于1941年，1962年从师范学校毕业，被分配到湖北安陆县一所乡村小学做老师。当年他戴着墨镜，穿着军大衣，在乡村小学自由奔放地生活。到了生命的暮年，他还是那个样子。

我一向认为赵金禾身上有种奇迹，这种奇迹就是他从来不曾改变自己。刚来到安陆的赵金禾是个有些潇洒、有些反叛的少年。一直到此时，他仍然是那个“少年”，他天真、和善，从不在背后议论他人是非，从不以恶意揣测别人。

他身上的奇迹在于他从来就没有想过为了获得更好的生存机会或者生存条件而去调整自己，比如调整自己与环境的关系，包括调整生活工作关系，包括调整待人接物方式，甚至包括调整如何说话。很多人在生命当中不管是主动还是被动都会做出某些调整。合理的调整、聪明的调整，或许能让一个人更加如鱼得水，更好地融入生活，从而在生活中更能游刃有余，也更能得到诸多显性或隐性的好处。但是赵金禾没有，他无疑在安陆县城活成了一个“活化石”，他原本是个怎样的人就永远是个怎样的人，从不因势利导地自我调整，从不刻意迎合什么，所以他是个不合时宜的人，有时候干脆是个格格不入的人。又或者在他身上永远具有某种异质性，异质性对文学而言难能可贵，对于生活，尤其对于复杂的县城社会关系来说，异质性会使人陷入某种困境，而他本人往往并不自知。在安陆，赵金禾始终坚持自我，活成了一种符号，实际上这也得益于文学，文学创作成了他的护身符，似乎都知道他是为文学而生的人，这道护身符能保护他免受伤害。他本人与世无争，曾在美国旅居过，也在武汉生活过若干年，晚年又重新回到安陆县城。

有一天，我和赵金禾去了府河三桥，同行者还有长亮，后来我把这座桥写进了小说《漂浮的夜晚》，以下是抄录自小说中的几句话：“这是一座在建中的铁桥，尚未建成，看上去像是正在建造，或者像是正在被摧毁，因而可以说这是一座桥的毛坯，也可以说这是一座桥的废墟。”我们走在这座桥上，赵金禾问我：“从早上睁开眼睛醒来，到晚上闭上眼睛睡觉，这一整天时间你能做到心中始终平静如水吗？”我如实答道：“我不能做到，我是个悲观主义者，我为很多事情感到羞耻。”

其实当他向我提问时，我就已经知道他的答案，但我故意反问他：“你能做到吗？”赵金禾坚定地回答他能做到，他的内心像丝绸一样光滑。这段对话，我移花接木地写进了另一篇小说《无足轻重的人》。我不知道对他的这种生活状态，我是应当为他感到庆幸还是悲伤。

我对长亮说，我们两人要好好搀扶赵金禾，不能让他掉进河里，毕竟他是个八十三岁的老人。但是赵金禾反对我这么说，他从不服老，像中年人那样健步如飞，像青年人那样口齿伶俐、思维清晰，在他身上暂时还看不到衰朽的迹象，不能不说这很神奇。很多人都说文坛是江湖，但是赵金禾写了一辈子文章，却不在江湖之中，这有何不可？无论江湖如何深不可测，无论江湖如何凶险，我不入江湖你奈我何？他从不主动要什么，视名利如无物，必要时还会退让，或避开。我了解赵金禾，这便是他活着的秘诀，也是他长寿的秘诀。

赵金禾的晚年生活不是自己主动建立的，这么说有些奇怪，但却是事实。换句话说，他的晚年生活是被安排的。有几位热爱文学的女性围绕在他身边，照顾他的生活起居，她们有分工、有调度，时间上也有分配、有保证。她们跟他没有血缘关系，不是他亲戚，不是他家人，也不是他曾经的学生，但是她们照顾他，陪伴他。赵金禾亲切地称她们为干女儿，我对干女儿这种称呼不以为然，但是他们的感情甚至超越了父女之情，并在一定程度上纠正了我的偏见。我一直认为，这个世界上谁也不欠谁什么，谁也没有义务和责任必须对谁付出什么，或者谁应该对谁怎么样，一切都是自愿，一切都是自我内心的需要。很多人活得更明白，活得更清醒，活得更有算计，也活得更有边界，每个人都有自己的标准和准则。而在这种时候，赵金禾这群人却活得更洒脱，更无拘无束，于是在他们身上的确能看到某种久违了的古典气质，某种浪漫气质。虽然赵金禾是被照顾的对象，但绝对不仅仅是赵金禾需要她们，她们同样也需要赵金禾，这是一个以文学的名义或者以文学的理由凝聚在一起的温馨的小群体。他们经常结伴旅游，写诗唱歌，参加公益活动，抱团取暖，笑对人生。面对世间的冷漠，其实不必回答爱是什么，善意是什么，爱过又能怎样，回答或者不回答，这都是一直摆在我们面前的谜题。

但是赵金禾确实处在养老状态，可能他自己并不知道，他无意间活出了一种独特的异于常人而又崭新的养老模式。有人在养老院养老，有人居家养老，而赵金禾则住在一间廉租房里，由他的几个既是干女儿又是亲密朋友的同道者陪伴养老。至于他本人，我想借用“归来仍是少年”这句老话，称呼他“老来仍是少年”，这么说好像也不是不可以。

目　录

CONTENTS

第一辑　烟火篇

第二辑　心灵篇

第三辑 文论篇

第四辑 人物篇

第五辑　域外篇

第六辑　附录

第一辑 烟火篇

PART 1

荆楚锣

锣总是跟鼓连在一起的。俗话说，“锣鼓相当”。锣与鼓平起平坐，是兄弟，是姐妹，更像是一对恋人，奏着古往今来的生死恋。

锣的出世大约在汉代。鼓的出世要早些，大约在春秋时期吧。汉代班固在《汉武帝内传》中云：“上元夫人自弹云林之璈，鸣弦骇调，清音灵朗，玄风四发，乃歌《步玄》之曲。”璈者，云锣也。云锣是以小锣十面共一木架，中间四面，左右各三面，大小皆一，厚薄殊制，四正律六半律，与编钟相应，也有用十三面或十五面或二十四面小铜锣的。用现代话说，可谓集束式。

锣一出世，就成了音乐中的响器。锣的地位在明代梅膺祚的《字汇》里已经有了体现：“铜锣，乐器。”

我翻阅元代戴侗的《六书故》，看到这样的字眼：“今之金声，用于军旅者。”可见锣也同时献身于军事，这不是古人的无端妄说。在汉代，朝廷便常常把锣作为一种赐品，赐给出征的部队，激励将士。

铜锣一度服务过祭神。明代的宋濂，在《元史》中说：“鸣锣击鼓，迎赛神社。”可以想见锣的神圣派头。至于宋人赵彦卫在《云麓漫钞》中说“军中以锣为洗”（即把锣当作洗脚用的盆桶之类），以及明人徐渭说“敲锣卖夜糖”，正说明了锣从神侍走向日常、走向民间。

可是，当安塞腰鼓在 1990 年的北京亚运会上一露脸，我便轰然觉着这是锣的抱愧。鼓的豪放、粗犷、厚重，展示了黄土高原的浑然天成。那些击鼓者的武士装束，通过电视屏幕倾倒了亿万观众。那一跳、一奔、一翻、一踢的狂野不羁，诱发了华夏的激情。

我生长在荆楚大地。武鼓属于北方,属于黄土高原,它让我眼界大开。我听惯了属于南方、属于水乡的锣,文静呢,悠扬呢,清脆呢。水乡锣啊,不说是直面,即便是回味起来也醉人。

我的水乡荆楚锣,不跳不奔,不扭不翻,不腾不踢,是一种清纯的境界,有如流水的清音,有如碧波的荡漾,以至有如岩上挂瀑的鸣奏,把个南方活活生生融进了水乡里。

南方的喜庆婚丧,虽然也请鼓出面,让锣鼓合作完成民间项目,但锣的独立自主,像北方鼓的独立自主一样,也自成一统。锣大如簸箕,小如茶碟,其哐哐声,碎碎声,铃铃声,是一部锣的情话、诗话、史话。

云梦泽畔的安陆,曾有位九旬老翁,一生靠打鱼为业,也一生与锣相伴。一只锣在他手里,便能敲出水乡春秋。他的那个敲法也实在奇,敲锣边,敲锣中,敲锣的不边不中,妙音各不同;还有更奇巧的敲法:抱着敲,吊着敲,提着敲,抛起来敲,抬起来敲,手掌闷敲,手指点敲,手腕擦敲……呵呵,人的生命与锣的生命交融着。那敲的艺术,不就是生命的艺术吗?

我敢说他是中国乡村的第一流锣手,他在中国第一流的鼓手面前毫不逊色,他的徒子徒孙散布在荆楚大地。我想去采访他,试图整理他的锣经,可惜,我去迟了,他去世了。我的这篇文章,算是对他的一种纪念吧。

鼓有鼓的一方水土。

锣有锣的水土一方。

鼓是北方,锣是南方。鼓是山,锣是水。鼓是雷鸣,锣是闪电。鼓是戏剧,锣是散文。鼓是迪斯科,锣是交际舞。鼓是男人,锣是女人。这女人做着男人一样事业,君未闻楚地歌谣吗?"小小黄安,人人好汉。铜锣一响,四十八万。男将打仗,女将送饭。"这注定了锣的光辉命运。

锣跟鼓的结合是一种存在。

锣与鼓的独立也是一种存在。

听音乐界的朋友说,中国锣是中国唯一进入世界交响乐团的终身教授。我想这绝不会是靠塞砣子拉关系走后门吧?锣凭着它自己特有的中国音容姿貌堂而皇之走向世界音乐殿堂。

世界第一流交响乐团的指挥家卡拉扬和日本的小泽征尔,都赞赏中国锣,也定购中国锣。据说 19 世纪 80 年代著名的武汉锣厂——老字号"高洪太”锣厂生产了当时的世界第一锣，直径达 1.35 米！

啊呀呀，我的荆楚锣啊。

任何大型的体育运动会，没有像北方鼓那样出现过锣的阵势，这似乎有点不公平。不过也还是有人慧眼识锣，全国第二届农民体育运动会在孝感召开的那一年，安陆就有几百人的锣手出阵。在那个声势浩大的开幕式上，有个大型的团体节目，就叫《荆楚锣》。

我当时简直是没品位地想，这还差不多。

陪客赋

谁都做过客，谁都陪过客。世上有人做客，才需要陪客。经历一番或几番陪客，便知道该如何陪客。

我这个人素来对人热情。这不是我自吹，而是别人的评价。我的热情名声，使我更不敢对人不热情。应有的热情和不应有的热情，真热情或假热情，都是一样的热情包装，在我这里却是一种痛苦的艺术。

我常常想，谁叫我是一个单位的头儿呢？头儿不陪客，客人怪你轻视、蔑视、不重视，你的名声便不好了，你的工作就会遇到麻烦。我这个人生性爱面子，装绅士，来客一律作陪，一碗水端平，十碗水也端平，任你东南西北的客人来了，笑来笑去就是了。有时一闪念，或几闪念，或数十闪念，想陪里偷闲，借故走开，或找个人代陪，无奈客人似乎慧眼含讥，眉宇喻讽，洞穿我做贼心虚的恐慌，我只有赴死一般硬撑。

客人有各种各样的，有来检查的，来指导的，来访问的。他们的神圣使命和使命的神圣，都是对我的最大关心和最大关怀。

跟客人交谈的语言应当规范，口径应当一致；弄清客人的观念如同弄清客人的胃口一样，不能将己所欲乱施于人。

来客之中有我喜欢的和我不喜欢的之分，不喜欢也要装作喜欢。没有任何实际意义的话我也要装作洗耳恭听，我还要在适当的时候戏剧性地来个“啊哦嗯”，或调动笑肌打两声哈哈，让气氛活跃。

对于上级来访的客人，我还要拿出笔记本，做出记录的样子——假记，并不是真记。客人的目光往往像蜻蜓一样落在我的眉毛上，显示出备受尊敬的心满意足。

不同的客人还有不同的陪法。有的喜欢打扑克(那时候不流行打麻将),有的喜欢跳舞,没有对手我就是替补,我扑克技艺就是这样精良的,我舞蹈艺术就是这样造就的。有的客人喜欢瞎吹胡聊神侃,我也要能与之配套,我的三寸不烂之舌就是这样长到四寸五寸的。

酒席上的功夫最难练。我最怕,烟一支接一支地抽,酒一杯接一杯地灌,废话一句接一句地说。我走又不能走,拦又不能拦,只能傻笑,何等痛苦。

客人要走照例是要送的。善始善终,留下光明尾巴。送到车站、送到码头,或送到他们的小车旁,无一例外。偏偏有许多车船误点,偏偏他们自己的车有时不能启动,想想吧,你想他们快乐走又不能快乐走的折磨是多么叫人难受。

记得梁实秋先生写过一篇《客》,那是说私家客的种种,我说的则是公家客,与梁先生的客略有不同,不过实质一样。他说,问题的症结在于客的素质,如果素质好,未来时想他来,既来了想他不走,既走了想他再来;如果素质不好,未来时怕他来,既来了怕他不走,既走怕他再来。

梁先生说绝了,我早就记在心里头了。虽然如此,但当方方面面的客人离开的时候,我还是要硬着脖子说:欢迎再来啊!

说到这话,我真想揍自己一顿,真是虚伪透顶。

男儿的眼泪

作为男儿,我敢站在男儿的立场上宣称:男儿有泪,不比女人少。哪个女人敢说她的眼泪比男儿多呢?即使林妹妹肯从《红楼梦》里走出来跟男儿比试,我看她也未必是赢家。我不说走进《史记》里的那些个男儿的泪,只需推出屈原的那被泪水浸泡过的至今也拧不干的《离骚》,就足以与之竞争。

我常常想,既然上帝创造了人,总不会是让男人欲哭无泪吧。"男儿有泪不轻弹",这句话是不对的。有泪的男儿,一想起这句话,就像小时候要听妈妈的话一样,把眼泪往肚子里吞。

所以男儿多是些爱吞眼泪的家伙。

我真是要提醒世人注意:别看一个个男儿显得潇洒自如,显得风度翩翩,说不准一转身(背了人),就会摔盆子打碗。这便是男儿流眼泪的一种方式啊。

我们不得不承认,男儿除了有相当的水平能够像女人那样呜呜嘤嘤地哭、长吁短叹地哭、呼天抢地地哭,还兼有把眼泪转化为某种行为而发泄出来的技巧。

当真诚遭遇践踏的时候,当正直遭遇打击的时候,当友谊遭遇反目的时候,当爱情遭遇残害的时候,当亲情遭遇疏远的时候,当智慧遭遇愚蠢的时候,男儿的眼泪就往往转化为大笑狂笑,转化为拍案而起,转化为扬长而去。这些行为的巨大推力,就是男儿的眼泪。

据现代散文家梁遇春考证,晋朝人爱讲达观,其实达观也不过是苦闷不堪、无可奈何之时的解嘲说法。梁先生认为,那些无忧无虑的人也是因为无欢无喜。他们没有把天下的事情放在口里咀嚼一回,也不知道是什么滋味,便草草咽下算了。梁先生断定，诙谐是由于看出事情的矛盾。我也想到一位法国戏剧家的话，他说："我不得不老是狂笑着，怕的是笑声一停，我就会哭起来了。"

可见梁先生的断定也还是有支撑的。所以梁先生接着就考证出"眼泪是人生的甘露"。男儿们可以出面作证，我们哭过之后，常常"有形容不出的快感"。这就可以看出一个人因眼泪而达到的境界。只可惜男儿的眼泪也往往受到社会舆论的压抑，什么"不能像个女人一样哭哭啼啼"啦，"不能像个女人一样弱不禁风"啦，"不能像个女人一样婆婆妈妈"啦，仿佛眼泪只是女人的专利，无怪乎男儿总是要分流出相当多的一部分热血去烘干自己的眼泪。

堂堂五尺男儿，谁不愿意做个顶天立地的汉子？有时偏到了屋檐下，就不得不低头了。这个低头的眼泪谁又得见呢？要达到自己的意图，又要不得罪人；要保全自己的真诚美丽，又要牺牲某些真诚美丽；要作出选择，又别无选择，实在难矣。如此尴尬的眼泪，只有悄悄让它流淌，才好过些啊。

有人说女人的眼泪很可怕，比暗器还可怕，暗器至少还能躲，女人的眼泪是躲也无法躲的。暗器只能在人身上打穿几个洞，女人的眼泪却能把人的心击得粉碎。我姑且承认有那么一种女人，是把眼泪作为武器使用的。我想一个男儿是绝对不会使用这个武器的。若那样，人家只会小看他。从这个意义上说，男儿要真是流起眼泪来，那应当说是惊天动地的。

这个世界上，男儿在为男儿制造眼泪，女人也在为女人制造眼泪；女人在为男儿制造眼泪，男儿也在为女人制造眼泪。眼泪的长江黄河无止无息地奔腾，让眼泪诞生了世界，让眼泪滋润了世界。

酸的眼泪，甜的眼泪，苦的眼泪，辣的眼泪，是女人的人生，也是男儿的人生。人生不可无泪，人生不可怕泪。有一天我们的眼泪尽了，我们的生命过程也就完结了。我们有过的辉煌，也归于我们有过的泪。细想吧，别以为我在胡说八道。

沉默的老师

一个人不可能没有老师。老师有不同类型。我要讲的老师，是沉默的老师，我想，他应是世上独一无二的。

沉默的老师，沉默就是他的语言，沉默就是他的表达，沉默就是他的生性。

叫我怎么跟你说呢？沉默的老师，唯一的表现，就是沉默。

也许你还不明白。

我得先介绍一下我自己。我生长在农村，庄稼是我的伙伴。我不知道为什么有一天我渴望写作，我想表达我的天空、表达我的田野、表达我的树林、表达我的河流，还有我的庄稼。

表达欲望叫我不能自已。

今天我才知道，欲望无敌。这欲望就是想当作家。尽管那时候我对作家还不甚了了，却也是糊里糊涂地爱着。

我的乡村不理解我。他们说我不老实，好高骛远，癞蛤蟆想吃天鹅肉。说什么的都有。

不管怎么说，我的欲望让我对我的乡村虔诚起来，对我的土地敬畏起来，我的心灵也圣洁起来。土墙上挂着的世界地图，虽然没有标记我的小村的位置，但我感觉我心里的世界很大。我的稿件带着我的思想去全国各地周游，一个个报刊编辑部的大门紧闭，敲也敲不开，可怜的稿件总是"完璧归赵"，回到可怜的我身边，相依为命。

有时我去城里。大武汉离我的乡村太远，那半边天的灯火，总是让我做着梦想的功课。我鼓足勇气，撞进那高耸的大楼请教，门房里伸出光秃秃的脑袋,打量着我,不让我进去。我只有低着头,看着自己的一双赤脚。

我还找我沉默的老师吧。

他一生的职业是在镇上替人家挑吃水。从河埠到街上,一百多步台阶,他每天上上下下,走完了他的青年、中年,直到晚年。麻骨石砌的台阶,被踏出了脚凹凹,边沿被磨成了滚圆。

他一个挑水佬,没结过婚,孤单伴终生,一生没出过远门。他心目中的武汉,只不过是比我们乡下小镇多几条街道。他不识字,喜欢红纸,爱把没写字的红纸贴在大门上当春联。对待村里人的幸运或不幸,他总是陪着静坐。

他的职业无须他多话,也从来没跟我说什么话。奇巧的是,那天老爹对我开了他的金口:你,不快活吗?

从此我就有了个如下的行动:我想写的稿子,总要跑去讲给他听。他有空没空,总是坐下来静听,没摇头也没点头,一句话也不说。

我只顾讲我的,我把我想的跟他讲,边讲边修正我所谓的腹稿,讲完了就完了,他懂不懂我也不管。他望着我好像忘记了眨眼睛,他神情的专注让我充满激情,感到快意。我面对的,好像就是全世界。

我记得"处女作"发表(在县文化馆的油印刊物上)的那天,又去敲开了他的那扇柴门。

那是晚上,他睡了。我一敲门,他就起来了。我听到擦火柴的声音,趿鞋的声音,粗重的呼吸声。门开了。高老爹手掌着灯,煤油灯的光亮像黄泥汤似的灌满屋子,土墙上摇晃着巨大的身影。我把手里提的一瓶汾酒放在靠墙的小方桌上。

他不解地望着我。

我说:"感谢你,老爹。"

他仍是不解的神情。

我说:"我的'作品'发表了,跟您讲过的作品!"

他示意我在小方桌旁边坐下,他去食柜里端出一碗酸白菜,然后撬开酒瓶盖,跟我对饮起来。我默默地望着他,他突然灵机一动,又开始讲了起来。

我说小村里住着一位不识字的老人,他没结过婚,他孤单一人,一生也没出过远门。他心目中的武汉,只不过是比我们乡下小镇多几条街道……老爹仍是那副专注的神情,突然灿烂地一笑,说:"这讲的,不是我吗?"

戴眼镜的同志收

简直是有那么一点神奇，我刚把手从口袋里抽出来，口袋里的钱包就飞了，在我身边一晃的那个男人也不见了。

我清醒地跑出商店，见有男人慌慌张张地横过马路。他的慌张让我锁定了目标，我庆幸那个家伙在我的视线之内。

我追上了他，以至跟他并肩走着，一时不知怎么开口。我的心跳加快，仿佛我是小偷。

他惊恐地“望”着我，又不敢明目张胆地望。那种望是偷偷的，被什么掩饰着的，恐惧却显而易见。

他知道他面对着他的行窃对象，想摆脱我的企图，被我一句轻松的话打败了：“拿出来吧！”

我又加上了一句：“钱不多，何苦呢？”

“什……什么？”他回了一句，额头已经渗出细汗，那发抖的声音，将他败露了。

我笑了，似乎是笑里藏刀。我觉得我有些残酷。

他红了脸，失去了反抗力。

这种人也会红脸。

我没费多少口舌，他就投降了，将钱包拿出来还我。

我乘胜追击：“要不要证实一下只不过十块？”

“不不不……”他连连摆手，连连后退。

我说，走吧，跟我到公安局去一趟吧！

我觉得我的正义会叫一切不轨人士抱头鼠窜。他没有窜,而是连连朝我作揖。

“求你放了我吧,求你放了我吧!”

他带着哭腔,我心软了。

他说这是第一次。他拿出他的身份证,并展示出两手的老茧,证明他是外出打工的农民。因为别人偷了他的钱包,他才看上我的钱包,他想凑足回家的路费。他说他还没有结婚,要是他家乡的人知道他干了这个事,他就完了……

我有些恶毒地打断他的话:“你是不是还要说你上有八十岁老母啊?”

他知道我是在挖苦他。

“我不骗你……”

尽管他说这确确实实是第一次,而且保证今后不再干这种事,但我说:我凭什么相信你呢?我若是轻易放了你,你会轻易忘记你做的这个事。我要你跟我去一趟公安局,没别的意思,是想加深你对这事的记忆。你到公安局去写个保证,留下你的真实地址——你的诚意,我保证你不会吃亏,包括担保你的名誉。

他不情愿去公安局,但还是跟着我朝公安局走去。他的个子比我高,他的块头比我大,他的力气也肯定比我大,他是不是要寻机袭击我?

我发现我的警惕是多余的,他已经跟我走到公安局的大门口了。

我有一点点感动,想放了他,但公安局的熟人已经见到了我。我讲述了事情的过程,让公安局的熟人要他写个检讨完事。

我送他上车回家,付出了十块钱的代价。

“你看,这十块钱算是你轻易得手了哦,给你做路费吧。”

他听懂了我的幽默,朝我作揖。

“上车吧,但愿你不会行窃我的感情。”

他说:“放心……”眼里满是泪水。

后来他给我写来一封信,感谢我。他从我跟公安局熟人的谈话中,知道我在县文化馆工作,信封上写的是:

文化馆戴眼镜的同志收。

刮刮你的胡子

我的胡子并不是特别茂盛,所以我不需要经常刮胡子。妻子对我胡子的感受自然是敏感些,不知道从什么时候起,她爱说:“刮刮你的胡子。”

我年轻的时候她不爱说这话。年轻的时候我喜欢胡子,我爱留胡子,但我的胡子总像是种植在贫瘠的土地上,迟迟不肯出土,我恨不能施点肥料。

想来好笑,我什么样的胡子没留过?八字胡、撮撮胡、翘翘胡、“仁丹”胡,只是没有留过长须胡。那时候妻子对我留胡子也很宽容、理解:年轻人留胡子是向往成熟呢。不然,为什么流行着“嘴上没毛办事不牢”的“真理”呢?

在我而立之年并没有立起什么,在我不惑之年所惑之事也多,到我知天命之年也还是不知天命。作为某种成熟标志的胡子,并没有给我带来什么好处,对胡子的护理倒是给我带来不少麻烦。

有一天女儿赵莎给我买了一把电动刮胡刀,她要拿我的胡子做试验,在她挥手之间,我的胡子被她彻底摧毁。妻子把我推到镜子面前,惊呼:年轻多了!年轻多了!我也自爱自怜地欣赏了一番,我奇怪我告别胡子的感觉真好。

于是,“刮刮你的胡子”,这经常性的指令也变为我的自觉行为。

老年人希望自己年轻,爱刮胡子。青年人希望自己成熟,爱留胡子。这是不必放眼世界也能看到的现象。我年轻过,我现在也不敢称老(是骨子里不愿称老)。因为人的属性,我也走不出世俗。只是我有时忙了,胡子却忙里偷闲地生长着。

妻子适时地提醒我:刮刮你的胡子。于是我听着小小电动刮胡刀的呼呼声,胡子在这呼呼声里粉碎。光滑嘴岸比邻的下巴,在接受手掌抚摸之际,不必照镜子,我也感到我的精神抖擞。

我的刮胡刀已经淘汰好几代了。胡子的顽强比不过刀片的顽强,刀片阻拦胡子冒尖,无往不胜,胡子却总我行我素。

有一次我急着出门,妻子突然喊了一声:回来!

我站住说,怎么啦?

妻子说,刮刮你的胡子。

我笑了,依顺。

毛遂不避嫌疑

前些天,参加了一个有关人才问题的讨论会。有人私下给毛遂提了一条意见:“好表现自己。”

我大吃一惊。这不是冤枉好人吗?仔细一想,毛遂也是在表现自己,不然怎么能自荐呢!

原来,毛遂自荐并不避嫌疑。他本来就认为:有才能的人,就像放在布袋里的锥子,一定会冒出尖来。不冒尖,你怎么晓得他有才!千里马之所以能被伯乐发现,还不是因为千里马长啸一声地表现自己吗?

我们赞扬毛遂,说到底,就是赞扬毛遂敢于表现自己。这点,是过去所有赞扬毛遂的文章不曾点穿的。我敢说。

近些年来,自荐之风盛行。这是改革之举。然而,“好表现自己”的帽子,还畅销于市场。要不,怎么会把这顶帽子戴在毛遂头上?

跟“好表现自己”相反,“不表现自己”,从来都是作为一种谦逊的美德加以肯定的。众目睽睽之下,谁能说不要这种美德?

于是乎,明明是错误不能说,明明是好事不能做,明明有意见不能提,明明有主张不能讲。怕啊,怕背“好表现自己”之名啊。

“不表现自己”的“美德”误了多少事?如果有可能做个统计,误事的总数,平均分配到每个中国人头上,怕是谁都不会有一张笑脸的。

“不表现自己”,不是美德。

“表现自己”,是表现自己的才能,表现自己的智慧,表现自己的价值,表现自己对人类的贡献。试想,每个中国人都这样“好表现自己”,人人成了毛遂，我们国家不就堪称“毛遂之国”了吗！

“表现自己”，是要有气魄的。

在某些人眼里，“表现自己”跟“野心”是同义语，犹如洪水猛兽般吓人。有志于干一番事业的人，全然不考虑这些。他们像毛遂一样不避嫌疑。他们明智地感受到自己的社会责任。“世事我曾抗争，成败不必在我。”“表现自己”，表现的就是做人的那点精神。

改革的今天，应当受到指责的，倒不是“好表现自己”的人，而是那种害怕困难、得过且过、唯唯诺诺、相互推诿、不负责任、不求成功、但求无过——不敢表现自己的人。

不敢表现自己，就不会有民族的朝气，事业的创造，历史的开拓。

“不表现自己”，是表现了自己的落后。

“表现自己”，是表现了自己的进取。

“野心”跟“表现自己”无缘。优秀运动员李宁，把在奥运会上“表现自己”夺得的三枚金牌，都送给了他的老师、教练和保健医生，自己只留下了银牌。他说，银牌才能说明自己的不足。这是“表现”中的不表现，或者说，是“表现”中的另一种表现：在荣誉面前的表现。

我们能不为表现者的表现喝彩吗？

（此文曾选入全国通用教材高三语文课本第五册及全国中专语文课本第二册。）

我是被政府“宠”过的文人

这事说来也是有趣。

我写过一篇短小说，叫《宋老的感慨》，说的是一位退休干部住在乡下，县里的在职干部经常去看他，他全都招待，吃啊喝呀，还钓鱼，日子长了他有些怨言。有天他有事进城，想去看那些常去看他的干部。那些干部不是称“有事”，就是说“正忙哦”，总之不能接待他，还说“对不起呀，只有下次啦”。他碰了软钉子，在心里骂道：狗日的，你们总是说去乡下看老子，老子今天送给你们看，没有一个要看的！

小说在省报文艺副刊发表之后，被县委以文件形式转发给全县干部学习。《文学报》在头版位置发表新闻：《县委文件登小说，新鲜事》。其他报纸也有转载，如《羊城晚报》。姑且算是引发了所谓的“轰动效应”吧。

还有，我写过一篇杂文，叫《毛遂不避嫌疑》，是为“自我表现”正名的。杂文在《人民文学》发表之后，县政府也以文件形式转发给全县干部学习。这也是少有的吧，让我骄傲了一回。

此外，我写过一篇散文，叫《陪客》，写党政官员对陪客的现状叫苦不迭，却又不能不为陪客推波助澜，如此悖论叫人尴尬。文章在河北一个散文杂志发表之后，被县纪委作为文件转发给全县干部学习。

呵呵，好事都被我赶上了，作为一个县里的作者，我如此受宠：小说、杂文、散文三上县委、县政府、县纪委的文件，我敢说，这应当是中国文坛空前绝后的。赞扬我的言辞在县里满天飞，很多人预言我会升官，会发财，满满地祝贺我好运就在前头……我却“蓄谋”着让他们的预言破灭：我并没有利用时局，并没有头脑发热,并没有失去理智,并没有顺杆往上爬,并没有被谁绑架,仍然是用我的文字发言,表达我对这个世界的看法,把自己喜欢做的事做好……

我不知道是不是要感谢政府对我的宠爱?或许在那种历史条件下,宠爱也是我成长的一种动因?

感谢是应当的,毕竟他们传播了我的声音。至于将它作为我成长的动因,没有的事。受宠或失宠,都不是我在意的。我在意的是,没有人左右我,没有人干扰我,我能自由自在地享受着自由自在,这才是文人的大幸,也是时代的大进步。

社会发展到今天,文人过分地被政府"宠"着是不正常的。靠文章兴邦是对文章的夸张。把文人抬到不适当的地步,那正是文化的奇缺,是社会畸形的胎记。历史是有过教训的。

我如今仍当着文人,其基本态度,就是庄子在《逍遥游》里赞扬宋荣子这个人说的:举世誉之而不加劝,举世非之而不加沮。意思是,世上所有的人都称赞宋荣子,他并不因此就感到鼓舞,世上所有的人都诽谤他,他也并不因此就感到沮丧。

我特别欣赏庄子他老人家的这句话,一直沿用了几十年——这与我的年龄无关,与我退没退休无关,也与我有没有名气无关。

文章写到这里,突然想到作家朋友曹军庆对我的评语。他说,想改变赵金禾的人是徒劳的,除非他自己想改变。"几十年过去了,我感觉他归来仍是少年……"他是在表扬我,还是暗讽我仍"不谙世事"?

送妻远行日记(节选)

2001年7月14日

我怎么忘得了这一天呢?昨天我还跟你一起看奥运会申办成功的激动场面。当萨马兰奇宣布“北京”时,你流出眼泪,我也是。今天上午,我破例没坐在电脑前写作,而是陪你看电视里的相关报道。吃过午饭,十二点半左右,楼下一家邻居打来电话,说“三差一”,请你去打麻将。你退休之后的娱乐活动之一是打麻将。我对你打麻将的态度是支持的。只为娱乐,不为输赢。

下午,我坐在电脑跟前,敲一篇题为《我们赢了》的短文。四点半左右,突然听到你在门外说“开门”。你从外面回来,总是先喊“开门”,“门”字拖得很长,跟从先没有任何异样。你进门便说有点不舒服,然后去了卫生间。你说身上汗了,要洗一下。热水端到你跟前,你坐在小板凳上解开上衣扣子,仍在冒汗。你突然呕吐起来,第一口吐出的是还没消化的饭菜。你说胸口闷,不好过。你坐着不动,仍在出大汗。我说送你上医院。你说扶你到床上去躺躺。进卧室躺下来后,我给你枕头,你嫌高,我换了个矮的给你。你说胸口还是不好过,我说赶快送你上医院。你说:“你去医院请个医生来,我的手脚都麻木了。”我太听话了,没当机立断把你送去医院。我临出门,叫对门的吴老师过来陪你。五分钟的路,我一口气跑到医院,到了急诊室,没人值班。我又急着去找一个熟人,她说:“你赶快去把病人弄来,今天是周六,不出诊的。”我赶紧又往家里跑,进卧室一看,你静静地躺在床上,像平素熟睡了一般。你的双唇已经发乌,嘴里溢出了白沫。我哭喊着,摇晃着你,你已经停止呼吸,走了。我仍是把你背到医院，医生该做的都做了，已经晚了。你就这样走了，我塌了天！

2001 年 7 月 16 日

你的灵堂设在实验小学教室里，这里曾是你献出毕生精力的地方。你在这里静静躺了三天两夜。亲戚、朋友、同事都来看你，没有不为你走得匆忙而感到震惊的。你一直是熟睡的样子，不同的是你不再有鼾声，你现在怎么不打鼾呢？你操劳的人生路是不是太累了，才选择这种安逸呢？

我一直守着你，我的眼泪不干。你的生命已经融到我的生命里，不可解剖，不可量化。你就是我的经络。肉体可肢解，谁又能肢解经络呢？我在为你写一篇专文，题为《在我的背后》，我想写完之后再告诉你，哪知你竟这样走了。

为你开的追悼会是在早上六点半。学校领导致的悼词：你是个好教师，好母亲，好妻子。这有血有肉地刻画了你，把你灵魂复活了，没有半点通常的对于亡人的虚礼。纵然你还活在我心里，但毕竟我没有你了，你的儿女没有妈妈了。你“借助”活人的手脚走到火化炉跟前，我和你的儿女跪在铁栅门之外，我呼喊着：艺琼啊！你的儿女呼喊着：妈妈啊！你被铁面无情地推进了炉膛，我被朋友们架到树荫底下。我唯一能寻找到的是那座高高的烟囱。烟囱开始冒烟。你化作青烟，升腾着，就这样回归了自然。我选择了两块你的白骨，带回你我共建的家里，存放在我的景泰蓝文学奖杯里。一张白纸上，写着我对你深深怀念的挽联：星暗遥天岂仅文章能益我，云迷沧海可堪风雨更思君。

2001 年 7 月 18 日

今天是“复山”的日子。凌晨四点钟，我和你的儿女孙辈们就起床了，天不亮就驱车到达了墓地。按传统的说法，你是新到地府的，还没有受到规范的制约，你会在天亮之前守在墓旁，我们早早地去了，你就会看到我们。我和你的儿孙们不想错过让你看到的机会。只两岁的孙女喜子，被弄醒了后又睡着了。我轻轻拍着她说，乖乖，奶奶要看我们。她居然睁开一对大眼睛，来神了。我们烧纸，敬香，上供品，放鞭，你的儿女流着眼泪跪拜，我也长跪不起。你的儿女要扶我起来，我哭着说，你们的妈妈值得我长跪啊。你看到了我和你的儿孙们吗？我把喜子揽在怀里，哭着说，乖乖，奶奶疼你，保佑你。她却挣开我的手，在青草地上一蹦一跳，脚下一双特制的带响的小凉鞋，有节奏地咯吱咯吱响着，且双手指向布满星星的晨空说，奶奶在天上。生者的生命蓬勃生长着。生与死就是这样交织着、重叠着。生与死的距离有多长呢？

2001 年 7 月 20 日

今天是你的"头七"，我坐在你的灵台前守着你。其实我哪天没守着你呢？我每天上午写作，那是雷打不动的，哪怕是大年初一。你只要看我坐在电脑跟前，就感到安宁、舒心、踏实。朋友们约我出去轻松一下，我不去，你就说，去吧去吧，调剂一下精神也好，多写一点少写一点又怎么样呢？我出了门，你常常是突然把我喊转来，说我头发乱蓬蓬的，你便去拿来梳子替我梳一梳；或是要我换件衣服，或是要我去洗个头脸。我把自己打理好了，你满意了，才放我出门。有你在家，我也是安宁的，踏实的，舒心的。你已经走了七天，只有你的遗像伴我。我的那种安宁、舒心、踏实都被抽空了，整日泪水洗面。

2001 年 7 月 23 日

你走之后的十天里，我没出门。不断有朋友们打来电话，还有海外的，他们远在天南地北，居然都知道你走了。他们深知你是怎样管着我的吃喝拉撒，支撑我的生命，支持我的文学事业。他们知道，你一走，对我会是怎样的打击。在你的呵护之下，我什么家务都不会做，幸福地退化了。生活中的油、盐、米、醋，我以为这些是永远不会用完的，像聚宝盆一样要用就取。现在，我要去买油、买盐、买米、买醋。以前，要是我上街去买一回菜，就是个稀奇，别人就知道，那一定是你病了，或是有事外出了，不然轮不到我。

写作我很精心，但在生活上我是个丢三落四的人。只要是出差，不是衬衣少了一件，就是袜子丢了一双。有一回我应邀到外省去开笔会，你将我携带的东西写在一张条子上：衬衣两件，短裤两条，袜子两双……将条子交给我说："到时候我照条子清点，看你还丢东西不。"当我回家时，你清点我的东西说，你又丢了一件衬衣。我说是吗？你说："我给你写的那张条子呢？"我说条子也丢了。你真把我没办法，只有宽容我的毛病。有一回我对你说，何必写作啊，我不写不好吗？你说："好啊，不写也行啊，那从现在起你就烧火弄饭我吃啊。"我立即说，不行不行，我还是要写作。你笑了，说原来是怕烧火弄饭才写作的呀。

2001 年 7 月 28 日

你的二女儿赵莎从美国赶回来看你，她没能为你送行，便在你遗像前长跪不起。今天的《安陆日报》正好登了一篇纪念你的文章，题为《赵金禾的妻子罗艺琼》，整整一个版面，配发了你生前近照四幅。你善待学生，你教育子女，你牺牲自己成全我的文学活动，已经成为美谈。早就有人要写写你，但都被你笑着谢绝了。这篇文章是我的朋友保群写的，是你勉强答应的。哪知现在成了对你的祭文，呜呼！

（作家卫保群于 2018 年初去世。在此一并纪念，怀念！）

2001 年 8 月 2 日

今天是你的"三七"。我和你女儿清理你的衣物，清出你还没给我织完的毛衣，清出你喜欢穿的那些衣服。你的衣服都是你自己买的，我没给你买过一寸纱，不是我没那个心，是你看不中我的审美水平。倒是我的衣服没有哪一件不是你替我买的，包括鞋袜。我这个人很随意，不拘小节，怕穿那些笔笔挺挺的衣服，那样的衣服一穿上身，我就会失去原貌。有一回你买了套西服，要我穿上，我不穿，要你去退。你说，到底穿不穿？我说不穿。你就随手拿把剪子，不由分说要把西服剪了。我顿时慌了手脚，夺过衣服说我穿我穿。你把剪子一丢，流起了眼泪。我笑说，穿上总比剪了好啊。你破涕为笑，说我老油条。请你再说我老油条啊，可是现在不能够了！

2001 年 8 月 3 日

今天我将盲人弟弟送到福利院了。父母相继去世之后，可怜的盲人弟弟就跟着我们，一切都由你来照顾。我的父母是你操持送终的，你还要照管着我的盲人弟弟。盲人弟弟性子非常不好,一搞就通娘骂老子,不管是什么人他都骂。你念着他是残疾,是我弟弟,只有忍着。有时你也跟他吵,你也有气得眼泪流的时候,却还是照样把饭菜端到他手上。他也照样吃得津津有味,像没事一般。儿女们早就说应当把他送到福利院,她们也愿意出这个钱,但你想着能照应就照应一下,到不能照应时再说。现在又是应了你的话,到了不能照应的时候了。你走了,他哭得动情,他知道你是他黑暗里的光明,现在他的光明没有了,叫他如何不伤心!

今天也是我第一次外出吃饭,朋友请我和儿女。本来我是不想出门的,只愿在家看着你的照片跟你对话。早上出门买菜,我都要对你说,艺琼,我出去买菜哦。我回来了,也总说,艺琼,我回来了哦。我只要是出门,都要这样跟你说一声,你听到了吗?每天给你上饭,给你喜欢吃的菜。今天在朋友家吃饭的时候,我也不忘记给你上饭菜。因为是在人家家里,我也不好明着给你上饭菜,就在自己饭碗里拣些菜,再将一双筷子架在饭菜碗上,我在心里叫着你:艺琼,吃饭哦。以前朋友请我吃饭,也总是要请你一起去,你总坐在我身边,不断给我拣菜,生怕我不会吃不会喝。我嘴边有菜水,有饭粒,你都要拿起你的手帕给我擦擦,一点都不避人。在朋友的饭桌上想到这些,我忍不住哭出声来。朋友轻轻拍打着我的背,理解我的哭声。我知道我要从这种痛苦里跳出来,你也不希望我这样痛苦着,是不是时间会给我疗伤呢?我不知道。

2001 年 8 月 9 日

今天是你远行的"四七"。我将你我的照片都清理出来,单独放进一个相册。我保留着你的一些衣物,仍是放在衣柜里,家里的一切我都保持着原样,我感觉你虚无的肉体就在那里,你的灵魂一直伴着我。鉴于你远行匆匆,我写下了我的遗言,题为《有言在先》,大意是:我的孩子们,你们的妈妈匆匆走了,什么话也没留下,因为什么都来不及。你们的爸爸还活着,一旦爸爸有什么意外,你们只要打开爸爸的电脑,就会看到爸爸的《有言在先》。重要的是一切从简,不必张扬爸爸的丧事,只通知亲朋,你们的爸爸先他们而去了,请活着的保重。不留骨灰(撒向大地),不搞遗体告别,你们的爸爸活着不麻烦人,归去也不麻烦人,这叫生死一贯制。

大哥哭你

我写过一篇祭妻的长文，是《送妻远行日记》的节选，感叹生与死的距离有多远。文章在某杂志发表之后，我收到许多读者宽慰我的温暖文字，尤其是一位湖南株洲的陈姓女士，从杂志社打听到我的电话号码，给我打电话，说她是含着泪水读完我的文字的。

说着，她哭出声来。她丈夫在三年前的一场车祸中走了。一个丧妻之痛，一个丧夫之痛，我们有共同遭遇，她用她的体验希望我节哀，说出“节哀”，她又失声痛哭。

她是株洲高速公路处的工作人员，才三十多岁。一连几天打电话来，总说要我保重。我觉得她还沉浸在自己的悲戚里，我自然是以我的人生经验劝慰她。

一连一个多月，她天天打电话来，这是我没有经历过的事。有一回我不得不说：这样破费你的长途电话费，我实在不安。

她说值得，每天请教赵老师值得，只当读函授的嘛。可是50多天如此，有这样的电话函授吗？

她还经常从她的QQ传来她的生活照，一个活生生的妙龄女子“蹦跳”出来。她从网上下载了我的照片，说“蛮帅的嘛”。我不接话。一次她在电话里问我对香港梁锦松和伏明霞婚姻的看法（那时杨振宁和翁帆的婚姻还没出现）。我知道她的用意，我说那是他们的选择。

她说她就想找一个像我这样有精神品位的人（纯属转述），不怕我年纪大（她从网上搜索到我的年龄）。我着实吓了一跳，怎么可能呢？即便当时有杨振宁与翁帆做榜样，那我也不是杨振宁，她也不是翁帆。我傻笑，装糊涂，岔开话题。

她一再声称，要做我的终身伴侣。她有个儿子，说儿子不要我养。她有很好的工作，说不会要我负担。我清楚我不能娶她。她年轻，应当有更多的选择。我六十好几，遭遇不测的概率比她大，是她随时可能要承担的风险。

我害怕接她的电话，害怕她朝着她希望的方向前进，最终造成伤害。一听是她的电话，我就让女儿接。她明白是我不接她的电话，不怪我，仍继续来电话，跟女儿也谈得来。

我感到不能逃避一个人的真诚，良心过不去。当我再接她的电话时，她说："赵老师，别以为我是个不三不四的女人，别以为我是个嫁不出去的女人……做个朋友也不行吗？"

她的话不能不叫我动容。我说我很乐意做她的朋友。她说："为什么你从不给我打一个电话呢？"我说："如果你不彻底放下你的想法，我就没有必要打电话给你。"她在电话那头哭着说："我放下。"

妹子！大哥好心酸！

她后来打来的电话，显得平静多了。我不时打电话给她。我们谈生活，谈理想，谈奋斗。她说她第一次给我打电话原本是劝慰我的，哪知一次次反被我劝慰，她说我的鼓励改变了她的人生态度。

有次她知道我要去深圳，喜得跟什么似的，要我路过株洲下车，见上一面。我因有急事不能下车，她退而求其次，说株洲是大站，车要在那里停三分钟，要我将车票时间、车次、车厢号告诉她。只要我打开车窗，露出脸来，手里拿本书向她招手——她就会在站台上看到我。

我准备照办，上了车，才知道这趟车在株洲不停。我又打电话告诉她，她说太失望啦！她还特地去做了一个头，花了一百五十元，指望我能看到的！

她在电话那头哭笑着说：是好事多磨吗？

后来知道陈女士得了白血病，她很阳光地面对一次次化疗，因为在她的QQ空间里有每天的乐观记录。我给她寄过钱，一直没有收到回复；给她打电话，是忙音。我一次次地打，一次次的是忙音。终是通了一回，接电话的女人不是我熟悉的陈女士的声音。我问："你是这手机号的主人吗？"她说是啊。我说我找陈某某女士。对方回答说，打错了。我确认没打错，但电话号码却是别人的，去看她的QQ空间，已经有好长时间没更新了。一种不测朝我袭来……

你在哪里呢？大哥哭你！

去深圳相亲

我居住汉口期间，小区医疗室，有位匡姓女医生，五十二三岁。她是保健方面的专家，我常向她请教。她只知道我是个搞写作的，是作家。当她知道我时年六十有二时，惊叹我为何看来只四十多岁，倒问我是如何保健的。我不免哈哈大笑。她知道我妻子去世几年了，有天突然对我说，祝贺你，祝贺你！像是我中了大彩。我说为什么祝贺啊？她才慢慢道来。

她有个朋友在深圳，也是医疗方面的专家，姓徐，比她小两岁，单身十年。她俩原来都是武汉二医院的医生，徐姓朋友应聘去深圳几年了，两人一直保持着姊妹情谊。匡医生对徐医生说："我手头有个不错的男人……要不要见一面？"说得徐医生心里痒痒的，说："我本来没有再婚的念头，既然你看中了，我也会看得中，你就把他带来见见面吧。"

深圳那边的女人大气，匡医生也大气，但是我也不小气。匡医生说："她人好，心善，一月拿几万，没有负担，还准备开自己的诊所。她什么都不缺，就缺一个像你这样的男人。你们在一起肯定幸福。我多的不说，这回你自己去感受吧。"

这是我们临行之时匡医生的简明推介词。

爱情是浪漫的，也是现实的。此行不求有戏，但求有趣。红娘带我去深圳是个周六，她的朋友还在医院上班。我们早上八点下了火车，直奔医院。我让红娘在大厅里坐一会儿，我则去她朋友的门诊办公室门口走动，俨然是一个病者家属的走动。她穿着白大褂，坐在电脑跟前移动鼠标，一直没抬头，我没看清她的脸，但我不着急，不愁看不到。不知过了多长时间，红娘带我走到徐医生身边，悄声笑说，"上门女婿"来了哦。

双方微笑，公事公办地握手。接下来有病人来看病，我们就坐在她办公室，也像是来看病的人。我喝着自带的水，静观默察。病人一走，我们说了几句与主题无关的话，病人一来，我们又是静坐。病人不断，我们静坐不止。

中午在外面吃便饭，徐医生买的单，我并没争抢着去买，连买的意识也没有。我的理由很充分：我是客人。就餐中我们说了些不咸不淡的话，谁都没有突出的表现。回到办公室休息一会儿，又来了病人。幸好我总是随身带了本书，总能自己安顿自己。直到下午六点多，我们才离开医院，坐四十分钟车去了她家。

在一个高级住宅的风景区内，她家房子不大，挺有档次。红娘做饭，她做家务，我在室内走动，有一句没一句地跟她们说话。她们随便，我也随意，相亲的意味深藏着。

饭后她带我们去看灯火下的小区夜色。回头路过偌大的一个亭子，有音乐声起，有舞者飘逸。她请我跟她跳舞，红娘也怂恿，我便像回事地踏着音乐节拍舞起来，想必不失绅士风度。

她的舞姿让我大开眼界，尤其是拉丁舞和国标，跳得美极了。她一下子变得像个小女生、小精灵，生动无比。红娘说："她曾是武汉拉丁舞比赛第一名呢。"怪不得！

徐医生适可而止，说"回家休息吧"。回到她家，洗了准备休息。她俩睡一张大床，我在单独的小房间睡一张小床。我没有关房门，她们也没有关房门。我听到她们在床上打闹，说笑。红娘似乎在怂恿说，有胆量地去呀，去呀。我听着忍住暗笑，不敢笑出声。

这两个女人笑疯了。

第二天徐医生休息，两个女人带着我外出，我成了跟随。徐医生去买水果，红娘推着我的身子说，去呀，图个表现去付款啊。我只笑，岿然不动。

上公交车时，徐医生买我们三人的车票，我也没图表现。晚上女主人邀我去广场跳舞，她说她总想选一个拉丁舞伴，这可比选爱人还难。红娘笑说："她选中了你，她身边的这个位置是你的。"红娘见我不置可否，女主人说，那也得竞争上岗哦。我哈哈大笑。

在徐医生家里待了两天，她对我很好，吃饭给我夹菜，饭后给我倒茶，说话轻言细语，还要我多玩两天。我当然懂她的意思，越是这样我越不能多待，因为我准备不足,心动不够,有些辜负她了。

离开她的屋子,那情谊有些让我感动与不舍。她笑着说了一句:没掉什么吧?

我生性幽默地差点说出这样的话:我的魂好像掉在这里了……这近乎挑逗了,我立马回归正常地说道:我希望在武汉请你吃热干面。她说“你真大方”,分别就是这最后一笑。

晚上跟红娘一起坐火车回武汉,红娘自然是问我“怎么样”,我说你的朋友挺好,没说别的。红娘不满意答案,要我明确表态。我只有明说:“真的对不起你,对不起你的朋友,我不想找有钱的女人做太太,那样我会失去自我。”

红娘说:“我可要告诉你,你的本色和你的气质征服了她。她是多么高傲的女人啊,香港的千万富翁追她她都不答应的。不过没关系,没人勉强你,你也不能勉强自己,大家还是朋友。”

是啊,两个女人和一个男人,都是知了天命的人,世上什么事没见过?相逢一笑是首歌。不往心里去,各干各的事,各过各的日子。熟透了的人生,单纯又美丽。

谢谢,红娘。谢谢,徐女士。

世界有你们真好。

寒山夜

那是一次华山之旅，山下是正儿八经的春天，上山气温一下子从春天跳过夏天跳过秋天来到冬天。我把毛背心、毛裤放在山下的招待所是个失策，薄薄的长裤被冷风灌得鼓起来，满满的冷却又是空荡荡的冷。登山散发出来的热气，远远敌不过山上骤然袭来的寒气。

沿着悬梯般的台阶，一步一顿往上爬，眼睛不能朝两边看。我只能看前面人的脚往上提，那是一双白色的旅游鞋，搭配的是红底的花色裙子，修长的腿在我眼前一弯一曲，裙摆飘飘忽忽。我脚下一滑，带了点声响，她一转身，把手伸给了我。

她是广州的。我们组成一支上山的临时队伍，结伴而行。

上山是摸黑。有人抱怨，为什么不白天上山？我说这里山路陡险，路旁多是万丈深渊，人一看就要吓得半死，还敢上吗？夜色正好掩盖了我们害怕看到的东西。

队伍里有人握着手电筒，光炬照前照后，我们借光前行。在很窄很陡的路段，持手电筒的人发出警报：把手牵起来！我们的队伍便手拉手缓步而上，手臂和手臂成了流动的人链，连话都不敢说，只有喘气的份。

眼前是一片混沌的黑洞，手电筒的光炬是我们走出黑洞的希望。光炬里滚动着逼人的寒气，谁也没有想到上山是这种鬼天气，人们的远见卓识不能运用到一切方面。我们又冷又热，走累了也不敢停下来，停下来会冷得更彻底。

在平缓些的路段，持手电筒的人解除警报说：好啦，危险地方过去了。于是我们的队伍可以松松手，可以说说话。有人说起爬山有过的危险，怎么掉下去一对年轻恋人，报纸有报道。有女生叫道：不说这，不说这！

在我们前面的远处和我们后面的远处，有好些光亮在闪闪烁烁，星星似的。那也是上山的队伍，我们平添了一份心理上的强大力量。

我的鼻尖突然感到一阵冰凉，像刀削的感觉。有人叫道：下冰雹了。接着是冰雹夹着雨雪，铺天盖地而来，带着音响，带着气势，顿时使寂静的黑夜喧闹起来。

持手电筒的人突然大叫：啊，这里有一个岩洞！队伍立即钻进岩洞躲避冰雹夹着雨雪的袭击，洞里顿时暖和多了，跟洞外全然不一样。陆续上来的人也挤进洞里，越挤越多，一个挨一个，身子紧挨着坐下，互相取暖。几把手电筒的光炬在洞里交错晃动，看得见湿漉漉的岩壁长满青苔，和缩着脖子耸着肩的瑟瑟发抖的人们。

我的两腿像冰水浇过似的，麻木了，不能自已，彻骨地难受。我让两腿叉开，紧贴着我前面人的身子两侧，暖意渐渐上来了，驱赶着腿上的寒气。坐在我后面的人也叉开两腿，夹着我的身子两侧，像两根冰棍贴着我。我触摸到那腿子的膝盖光光的，没有长裤掩护，立刻意识到这是穿裙子的腿，裙摆未能盖住膝盖，有些发抖，我用我的两臂去暖和它。同时，我也意识到我的两腿被我前面的人用双臂暖着。

疲倦袭击着大家，洞里安静了。我竟然伏在前面人的背上睡着了，做着温暖的梦。骤然一阵嘈杂声，我从梦中醒来，有人说：哦，天亮了，雨雪停了。

我睁眼一看，洞外出现了亮亮的青光。大家纷纷出洞跺跺脚，弯弯腰，踢踢腿，伸伸臂。当走出洞外时，我注意到了红底的花色裙子。她也蹦蹦跳跳，朝我一笑，我也一笑，算是完成了只能意会不能言传的美好沟通。

我们的队伍重新组合，又出发了。

道观一宿

其实下山的时间是富余的,只是腿上的零部件出了点毛病,不便即刻下山,躯体也需要适时安顿,于是有了道观一宿,让我沿着武当山的传说深入15 世纪初的幽渺梦境。

管理员破例允许我跟真武大帝握手, 我和真武大帝在五百多年后一握,我胸中一下子填满五百多年的风雨雷电。真武大帝享受着现代人的香火,仍然以五百多年前的光彩照耀着人们的眼睛,或者说心灵。

山上的黄昏有点不干脆,要来迟迟不来,来了迟迟不去,去了也是拖泥带水,一片混沌。我像是被黄昏推了一下,跌进远古的心脏,被混沌浸润着。

这一夜并不特别,是武当山平常的一夜,寂天寞地回到了最初的存在里。白天的武当山金顶,显现在现代的滚滚红尘里,历史和现实各不相犯地对话着。

半夜星光蠢动地爬进窗来,星光不能证明我是睡过还是醒过。木鱼声把我拉到了睡和醒的边缘。一位白天与之交谈过的年轻道姑让我的灵魂钩来了灵魂,深化着那场交谈。

她说她是北京某宗教学院分配来的。她的纯古善心和她的现代心智,被我视为山峰上冰雪的化身。一边是神,一边是人,才造就了武当山的深沉名气,不知是人伟大还是神伟大。

第二天大清早,有一群人早早上山。他们打着彩旗,举着火把沿路焚裱。一汉子闪亮在火光里,他用两根铁钎子锁住了嘴巴:铁钎由左嘴角插进,从右嘴角穿出,铁钎子的一头还系着红绳,尖尖的另一头在滴血。

我惊呆了。

有人告诉我，这叫烧“锁口香”。传说武当山下的河边，有座龙山，山里出了一条孽龙。孽龙作孽，坑害河里的船工。老百姓想上山请真武大帝降龙，去的人少了怕真武大帝端架子请不动，去的人多了又怕惊动孽龙，于是想了个法子：打着朝山敬香的旗号，每人都用铁丝锁口，孽龙就会想，他们不会是去告发它的，都锁了口呢，不能说话呢。

一群人到了真武大帝那里，一个个把锁口的铁钎子拔去，禀报了孽龙的劣迹，真武大怒，将孽龙变成一条石龙。人们说，南岩宫的龙头就是。

我见那汉子跪在真武大帝面前，已经拔去铁钎子的嘴巴在流血。他从从容容地用香灰把伤口一抹，血便渐渐凝固成血疤。

汉子可以说话了，不是跟真武大帝说话，是跟我说话。我说：你要告谁的状呢？他说他不是告状，是还愿。十几年前，他们家穷，父亲说，要是哪天发家了，就要上山给真武大帝烧香。我说不用铁钎锁口不行吗？他说不行，锁口是心诚。去年来锁的是一根，今年来锁两根，明年来就得锁三根。锁过三根就是还清了愿，会好上加好。

一老道上前说，你明年再不要烧“锁口香”了，真武大帝托梦给我，他老人家说他再也见不得血了。汉子将信将疑，还是点头答应了。

大约是我跟老道的缘分，他向我吐露了天机，他说朝山的山民提着富足之后买的香油白酒泼在金顶周围，是个大浪费，制而不止。于是，老道出面说，真武大帝见不得那些浪费，受不了那些油酒交错的气味。朝山的人只有把酒把油留下，让真武大帝的“经纪人”慢慢受用。

梦幻一夜之后回到人间的夏天，接受了五百年之后的阳光烘烤，带着一身抖落不掉的宗教气息，在香客的队伍里扮着香客，崇拜 15 世纪高超的冶铜铸雕技艺和建筑智慧之余，也献出一番虔诚。

一腔热的血与亿万年的冷

上山的路是现成的。

不是因为走的人多了才成了路，是许多人要走才修了这条路。

去宜都聂家河镇的古潮音洞时，仿麻石台阶弯弯曲曲，石头与树木一路与我并行。走到了山腰，在古潮音洞停下，树木石头们已经站到了山顶。

树木是拼着命朝天上拥挤，石头是“挨到些挨到些”显示出亲密。雨水被树叶轻轻托着往下坠，是怕摔碎珠儿。

想到诗人谷未黄跟我“同居”的那一夜，他为我朗读他的散文《隐居在兰草谷的石头》。

那些石头不知被什么人出卖了，在城里呼唤着家园。他一次次来到山里，带来流落到城里的石头的消息，石头们哭泣了。汉子谷未黄朗读得哭泣了。

悲天悯人的诗人，悲天悯“石”的诗人。我的心颤动了。泪即佛心啊，我的兄弟。

告别了树木与石头，进入古潮音洞。

古潮音洞为大型石灰岩溶洞。据考证，它成洞于寒武纪时代，距今约5.3亿年。

进到洞里，我把我还给了自然，不知我为我。

洞里的轰鸣，如风声鹤唳，便是潮音了。这里奇的不只是潮音，还在于洞叠洞。洞里有口竖井般的洞下洞，沿着三峡地区最大的地下钢铁旋梯下坠数十米，又是一番洞天。瞬间与永恒大约就是这么一坠吧。

洞下洞是一湾地下河水，出洞要坐十分钟的船。我见水就想亲近，因我是冬泳爱好者。谷未黄把我的心里话说出来了,他说:“金禾,你敢不敢下水裸泳?”

我说有千里烟女士在此,岂敢岂敢?

哪知千里烟喊着:裸,裸,裸!

众人起哄。

对不起兄弟姐妹们,那我就裸啦。

我跳下水的时候,仍穿着短裤。但短裤橡筋太松,不配合,清流早把我的短裤褪到了脚尖。在水的掩护下,我干脆把短裤拎起来丢到了船上,并游在船头。

掌声在洞里响起,谷未黄成了我的摄影师。

太阳被永远地驱赶出洞外,我揪住人造阳光游向光明,有巨石伸长脖子饮着永恒的寂静。

我想边游边唱歌,又怕亿万年的深沉被打搅而止住了。

我在亿万年的冰冷里赤裸滑行、搅动,算是对大自然表达了敬意。

一腔热的血与亿万年的冷,亲近无隔世。

无数支清流在山体内蠕动,然后聚集,找到出口,奔放而下,便成了江河的发源地。

洞里的心思在洞外,洞外的心思在洞里。我们来自哪里,我们要到哪里去?不必追问,每个人都有自己的发源地。

在洞外,我跟武汉《文化报》的年轻副总王永芳有过一番谈话。她引用吉卜赛人的话说,时间是用来旅行的,生命是用来遗忘的,心灵是用来歌唱的,肉体是用来享受的。我想吉卜赛人是个多么率性与洒脱的民族啊,而我们总是摆脱不了意义的纠缠,到了大自然里也还常常被意义“钉”着不放。

我们的形体实实在在,内心空空虚虚,才能成为接纳万物的一个新我。庄子的圣意,我们为什么往往只能用来说教呢?

拜访庄稼

我生长在荆楚大地，像生长着的一茬茬庄稼。荆楚大地生长着我的代代祖先。我的祖先是农民，我的家族是庄稼。如今进入了城市，我不会忘了常常去拜访我的庄稼。父亲已经很老很老了，老得像干枯了的庄稼，他还在蓝天底下昂扬着，等待着大自然的收编。庄稼和父亲，父亲和庄稼，哪个更壮烈呢？

去拜访庄稼，我总要带上我的孩子。孩子在城里生长着，我仍然给孩子灌输着庄稼的知识。他知道的庄稼，只是庄稼的果实，只是在粮店里的寄居物。我的孩子只几岁的时候，就喜欢听我的父亲讲庄稼的故事。家门口就是田畈，就是水塘。水塘和庄稼的关系，水稻如何扬花，油菜如何开花，棉花如何爆花，这些乡下的花事，父亲讲得有趣，孩子听得有趣。尤其是在那些水稻正孕育着大米的时候，小麦正积蓄着面粉的时候，花事正追求着果实的时候，我更是不失时节地带孩子去拜访庄稼。

我总记得那样的画面：我牵着牛，孩子骑着牛，父亲扶着孩子。牛悠悠地走着，孩子在牛背上一耸一耸，父亲的脚步与牛的脚步同频，父亲也是悠悠的，我也悠悠起来。我们穿过一片桃林，麦黄桃熟了，我让牛停住，桃枝上吊着的一颗桃子，就停在孩子的嘴巴跟前。

我对孩子说，张嘴。孩子就张嘴。

我说，啃。孩子就啃，但怎么也啃不着。我就大笑。父亲要伸手去摘，我说，这叫君子动口不动手，父亲听了也大笑，孩子也大笑。孩子笑的意义不同，她不懂“君子动口不动手”这个成语，孩子大笑是因为我和父亲在大笑。

牛在嚼着稻草的时候，那是很悠闲的。牛在靠近小山一样的稻草垛旁站着，嚼了一口，又从草垛里抽出一口稻草嚼着。这样反反复复，渐渐把草垛抽出了个洞。父亲看着那个洞，笑着教导他的孙女说：这就叫坐吃山空，晓不晓得？哪知孩子说，爷爷，不叫坐吃山空。父亲笑着说："那你说叫什么呢？"孩子说，那牛不是坐着的，是站着的，要叫站吃山空。我跟她爷爷又是大笑。

在乡下吃饭是不用愁菜的。鸡们在山坡的青草里扒小虫子吃，父亲嘴里唤一声"鸡喽喽"，鸡们就飞下坡来，集合在父亲的跟前。父亲朝天撒一把谷子，鸡们忙啄食。父亲来个突如其来的动作：往下一蹲，便抓到一只鸡了。要吃鱼也容易，父亲提着网到门口鱼塘撒一网就是了。孩子喜欢吃鸡蛋，跟我小时候一样。母亲总是一煮一葫芦瓢毛壳蛋，想吃就可以随时吃。为了方便，母亲给我织了个小网兜，网兜里就网上几个毛蛋，网兜就挂在我的颈子上，要吃只拿，网兜里也总有。我走路一蹦一跳的，胸前的网兜一摆一摆的。湾里人见了总是笑，叫我"小吊蛋"。我已经是儿孙满堂的人了，回乡见到长辈，他们还叫我"小吊蛋"呢。

父亲非常疼爱他的孙子。孩子能走路，能跑能跳，父亲也总爱把孩子扛在肩上。孩子呢，也神气起来了，有时要父亲把他放在一只箩筐里坐着，然后要我和父亲用扁担把他抬起来走。有时是父亲挑着一担箩筐，一头装着孩子，一头放些土砖好平衡。父亲就这样挑着儿子，在湾前湾后走来走去。湾里人就笑说：这个"小吊蛋"，比你爸爸小时候还"吊蛋"啊。

在一片树林子里，父亲卸下担子，伸手摘下一片树叶，放在嘴里，吹得滴溜溜地响。父亲的嘴一鼓一瘪的，很是有趣。我还真想不到父亲有这个情趣。跟孩子在一起，父亲仿佛是个孩子。我如今做了父亲，只会像城里的许多家长那样对孩子说："你一天给我背一首唐诗……" 我的父亲不知道教我背唐诗，只会教我种庄稼。后来，在我的脑子里，既有庄稼，也有唐诗，我也渐渐知道了庄稼和唐诗在一起的好处。

每次回乡，邻近的庄稼人都来看我和我的孩子。他们说我的孩子一年一个样；他们说我是孩子的放大版，孩子是我的缩小版；他们说昨天还是孩子的人，一晃眼就有了这么大的孩子。在我的眼里，一年三百六十五天跟庄稼打交道的庄稼人，一天天朝老里走去。他们都像庄稼，成熟了，都是果实，是很伟大的；成熟了，同时也在消亡，也是很悲哀的，伟大和悲哀互为过程。我的孩子会有一天懂得的。

有一年遇到春旱，几十里外水库里的水，放到我们那个村里，往往得十几个小时。水库早上开闸放水，到半夜才能放到我们那里。那是个没有月亮和星星的夜晚，村里人都出动，去照水，怕中途有人把渠道扒开个口子，水就放到人家的田里去了。我和孩子也跟父亲去了，我们随父亲沿着渠水走，听着渠水哗哗的响声，孩子觉得挺好玩。走不多一会，孩子叫累了，我们就坐在渠埂上。青草极柔软，孩子躺下来，我也躺下来，末后父亲也躺下来。我对孩子说，你听，你听到了什么声音吗？孩子说，流水的声音。我说还有什么声音？孩子说，青蛙的声音。我说还有呢？孩子说，还有蛐蛐的声音。还有呢？孩子就说没有了。我说，你再听听，仔细听听。孩子也真做出仔细听的样子，说，还有远处狗叫的声音。我说还有，孩子实在说不出来了。想不到父亲这时插嘴说，还有秧棵喝水的声音，秧棵伸展根须的声音，秧棵发蔸的声音，秧棵含苞的声音。我要告诉孩子的，就是这些个意思，叫父亲这样说出来了。我顺着父亲的话说，还有种子破土的声音，还有叶子制造养分的声音，还有花果鼓胀的声音。孩子突然说，爸爸，还有个声音。我说什么声音？孩子说，还有妈妈的声音，还有奶奶的声音。我惊奇孩子的头脑里也有了诗意。

庄稼人的世界很古朴、很纯善。城里人的精明算计，常常叫我向往我的庄稼。在每一个有月亮或没有月亮的夜里，在庄稼以外的天地里，许多人向酒杯溺毙自寻的烦恼，向舞厅倾泻无端的疯狂，向“方城”打发烦恼的时间，庄稼人却在用自己的脚步丈量着土地，在保卫着庄稼，在孵化着明天的收获。

只要看看父亲，只要看看庄稼人，就能叫你怦然心动，叫你记住庄稼的形象。我常常想，城里人也真是奇怪，对于一片片的森林遭到砍伐不痛心，对于阳台上的盆景却是那般偏爱；对于江河里的鱼虾遭到工业废水的污染不痛心，对于客厅金鱼缸里的金鱼却是那般受用；对于世界上的许多动物濒临灭绝不痛心，对于动物园里的困兽却是给予了“最惠国”待遇。扩展的城市在占领着乡村，乡村也在试图效法城市，这是好还是不好，谁来评说？

每当我告别庄稼的时候，我觉得我的根须从来没有离开过土地。我还能在城市里活鲜鲜地生长着，生长在坚硬的水泥地面上，我没想到仍然是那片土地在给我提供养分。我的作家朋友陈大超写过一首关于拜访庄稼的诗，我将原文抄录在这里，作为此文的结尾。谢谢大超让我如此掠美：

孩子，爸爸带你拜访庄稼去吧
爸爸带着你去，带着你去拜访
正在为我们孕育面粉的小麦
和即将为我们生长出大米的秧苗
还有那比金子还要灿烂的
在我们的日常生长中散发芳香的油菜花
孩子，在你认识父母的同时
也认识它们吧——自然
还有芝麻绿豆玉米高粱……
它们跟父母一样可亲可爱
跟父母一样对你有大恩大德
孩子，跟爸爸一起喊一喊它们吧
爸喊一声你喊一声
用最亲最亲的声音最虔诚的态度
好，请记住它们的名字吧
像记住自己的名字和父母的名字一样
孩子，爸对你没有更多的愿望
爸爸只希望你长大之后
能经常到乡村去拜访拜访庄稼
坐在疏松的田边，和它们倾心交谈
然后在回来的路上想一想
自己和它们到底是一种什么关系
爸宁愿你不去拜访名人和伟人
也要去拜访庄稼

那地方没有狗

我对被狗们包围的记忆常泛起恐惧,那是许多年前的事了。

那天我去一个叫草坪的村子,四条狗同时从地下冒出来似的,朝我汪汪直叫,一步步逼近。它们的两只前腿绷得像箭,两只后腿蹲得像弓,发力就要射向我。

没有救援,我吓得半死。

我猛然下蹲,狗们一齐后退。我顺势拾起土坷朝狗们掷去,狗们以为我有什么新式武器,不敢上前,也不甘失败,仍是虎视眈眈地造声造势。

我且战且退,退到了水塘边。

狗们团结一心,要置我于死地而后快。我仍且战且退,扑通一声,退到水塘里了。

狗们在岸上汪汪直叫,大约是欢呼它们的胜利。

那时候我还不会水,幸亏有一位妇女路过,伸出扁担把我打捞起来了。村民把我这恐狗的笑话传了许多年。

许多年之后我再去了那个地方,是麦收季节。很巧,进村就碰到当年救我的那位妇女,我应当叫她大妈。

大妈已经七十多岁了,竟然还在禾场上举起连枷拍打麦穗。粉红的麦粒从麦壳里跳出来,蹦得老高,然后又回到麦草间聚集。

大妈穿着长裤长袖衣,袖口和裤腿口被布带扎着,怕麦穗钻进衣服里头。麦穗滑头得很,到了衣服里头,会随着人体的活动朝纵深发展,锥得人难受,这就是麦芒厉害的一面。

大妈满脸大汗，不敢贸然敞开衣袖和裤腿。

哟咧咧，那不是那个赵同志吗？

大妈还记得我，认出了我，但我没有认出她。

她停住手里的事，提醒我，你还记不记得你人急跳塘啊？

我哈哈大笑，说，大妈是不是想说狗急跳墙啊？

大妈说，现在没有狗了。

那次我遭遇狗袭之后，村里人把那些狗打了吃了。

大妈说是怕县里来工作的同志跳塘呢。

以后那个村里不养狗了。

大妈是村里的干部，大妈说了算。

这一次我住在大妈家里。

大妈的儿女们都在城里，她不想进城，要住在乡下，种着责任田。

夏夜我跟村民一样在禾场上乘凉。星星在天上编织着童话，流萤在追逐着水塘，没有一丝风，蚊虫趁火打劫地乱咬人。

我极为佩服在我旁边睡得呼呼打鼾的村里人。

那一夜，大妈坐在我的铺旁边为我扇着芭蕉扇。

芭蕉扇不停风不停
芭蕉扇干我的汗
芭蕉扇出我的泪
芭蕉扇来我的梦
芭蕉扇醉我的心

这是诗人朋友赵俊鹏的诗句。他多年前的生活感受，表达了我多年之后的心境。

当我第三次去草坪村的时候，房子还在，芭蕉扇还在，却没有了大妈，她去了天国。

听村里人讲大妈的故事，后来将它写进了我的中篇小说《那地方没有狗》。我的小说是大妈的故事构建起来的，算是对大妈的纪念。

不写杂文

我曾宣称，不写杂文。

写过几年杂文之后，怕写杂文，便经营起小说来。有人觉得我不写杂文可惜，说：“你的优势在杂文上，你看你的杂文还上过《人民文学》。”我只有笑的份。我不想争辩，一争辩便又是一篇活生生的杂文。

没人知道我为什么不写杂文。

写杂文太累。写杂文的头脑要全方位打开，要捕捉思想，要发现问题，要苦口婆心，要深恶痛绝，要润物细无声，又要拍案而起。落笔之时，面前仿佛是站着一个或几个人，我指着他们的鼻子尖，做着通情达理的演说，好像我是个救世主。

谁听我说呢？

我愤怒的对象不看杂文，看杂文的不是我愤怒的对象。我白累了。

写杂文也不排斥有歌颂，叫歌颂性杂文。我也试图写了写这类杂文，有一回我把写这类杂文的体会文章投到河北的《杂文报》，跟一些杂文作家探讨，结果引起了《杂文报》的一场争论。

有说我是“歌德派”。用别人的话说，我太像用杂文拍马屁。据说杂文是拍马屁的天敌，我跟天敌不为敌，是哪路货色嘛。我驳倒别人或被别人驳倒也累。

我败下阵来算了，做不了英雄做狗雄也罢。无奈杂文界里是没有狗雄的，杂文的天资是人的脊梁，不然杂文不成为杂文，鲁迅也就不成为鲁迅。唉，与其窝窝囊囊写杂文，不如不写。

还有人给我指点迷津，说，何必在杂文里剑拔弩张呢？我说我没有剑拔弩张啊，我说我学会了运用温和、运用修饰、运用包装、运用幽默啊。

骨子里的东西总是骨子里的东西，不可改变。人家对号入座和坐着对号总是把我烦死了。这种死是不明不白的，没人认账的，日后给我的悼词也不会加一笔颂扬，不划算的。

不写杂文也就写小说吧。我发现写小说能叫我藏而不露，我藏在小说背后窃笑，笑得分外开心。譬如我写过一部叫《学习》的中篇小说，写的是县委宣传部组织常委们的学习生活：实实在在搞形式，认认真真走过场。

小说在《人民文学》发表之后，宣传部部长对我有些意见，说我不该在小说里揭宣传部的短。我说这是小说，不是杂文。我的解释不能叫宣传部部长满意，从此对我失去了信任。

邻县的一位宣传部部长看了《学习》之后，对他的下属说："你怎么把我们宣传部的事情告诉了赵金禾呢？"

这话传给我了，怎么能不叫我窃笑啊，哈哈哈。

写杂文是露而不藏的，想藏也无处藏。这像打仗，你不能猫在战壕里，你要冲出战壕，面对面地、灵魂对灵魂地肉搏呢。

写小说要吸收杂文的营养，越吸收越是藏得深；写杂文也吸收小说的营养，越吸收越是锋芒毕露。这就是艺术门类的艺术差别，其艺术功能诸如审美、认知、人生价值、生命体验，应是一致吧。

不管怎么说，我愿意写小说，我愿意把我藏起来。一些报刊约我写小说我欣然接受，一些报刊约我写杂文我婉言谢绝。

事有凑巧，我这篇文章刚刚写到这里，一位朋友来访，他一看题目就说，不写杂文？他怀着兴趣看了，然后说，《不写杂文》不就是一篇杂文吗？

天哪，我怎么还是逃脱不了写杂文的命运？

金禾书屋：文人的心理

朋友办了个书屋，搞批发，搞零售，也出租图书。朋友说："你给书屋起个名字吧。"我说，是得好生起个名字。朋友说，起个什么名字呢？

我说让我想想，那些大而无当的，那些艳丽虚浮的，一律禁用。想了一两天，还没想出来，我才发现，这个名字也不是好起的。既要醒目，又要有内涵，要独特，还要讨读者的好。

朋友说，怎么，难倒了作家？

作家就怕作而不佳，所以不敢轻易作了。

朋友说："我说个现成的名字，就看你同意不同意，就叫'金禾书屋'如何？"

这下子倒是把我怔住了。用我的名字，这哪行？如果我是多么出名，那我这个名字倒还是有些效应的。想想有些名人开个什么公司、办个什么商行、搭建个什么平台，只名字一挂，生意自然是好做的，钱也自然是好赚的。不行不行，我怎么能跟他们那些人相比？

不妥，人家会笑话我的。

朋友说："你跟我一起到大街上走走看看吧，那一家家的商店招牌，什么雷老三电器修理部、余善卿眼镜行、盛万祥裁剪铺，你能说他们比你有名？"

我被他问得开窍了。雷老三、余善卿、盛万祥都是人名儿，也是店铺名儿，人家肯定不会像我那样把自己与名人挂钩。人家那才叫生活，那才叫自然，那才叫无阻无碍的潇潇洒洒。在我这里倒还有那样一番羞羞答答的故事，我这般自怜自爱的文人啊。啊呀呀，好没意思。

"金禾书屋"名字定下了，牌子做了，挂也挂起来了，开业了好多时，有天我听到两个人看着那牌子议论。

一个说，金禾书屋——那是不是作家赵金禾开的书屋？

另一个说，是的。

一个接着说，作家也开始想钱了，难怪现在没什么好书。

另一个说，铜臭。

我缩在书屋里不敢露面，如何跟他们说得清呢？那就不说吧，只是不知那雷老三、余善卿、盛万祥有没有我这样的纠结。

父亲的见识

害了一场大病的父亲，居然“过五关斩六将”地活过来了，身体也很快硬朗起来。七十岁那年，还能挑着一百二十斤的担子在田埂上闪闪悠悠。来我这里住上三五日，就吵着要回乡里去，任你对他是怎么样的孝顺，怎么样的“最惠国”待遇，父亲都付之一笑，像个孩子似的说：“你看，我的腿都肿了。”

腿肿了，是父亲在我这里清闲的“收获”。我留父亲多住些日子的聪明，就是让父亲有事可做。劈柴，提水，捏煤球，上街去打酱油，这些事层出不穷。不过后来我们用上了自来水，有了煤气灶，且还有长起来的孩子，所以父亲的劳动就要大大地减少。父亲提议要帮我在五楼楼顶的平台上种菜，他说他去城外取土。我说免了免了。这一免，就免得父亲难以受之。我叫父亲去逛大街，去看热闹，父亲说不如踏田埂看稻子更痛快。

没有办法，父亲的腿肿就是父亲要回乡下的“证件”。

作为儿子，我总是远离父亲。父亲先是挑着行李送我到黄陂县城读书，我的行李在父亲的肩上，我也在父亲的肩上；后来父亲又挑着行李把我送到工作岗位。我比父亲还高还壮，父亲总以为我还小还嫩，以至我以后回乡看望父母，我担着空水桶到池塘里去挑吃水，父亲总是说：“你的肩膀是蓄住了，压不得。”父亲硬抢过我手里的扁担。到我以为父亲很老很弱的时候，父亲还说：“只要动得我就要动，我不想到你那里去吃闲饭，真正到动不得的时候再说。”其实父亲是不愿眼睁睁地舍弃他流过血、流过汗、流过“青年盛年”，也正在流淌着“老年”的土地。

父亲七十三岁那年，父母亲，还有一个盲人弟弟，在他的率领下，迁移到我居住的安陆城吃商品粮，这还是国家对我这个资历不是太高、贡献不是太大的人的关照。我对父亲说："你的编制在城里，你老不能不'调防'啊。"父亲说："我还能动啊。"母亲是父亲永远的同盟军。母亲说："你赚钱不多，又有三个孩子要负担，再添三张嘴，怎么是好？"

父母的大义与贤良让我眼泪涌动。所以我们家就是兵分两路，父亲统帅一路，我统帅一路，一直这样行进着。我常常寄点钱回去——那是多少钱呢？每回都是二十块，我每月总共也只赚三十九块哦。父亲都存着，一旦我陷入困境，父亲总是反过来赞助我。父亲每年还要送来些乡下的土特产，让我这支城里队伍感觉父亲那支乡下队伍也不赖。

父亲又老又瘦，但他仍旧刚强。我居住的五楼明明有垃圾道，父亲来了，偏偏要提着垃圾桶下到一楼倾倒。我也总想充实一下父亲清瘦的身体，买回一些乌龟王八鳖之类的滋补品熬汤。父亲得知那些东西几十块钱一斤，连连摇头说，人抬人高，人抬物贵，这类东西过去在麦田、油菜田、栽秧田里多的是，只勾着腰捡就是，没几个人想到要吃它。父亲先知先觉，知道那东西是吃得的，养人的。他说："你们城里当个宝，可我和你妈以往是吃厌了的，还值得你现在花那么多钱去买？"所以父亲坚决不吃，硬是把熬好了的那些肉和汤汤水水，分给了他的孙儿孙女们。

我的读者一定知道武汉天河国际机场，我的老家就是那里，机场航站楼占的就是我家老宅呢。那时候正是决定修还没有修的时候，事前就要做好搬迁工作，所占土地、房屋、树木，都要作价付款。因为我父母亲和盲人弟弟早就移民安陆了，户籍不再属于天河，没有土地费，没有补偿费，这样一来，一下子少了大几万块钱。母亲和盲人弟弟一想起来就痛心疾首，一谈起来就摇头摆脑。父亲开导说："莫失那个悔，是你的就是你的，不是你的你也得不到，得到了也还是要吐出去的。"

当我回老家去接我父母亲和盲人弟弟"调防"时，父亲带着我在已经不再属于他的防区内巡视。父亲以及父亲的父亲的父亲，祖祖辈辈坚守的阵地，正叫那些钢打铁铸的现代化机械摧毁得面目全非。父亲告诉我，哪里是我们家的老屋地基，哪里是父亲种过的责任田，哪里是我小时候的放牛场，哪里是我们赵家的祖坟，父亲还问我对这些有没有印象。可眼前是钢铁吼叫钢铁推举的钢铁威力，父亲只是万般无奈地，把自己的阵地交给了钢铁。

坐汽车又坐火车向我的阵地转移的时候，父亲一路不语。母亲说父亲是在担心他的腿子会肿，我说父亲是在担心腿子肿了之后怎么消呢。父亲突然大声说："你们错了。"我们是怎么个错法，父亲始终没说。

有一天，父亲悄悄走进我的书房，在我的写字台前站住了。我仍写我的，父亲又悄悄地走开了。不一会儿，我又感到父亲的呼吸声在我耳边放大。我一回头，见父亲就站在我背后。父亲的目光越过我的肩头，在看我写字。我放下笔，搓搓手，揉揉脸。父亲说："累了吧？我看你比割谷栽秧还累呢。"

父亲是不轻易进我的书房的，他怕打扰我写字。偶尔进来了，也只在我旁边站站就走，并不久留。这回他连着两次进来，一定是有话要跟我说。

果然，父亲说："我问你个话，你写了我的？"

"是的。我写过您，叫《拜访庄稼》。"我问父亲是怎么知道的，父亲说是听说的。

原来是一位朋友来家找我，而我出门了，朋友便跟父亲拉起了家常。朋友说：你儿子不简单，是专门写文章的。父亲说，是的，他写了几麻袋呢。我的朋友大笑，父亲说，是真的呢。朋友说，你儿子还写了你老的。父亲没问写的什么，竟然记住了这事。

父亲种了一生的稻，熟悉种稻就像熟悉他自己。除种稻之外的事，父亲是不会关注的，所以我也是第一次跟父亲谈起写文章的事，父亲似懂非懂，我想以后可以跟父亲多谈，有话题就好。

可是没过几天，父亲就去世了，我实在后悔，没能跟父亲多谈谈。父亲的内心，就像父亲的稻田，很强大，很富有。虽然我们家不再有人种稻了，但种稻精神一万年也不会被打灭，只是以后种稻的方式不同罢了。种稻精神会是永存的。后来我写了一部中篇小说叫《父亲种稻》(发表在《长江文艺》1999 年第 10 期)，专门写的父亲，只是父亲不会再来我的书房了。

灵魂会来吗?

荣升为爸爸之后

结婚后，我就盼望着当爸爸。我的爸爸常常对我说："你当了爸爸以后就晓得的。"当了爸爸之后是不是就要变得聪明些呢？许多事情，我对我爸爸的不理解、不体谅，大约就是我没有当爸爸。看来当爸爸是人生至关重要的一课。

我得感谢妻子，她适时怀了我的孩子，奠定了我荣升爸爸的基础。在十月怀胎的日子里，那不能谋面的小家伙的动向，总是牵动着我的神经。我跟妻子常常讨论着孩子应有的聪明和漂亮，她像爸爸还是像妈妈呢？一半像爸爸还是一半像妈妈？是既像爸爸又像妈妈？诸如此类问题，总是让我们有着浓厚的兴趣。

第一个孩子终于在一个静悄悄的黎明降生，我也就在那一刻的庄严里荣升为爸爸了。我常常研究着熟睡的孩子，她是父母的缩小版，父母是她的放大版。她是父母的独立体，也是父母的组合。她现在从父母这里来，日后要到哪里去？许多的神奇，都是我们想探索的奥秘。

我在孩子的摇篮旁边选择孩子的未来，让她当记者？当作家？当学者？当演员？当干部？当教师？当工人？孩子是我的希望。我想任其自然，也想修剪着自然。在一个个希望的新鲜的日子里，换着一块块尿布。不能让她饿了，也不能让她过饱了；不能让她哭伤了，不能让她笑累了。冻也冻不得，热也热不得，吹也吹不得，晒也晒不得，碰也碰不得。我母亲把经验都传给了孩子的母亲，我爸爸的教训也都教育着我这个新上任的爸爸。

孩子会对人笑一笑，会对人叫一叫，长了第一颗牙，迈动第一步，会数数了，会唱歌了，会讲故事了，会背唐诗了，都是我们要告知世人的重大新闻。我在跟孩子的亲昵里塑造自己的理想，这让人惊喜，惊喜得恨不能把人类的知识和智慧变成压缩饼干喂进孩子的小嘴。

孩子上学之后操的心，就好像是自己在上学。作业做了没有？书背会了没有？挨了批评了没有？得了表扬没有？考试成绩好不好？在班上算第几名？学校演讲比赛有没有参加？诸如此类层出不穷的问题，也一直纠缠着我。与其说这些是对孩子的监护，还不如说是对我如何当爸爸的测试。

我的爸爸是从旧社会过来的，我带孩子自然比我爸爸带孩子要先进得多，但也不免继承了某些不好的传统：呵斥孩子，以至试图拳脚相加，且还名曰"是要你学好"。即便是天下最差劲的父母也有最好的爱心，这是肯定的。在儿女面前树立起最好的榜样，也是一切爸爸不愧为爸爸的追求，只可惜良好的愿望也常常"适得其反"。

有一天，我正在写作，儿子蹦蹦跳跳地出出进进，不肯待在家里做作业。我拿出做爸爸的威严说："做作业！"

儿子有儿子的威严，说："我玩会儿再做！"

我说，现在做！

他说，不！

我说，做了再玩！

他说，玩了再做！

我也无计可施，让他去玩一会儿吧，孩子嘛。

也不知过了多长时间，我突然听到咚咚咚的敲门声，我问是谁，门外说："我是妈妈，快快开门！"

原来是儿子，跟我开玩笑呢。我迟迟没开门，儿子说："我是回来做作业的呀！"

哦，我还忘了我有过的指示。

儿子从挂钩上取下书包，往我的写字台上一丢，要占领我的地方，我只有撤退到小方桌上做我的"作业"。

我又听到儿子突然一声喊：不准动，举起手来！

儿子已经用玩具手枪瞄准了我，我吼他道："不准胡闹！"他调皮地睁大眼睛，表明听到了我的警告而没有服从的意愿。他坐在写字台前扭动身子，仿佛在试验椅子结实的程度。试验完了，又钻到桌子底下，喊着要我跟他一起捉迷藏。

我说，起来！想屁股开花吗？

他起来了，并不安分，一会儿拖椅子，一会儿拉抽屉，弄得我烦透了，我上前照着他的后颈窝就是一巴掌。儿子惨惨地“哎哟”一声，瘪着嘴，半天哭不出声来。我准备打第二下，他抱着头，哭喊着说：“爸爸，别打我，痛啊，我做作业……”儿子哭诉着说他是在寻找擦笔头，我就觉得我不应该了，我的心也痛了。

当儿子安静下来做作业的时候，仍是不计前嫌地叫着爸爸，说：“爸爸，这道算术题怎么做呀？”

我低头哭了，不让儿子看见。我在想，当爸爸的该怎么从孩子身上学点东西呢？

我的“随脑”

写了好些年，长长短短的，大大小小的，磕磕绊绊的，陈谷子烂芝麻总有一箩筐吧，毛笔、铅笔、钢笔、圆珠笔，也不知用过多少，平生没想过会丢掉手中笔的。

不料有一天，妻说，买个电脑吧。她是看到本省有名望的老作家徐迟率先改用电脑写作的新闻，是要我学习徐迟吧。对新鲜事物，我总有探索的欲望，于是买了。那是 1991 年，买的“286”电脑，小型的，也算是低配的吧。不过那时候用电脑的少，不然徐迟用电脑不会成为新闻。

面对那东西，我麻爪了。那个英文键盘，它认识我，我不认识它。电脑的操作程序、注意事项，我看了，也总记不住，抄在纸上，贴在墙上，天天看，天天背，像小学生做功课。什么键名字，高频字，几级几级简码字，弄得我头晕。我又做起了小学生，划算吗？

在学校读书的时候，我最怕死记硬背。函数公式、几何公式，直到现在我还时不时地做着那些噩梦，挨老师的批评。做作业，总有抄袭的劣迹。

既已上阵，也不好退却，只得头皮一硬，学！

学得好烦，且躁。我练的是五笔字型，那么多字，按我的书写习惯，倒笔顺笔在我这里已成定论，可五笔字型的笔画顺序，也定论地输进了计算机。此定论跟彼定论冲突，又把我拉回小学生状态，我像服从老师那样服从机器。到大街上走走，满处都是四通打字的营业场景。那些坐在键盘面前的小姑娘，跳动着自己的手指，把个键盘运用得那么熟练。我就大胆地往前走，不停留，拿出我的问题，谦恭地请教那些小妹妹。

我请教最多的自然是楼下的那位电脑操作员。她家的小家伙，刚上幼儿园，仰望着我说："我妈妈教过你了还不懂，你是大笨蛋。"说着，他的头还一点一点地，笑死我了。

有好些事，不经历，不实践，是不能掌握的，就像问路，问了不去走走，也到达不了目的地。是不是笨蛋，就在于去不去走一走。小孩子的话也让我思考。

写作是我生命的一种形式。我不认为写文章是一种伟业，我只是想完成我作为一个老百姓的快乐心愿，沾沾自喜也罢，洋洋得意也罢，我只是自己喜欢自己这样罢了。我有个笔名，叫"搁笔穷"：一不写，搁笔了，思想就穷了，心灵就穷了，精神就穷了。刚用电脑那会儿，不适应，无异于搁笔，可想我有多纠结、多苦恼。欲罢不能，不罢不能，何苦来哉。

有一天，家里来了个小伙子，他拿出一篇文章，要我指教。他知道我在学电脑打字，问我学得怎么样，我没叫苦，却是苦笑着连连摇头。

他说，不难。原来他大学就是电子计算机系毕业的。

我遇到电脑高手了。他说当作家的人，学这个有什么难的？单凭他那个口气，就把我的信心建立起来了，我也算是找到了正宗的老师。

我调整了策略，一方面继续用笔写，一方面试着用电脑写，实行"双轨制"。什么时候学会了就丢笔，反正不着急。那时候的感觉很奇怪：人离开了电脑，就想走近电脑；走近了电脑，又让我想放弃电脑。若即若离，若亲若疏，折折腾腾，最终让我离不开电脑啦。

我上机敲出的第一篇文章，就是这篇《我的"随脑"》。"随脑"，便是弃笔的代称。这篇文章，从输入题目的那一刻，到敲至此处，足足花了我六天时间。这篇《我的"随脑"》输到三百字之后，突然停了电，我没有在输入中存盘，也不知可开启自动存盘，三百字就在瞬间没啦。

我的三百字啊，比我损失了三千元还叫我痛心。

我怕我忘记，就用笔将那三百字凭记忆写出来，电来了再输入电脑，这种笔和电脑的结合，想必不是我的首创，却是我学习电脑写作的恼人案例。

这篇文章写到这里，可以打住了，我便立即存盘，怕又突然停电。好啦，得写下这个日子：1991 年 9 月 21 日。《文艺报》当年开辟了一个《作家换笔》专栏，将此文以电子邮件发过去，编辑回话说：好，立即见报。

如今的情形不可同日而语。熟练的程度不是我一分钟能敲多少字，而是我能随心所欲地在电脑上通过手指、手臂抵达心灵：随着心灵的节奏，电脑屏幕上跳动出一个个端庄的汉字。人脑与电脑的配合，左手与右手的互动，手指与手指的协调，全然是换笔之后的另一番境界，岂不快哉！

历史为什么有时不理会

国人知道湖北有个安陆的，不是太多。国人不知道李白的，怕是很少。

李白在安陆住过十年，这十年，李白以安陆为中心漫游，长了许多见识。李白后来成名，没有人不说这是个重要基础的。

安陆人很骄傲。出差在外，有人问是哪里人，我会说，安陆，还要加一句：就是唐代大诗人李白住过十年的地方……许多人无动于衷，最多也是几个“哦哦哦”。对于熟悉并喜爱李白的人，便有勾魂摄魄的功效，于是他们说，真想去看看，真想去看看。

其实没什么看头，李白曾居住的许宅毁了，读书院也没了，倒是留下了李白的洗笔池、下马桩，以及白兆山顶的古银杏树（据说是李白亲手所栽）。安陆人真实的看法，就是说着李白“酒隐安陆，蹉跎十年”，讨了个安陆老婆，是当朝宰相安陆人许圉师的孙女……

读过文学史的人，大约知道，李白在安陆的历史只是个粗线条。郭沫若著的《李白与杜甫》里，讲到李白在安陆十年的事，也不过几百字。尽管有不少学者的专著提到李白在安陆的十年，但都是粗而又粗的线条，没血没肉，像被风干了的人物标本。

对李白略知一二的我，二十岁从孝感师专毕业之后，就是冲着李白在安陆十年，才来到安陆教书的——我就不明白，为什么学界一直忽视了李白在安陆的十年？既然李白自称“酒隐安陆，蹉跎十年”，那应当是有许多心酸故事的，历史怎么肯忽略？

呵呵，好在历史进入 20 世纪 90 年代，安陆知名和不知名的一些文化人，组成颇为壮观的李白在安陆的考证班子，在有条件和没有条件的时候，坚持再坚持，花了几年的时间，写成了一本当初颇为壮观的书，叫《李白在安陆》，把李白在安陆的十年风尘凝聚在书里，鲜活地描述了李白在安陆的伟哉壮哉。

安陆文化人走进了书斋，也走出了书斋，将李白研究史上淡而无味的单线平涂，从此变得细腻而辉煌了。全国的李白研究专家们说，这填补了一项空白。

今天的世界太精彩，也太无奈，肯走进书斋的文化人不是很多。想一想，倘若是孔子、庄子、司马迁、杜甫、班固、蒲松龄、曹雪芹他们不肯走进书斋，不肯运用书斋，那我们还有值得骄傲的五千年文明吗？不敢设想矣。

辉煌是有迹可循的。李白的遗址遗迹在安陆的那个白兆山上。李白无论如何也想不到，他当年的读书堂、洗笔池、拴马桩，以及摩崖石刻，一经保护起来，就成了一种精神。李白就在那精神里永生，后来人永恒朝拜。

仿唐建筑的李白纪念馆，兴建在安陆城西山上。这建筑用了多少钱我不知道，我只知道配套建筑再也无法进行下去，因为拿不出钱来。孤苦的李白纪念馆的主体建筑荒凉在风里雨里，景点梦挣扎在缥缈里不知何时醒来。

有人抨击这是一种不切实际的点缀。还有安陆的某重要官员，曾经在某个大会上说，老提李白有什么意思？李白能当饭吃当衣穿吗？发展经济靠李白吗？

我和老朋友李白研究专家张昕坐在台下，听他胡说八道，背着他把他批了个狗血淋头。

我们常常批评秦始皇修万里长城的暴政，但又常常以万里长城是在月球上能看到的地球奇观之一，而自豪得手舞足蹈。李白在那个年代生存着，生活着，不想收获到后世的敬仰。秦始皇也不是为后世能够开辟旅游点赚钱而修长城的。世事的演变总是不太单纯，历史的面孔往往带着十分明智和几分滑稽对我们微笑，考验我们的悟性。

现代人站在现代人的立场上考虑问题，多半把未来交给未来处理。当前的事，历史也总是不太愿意理会的。李白在安陆十年的重大事实，也许在十年、二十年之后可以得到诠释，信不信由你。

（注：此文写于 1994 年 8 月，录入本书已是 2022 年 8 月，28 年了，世人已经看到了事实：李白文化终是成为“诗画安陆”的一大特色和无可替代的文化名片。）

感觉是我的家

作家总是栖居在自己的“语言”之家，在“家”中感知外面世界的冷暖，感知人生的精彩与无奈。

作家也不能成天待在那个“家”里，于是就有了出走，譬如去行万里路，譬如去跟现实握手，譬如去拜谒圣贤，譬如去结识崇高。“96之夏老河口‘南清华’笔会”（即1996年武汉《芳草》杂志召开的笔会），就让武汉地区的那些实力派中青年作家走出来了，给了作家们许多结识的机会。作家与作家之间的友情自不必说，作家感受到的除作家之外的东西，就已经让我满载而归了。即便我现在坐在电脑前，手指有序地敲打着键盘，在南清华的那些个感觉，也拥挤着滋滋往外冒，变得无序了。

无须作家的特有敏感，一到南清华那个地方，就读到了文化的品位。中西文化构成的门楼，唐宋八大家作品的石刻，草坪上撑起的遮阳伞，灵婴池伴希腊式女神塑像，间隔的圆柱，不能不说那是文化的智慧和智慧的文化。

我居住的是五楼，在廊檐上往下看，发现那灵婴池不是一般的游泳池，外形就像母腹中的婴儿。透过清澈的水面，白色的池底还镶嵌着黑色的瓷砖，那黑色的形状，也恰似婴儿在母腹中。我就依在栏杆边，久久站立，向母亲致敬，向婴儿致敬。

我们都是从那样的形象过来的，我们在母腹中待了十个月，便是跨越了亿万年的进化。父亲和母亲的那一次结合，千载难逢地造就了一个“我”，形成“我”作为一个人的伟大胜利。我们来到这个世界的每一个时刻，都是我们的乘胜前进，何等幸运。

我问过这里的人,他说这里都是他们国税局的局长卢苇设计的。这里原本是老河口市国税局的干部培训学校,叫“南清华”之意,是北边有清华大学,南边也应有自己的清华。“南清华”就是卢苇那种大气魄的大写意。

好个卢苇,他的文化意识渗透在他的生命里。后来又知道他是老河口市作家协会副主席,襄樊市(现襄阳市)作家协会理事。那不是挂名的,“主席”主事,“理事”也理事。他写散文,写报告文学,写影视剧本,写中篇小说,四面出击。在领导干部当中他是个作家,在作家当中他是领导干部,别人总比他少点什么,他也总比别人多点什么。这多点什么的好处,无疑是一种营养:营养着他,也营养着他的部属。

在“南清华”的那个座谈会上,我说,卢苇代表的国税局要收税,我们作家要纳税,通常说来这是一对矛盾,但作家成了纳税人,在经济上也给国家作了贡献,卢苇高兴,我们也高兴,我们就真正是一家人了。

八天笔会的接触,我们跟卢苇、跟国税局其他领导的关系极融洽,无论是到民间参观访问,还是上武当朝拜真武大帝,卢苇总陪着我们。他拿着那个电喇叭,一时成了解说员,一时成了演说家,一时成了国税宣传员,又一时成了民间故事的讲述者,他那个头脑,配合他那个口才,是再好不过的了。在晚上的舞会上,想不到他还能像回事地唱“想你想你想你”,他说我们走了之后他会想我们的。我信!

现在我回到了我的家,我也在想他,在想国税局的同志们。那个地方,感觉是我的家。那时我在那个舞会上唱的就是《回到拉萨》:

……
纯净的天空中有着一颗纯净的心,
不必为明天愁也不必为今天忧,
来吧来吧我们一起回拉萨,
回到我们阔别已经很久的家。
……

我想,那家就是民间、民情、民意、民心。那天我们离开的时候,卢苇跟车送我们,而他的同事,也是一直陪同我们的张科长——一位河南豫剧唱得极好的女同胞——在车下看着我们离开，我们在车上齐声喊着：张科长，再见！张科长，再见！我邻座的青年女诗人华姿说，别喊了，也别说再见……她说她忍不住眼泪了。

我看到车下的张科长已是热泪满眶。

墓 城

我的朋友去了,去了那墓地。

每一座凸出地面的墓,是独立单元的永久住所,它们排列齐整,俨然划出了墓地的大街小巷。

这是一座新兴的发展着的城——墓城。没有古今,没有黑白,没有是非,没有功利,这便是墓城的特色。

墓碑是统一的建制。每一座墓碑,都代表着没有门牌号码和街道名称的超现实主义。

只有在清明节,我才到墓城去看看那里的朋友。

墓城里的青烟任爆竹肆意放纵,响声噼里啪啦,“噼”不开一座座墓的大门,也“啪”不醒安息了的墓中人。

清明节的喧闹,是墓城的喧闹节。

在青草地上一坐,铺一张报纸,或一块塑料布,便是餐桌。卤菜,点心,啤酒,饮料,美滋滋地享受。下棋,玩扑克,踢毽子,打羽毛球,还有在墓城捉迷藏的小男孩小女孩。墓里的人和墓外的人,特有的和谐。

两个世界并不妨碍这种和谐。

婴儿咯咯的笑声被揽在一位少妇怀里,挂在少妇眼睫毛上的泪珠昭示着什么呢?

生,伟大吗?死,悲哀吗?婴儿与坟墓,新生与死亡,开始与终结,在这里聚会、组接、重合。这生死距离是怎么个长短呢?

显赫的名字和不显赫的名字在这里平起平坐。热的血,硬的骨,智的脑,浓的情，都在这里成灰。能留下名声的和不能留下名声的，在这里留下的，都只是仰仗水泥保护的痕迹。

墓里保护着的灰和墓外坦荡着的灰，原本都是大自然的家族，只因墓里的灰曾化为叫作人类的东西，才值得人类保护。

谁是高贵的灰，谁不是高贵的灰，都依大自然的脾气，在大自然的怀抱里统一起来。灰归灰，尘归尘。从灰尘始，到灰尘终，不是谁在对生命嘲弄，而是生命过程，也是一种自然的崇高与赞颂。

你来了，我去了，生命忙碌着，大自然公平着。

墓城是登场者的教材，人类不可能没有教材。这墓城教的是墓文化，墓文化留下的意义，是不必待后人去挖掘的，因为清明节的扫墓者都在演绎。

墓地从古代走来，也朝古代走去。《史记》里的人物不见得都有墓地。所以有些人不要墓地，不要水泥的遮拦，他们让自己的骨灰无阻隔地归于大自然。

每个活着的人都懂得，人总是要死的。虽然终将加入骨灰行列，但不是等待着成为骨灰，这便是生命的光彩。生命成为骨灰是生命的最后胜利，而不是失败。所以我们不难理解庄子的“鼓盆而歌”。

我们习惯于研究人生观，那个知名的现代散文家梁遇春，喜欢研究人死观，梁遇春的研究值得我们接着研究呢。据说，日本和尚常常是提着骷髅拜年，是以死来提醒生。我们每到清明扫墓，应当也是这种意味。我们常到墓城走走，会走出一些人生哲学来的，我想。

十六岁的奠基礼

叔的楼上租住了一家人，那家人上下楼都要打从叔家的客厅里过。那家的一个女人见了我说，这就是他叔常说的那个大侄吗？我那个时候很年轻的婶娘就说是的是的，就是他。

看来他们常常拿我做话题。

原来那家人有个女儿，小我两岁，也是读初一，成绩差得没法提，叔就总是提我，说我如何连连跳级，如何保送初中，又如何会写作文，说得人家直啧啧。

那个女人见到我的那天，就把她女儿从楼上叫下来说："梅梅，你叫金禾哥，这就是他叔常常提到的金禾哥，真是不错的，你看长的那个机灵相，怪聪明的。"

她妈妈说得我脸发烧，他们还不知道我从前有多蠢呢。梅梅她妈妈又说：你看你看，金禾哥还脸红，像姑娘伢呢。叔婶就在一旁说，乡里伢不大方的。这话叫我很生气，我就索性什么都不说，只傻笑，装哑巴。

梅梅她妈妈说："莫说是乡里伢，我们都不是从乡里来的？我的老家也是黄陂，每年春节，我们还到乡下去上祖坟的。乡里伢就是纯善，就是醒事些。你看我家梅梅，没吃过乡里伢吃的那个苦，就差远了。我说金禾哥，你就多住些日子，帮助我家梅梅，看你是怎么学习的，拨点子窍门给她，怎么样？"

叔婶立马代我回答"可得可得"，像是我的经纪人。

我成了梅梅的老师，每天在楼上跟梅梅一起学习。楼上也安静，她爸爸妈妈白天上班，晚上很晚才回家。叔婶也不上楼来打搅我们，除非是到了吃饭的时候叫我，有时也叫梅梅下来跟我们一起吃。

梅梅很是听我的。我说的，她总是点头，好像只会点头似的，再就是拿眼睛望着我，她听话好像不是用耳朵，而是用眼睛。我有时叫她望得不好意思，她也明晓得我不好意思，说“金禾哥的不好意思有意思”，我不懂她的绕口令。

有天她竟然说：“我有很多男朋友，他们都赶不上你。”那个时候，她说到男朋友的意思，也许不是我们现在这种男朋友的意思。她的成绩不好，大约就是与她老爱跟那些所谓的男朋友一起玩有关吧。她还当着我的面，将那些男孩子的照片撕成碎片，都丢进她家床头布帘子后面的马桶里。她打开了冲马桶的水，那些碎片顺着打旋的水进了下水道。

她这个举动意味着什么我知道，我的心咚咚跳。

她约我到中原电影院看电影，她说她妈妈给的钱。那天我穿的是母亲做的布底鞋，走到半路，一只鞋的踘趾处脱了线，我不想叫梅梅看见，就假装蹲下身弄裤脚，将脱线处的鞋帮塞到里头去，让踘趾压住，再站起来拖着脚走路。梅梅说：“你怎么啦？”我只说我的脚崴了一下，而且我还做了一个难受的姿势。

梅梅说：“让我看看。”她要俯身看，我慌忙拦住她说“不要紧不要紧”，这个“不要紧”还是换来她温柔的嫩手挽着我。看的什么电影，我糊里糊涂不记得了。当天，她妈妈下楼来，手里拿着一双新皮鞋，当着我叔婶的面说：“这是我跟梅梅一起到工艺大楼买的，也不晓得合不合金禾哥的脚码。”

梅梅说，合，肯定合。

我不知她凭什么这样肯定，她并没有量我的脚码，也没问我的脚码。她还说，金禾哥穿着试试，不合还可以去换的。

叔婶代我说了些感谢的话。她妈妈说，到底是哪个感谢哪个啊？还要金禾哥教梅梅呢，梅梅从金禾哥那里学到不少东西呢。

我一下子明白了梅梅的聪明，她知道我的布鞋脱了线，却不说出来。我这个乡下孩子的虚荣心叫梅梅击得粉碎，我觉得自己经历了一次十六岁男子汉的奠基礼。

我在叔婶家里住了半个月，应当说我当了梅梅半个月的“老师”，她叫金禾哥总是叫得亲切。我们有时还牵着手出进，像兄妹，两家大人喜滋滋的。

以后再也没见过梅梅，但我常去楚宝巷那条没变的小街，叔婶一直还住在那个叫桃源芳的地方。那地方也有我的玩伴，我常跟他们弹珠子、跳房子、踢毽子,他们也不知梅梅去了哪里。叔婶说,她家搬走就没有音讯了。

几十年过去了,我的叔婶也相继去世,那个地方要拆迁了,我的堂弟也要搬走了。我还是在堂弟搬走之前去看过一回,打着去看堂弟的旗号,心里装着的,却是纯真的梅梅。

那天我真想揍他

发出想揍人的感叹,是我生平第一次。想揍而没有揍,毕竟我没有揍过人。感叹不过是感叹。我要写出这感叹的价值,让我体验到生活之一种。

我按照跟小车司机刘某的约定时间,等候在那个约定的地点:他从武汉转头来孝感,接送我回安陆。

从下午六点,到深夜十二点,我站在孝感米酒馆附近,每一辆从武汉朝我开来的吉普车,都给我带来希望,又带来失望。

他失信了。我如果不再等待,又怕他怪我失信。

我能原谅他的理由,是我想象的理由:是不是他在武汉遇到什么特别的事情了?安全就好,安全就好!我在心里一遍遍近乎祈祷。

那是个夏天,天热,心里有这个事,要睡也睡不着啊。我沿着公路走动走动,或者叫散散步,也是不错的消解法。只是从武汉那个方向来的每一束我怕错过的灯光及传来的引擎声,都牵动着我的神经。

转钟一点了,我不得不去住旅社。第二天清早,我坐公交车回安陆。一下车,就看到司机刘某完好无损地在安陆大街上,拿着个篾盘子,悠闲地排队买油条。

我一阵气喘,我感觉我要像狮子那般发怒了。混蛋!混蛋!混蛋!

我想上前去揍他的念头油然而生。

显然,他根本就没有按约定行事。他提前回安陆了,或者说,他回安陆没有在约定的那个地方带上我!他没把我放在心里,没把我当回事,谁叫我只是个写材料的小人物呢!

不错,我是县委报道组的一个小小通讯干事,是个笔杆子。正是这个笔杆子,县里领导才让我写了个重要材料,派我亲自送到地委办公室。领导说,这一天的小车,与小车司机,归我管。

司机把我送到孝感之后,他说他要到武汉去办点私事,回头来接我回安陆,问我行不行。我批准了,行使了我的"权力"。

我不知道我是怎么突然平静下来的,大约是他见到我之后,笑着朝我走来吧。

我还理他干吗,这种人!

我扬长而去,他想拦住我,说:"你听我说……"我听你说个屁!这话我没有骂出来。我要是骂了,也不觉得我有失体统。

我也不想到领导面前去告状,费那个心思不值。我在他心里没重量,告状能告出个重量来?更不用说揍他能揍出重量来?

我看清了他,看清一个人比什么都重要。

小县城只有巴掌那么大一块,我和他经常碰面。可怜他每次碰到我的时候,总想跟我搭话,或者说总想跟我解释。只要他一开口,我就说,别说了,不用说了,堵得他脸通红。

有一回狭路相逢,他竟然拦住我的去路说:"那回,我实在是在那里等了你的……"他在要面子。

我仍说,不用说,不用说。

他说:"真的呀,我等了你的……"

他仍在撒谎。

错了就错了,为什么不敢认错呢?从此,他在我面前抬不起头来,碰了面也不敢直视,见了我就绕道行。唉,到了这个份上,我生出了怜悯心,我是不是太过分了?

“莫言热”能否带来读书热

莫言获得诺奖，形成了不小的“莫言热”，毕竟是本土作家首次获诺奖。还会热一阵，我想。除了声势，热之奇巧也会随之出现，譬如去他的故居参观的人，领着孩子挖他屋前的土，刨他墙上的砖，以激励孩子。莫言有点抱怨，要接待媒体，太耽误时间，不能好生坐下来写作，希望这热快点过去。面对镜头，他一脸无可奈何。

莫言先生，请不用担心，任何可以称之“热”的东西，总会冷下来，就像筵席不能不散一样。人们总要过日子，日子不能总是热闹，像节日一样。天天是过节的日子还算是正常的日子吗？

热，其实是一个话题。有人喜欢这个话题，有人不喜欢这个话题。不管喜不喜欢，话题是一种必然的社会现象。这个世界本来就是制造话题的世界，人类的话题大大小小、多种多样。当代多一个“莫言热”的话题，正常不过，也自然不过。不要用一句话就打发了：诺贝尔文学奖只不过是一个国际性的奖项而已。如果这样看，人类的任何话题，都可以用英语中一句万能的话打发：So what（那又怎么样呢）？那就是虚无得可以了，或者说有成见得可以了。

说“莫言热”，那么热之前呢？知道莫言其人的并不多。这样的例子已经不少，我只说我经历的。一个饭局上，一个人问我，莫谈获大奖了，他写了些什么呀？我先得更正：是莫言，不是莫谈。大家一笑，我再说到莫言的作品，饭桌上的人一脸茫然。我得强调一点，桌上的人都是有文化的人呢，他们倒是知道郭敬明和韩寒。

我曾应邀到一些学校讲座，内容是谈读书，题为“朝圣经典”。开头我总要问:读过《红楼梦》吗?举手的只那么几个,在几百人的听众里,简直不成比例,我的讲座也往往从这里开始。

如今流行快餐文化,即影像化、商业化、网络化、浅俗化。南方一所高校的图书馆外借处,借出书籍排名前100的,竟无一经典上榜。如今受到吹捧和崇拜的,多是那些影视明星,他们的铁杆粉丝所创造的“奇迹”,触目心惊,也是有目共睹的。在这样一个氛围里,我羞于说我是写小说的,羞于承认我是作家。

我想起尼克松说过的一段话:难道我们希望后人铭记在我们的社会中,摇滚音乐歌星比一名优秀教师更令人钦佩?相貌俊美比远见卓识更令人倾倒?适合于拍电影的素质比真才实学重要?粗野的举止比端庄的品格重要?耸人听闻的渲染比事实真相重要?丑闻比好事重要?

谁都懂得尼克松的意思,无须我饶舌。我接着要说的是,“莫言热”热得正好,正好让面临边缘化的文学为之一振,可以让因莫言而起的文学话题入席。但绝对不是看文学贵重了,才有漫天的祝贺与喜悦。

“莫言热”能够引发读书热那才是好的,可惜没看到这样的报道,也没见到这样的迹象。唉,我不做他的粉丝,宁可读他的作品。

你好，小姑娘

那时候我不知道她是谁,叫什么名字。

那时候她还是个小姑娘,还只十五六岁。

那时候跟她有那么个缘分,现在才知道是足以自豪的事情。

假如她现在不是著名的长跑运动员呢?我还是不是感到自豪呢?

有人这样问过我。

我不必说是与不是。我只说有过的那个事情,就足够有趣。

要不是当时我拦住她问路,她就不会停下自行车,把我带在自行车的后座上,大街小巷地乱窜一气。

我记得我很不安。

一个堂堂男子汉,安安稳稳地坐在她的自行车后座上,让一个小姑娘蹬车,像话吗?

不像话。

我几次扬言要下车,她明令不准。我说由我来带她,她硬是咬定一个字:不!

我真有些费解。

我说,我的力气比你大呀!

"你别小看我的力气呀!"

我们针锋相对。

她没有喘气,车子跑得好欢。当然啦,我的安安稳稳也是证明。

我说,你没事吗?你这样带着我去寻找我的朋友。

她说,这不就是事吗?

为我在陌生的小城里寻找我多年没见的朋友就是她的事!

我责怪我糊涂,没记住朋友的住址,一会想着是中庆街,一会又想着是善宝街,找了一两个小时没找着。她怕我烦躁似的介绍起小城的名胜来。

她一点也不在乎一两个小时。

我说我们换换班吧。

她说她有的是力气。

我说我不找算了。

她说再努一把力吧。

她穿的是运动衣,皮肤黑黑的,像是运动员。

她说她是学生。

我终究没找到我的朋友。

女学生为我感到遗憾。

我却不遗憾,我收获到世上最珍贵的东西。

许多年以后,我看到一篇写一位长跑女运动员的报告文学,其中一段文字就说到她为锻炼腿劲而骑自行车带着陌生人寻找朋友的故事。

那陌生人不就是我吗?

叫我感动的,仅仅是她作为著名运动员的成就吗?

一个成功者的经历,总能让人开悟到许多东西。

交臂的温馨

三年整,每天如此。我和她,在固定的时间,固定的地点,交臂而过。那固定的时间是早上六点钟,我起床跑步。那固定的地点是在安陆城,通往河西的大桥上。

我断定,她住桥西,她的工作单位在桥东。

我住桥东,每天朝桥西晨跑。桥西是城郊,有田野、小山包,山包上的树林,是我每天的向往。

我们的交臂而过,起先谁也没注意谁。生活中的事情,不都是能够引起人们注意的。从什么时候起,我和她才有了这种交臂意识呢?或者说戏剧性的变化,才有了一种完全陌生的亲近?

她朝我笑笑,我朝她笑笑,便是开始?

她先笑?我先笑?或是我们不分先后地同时笑?无法定论。我们从来没有说过话,没有点过头,只是那么个画面:笑笑。

这笑,不是笑逐颜开的张扬,不是笑容可掬的展示。这笑的命名应当是"微笑",从心底发出的微笑。

她老远走过来了,在我的对面,朝我走过来了,且是在大桥的北面人行道上。是出于习惯?我们从来没有在大桥的南面人行道上走过。

我们走近了,碰面了,侧身而过了,也许没有必要侧身,人行道宽着呢。但是,仿佛侧身是必须的:双方的微笑就在抵面的那一刻绽放了。没有背景材料,没有故事经历,没有任何瓜葛,只有彼此的人类本质的善意与温馨。

她叫什么名字,在哪里工作,有什么人生故事,作为写作者,我自然想打听，只是没有打听的必要与机会，也就成了人们爱说的自然而然。

她的年龄，她的身材，她的面相，是明显的。明显后面有些什么故事呢？可以假设，可以想象，我是写小说的嘛。

下雨了，下雪了，我的晨跑是雨雪无阻的，她上班也是无阻的吧。雨伞，或风衣，或围脖，或口罩，也不能遮拦她那微笑的目光。偶尔有一两天或两三天，她没有在那个固定的时间与固定的地点出现，我会一点点搜寻，一点点环顾，会有一点点莫名其妙的不适。

她成了我的一处风景。风景怎么没有了呢？直到她又出现了，我才欣然。三年后的一天，她突然消失了。一天两天没有她，十天半月也没有她，一月两月还没有她，一直没有她。

她调走了？搬家了？病了？我莫名其妙地牵挂起她来。我们不是朋友，不是同事，也不是熟人，更说不上别的什么。她在我心里的烙印是能够轻易抹去的，就像一处美好的风景被人移走了，以至于我有那么一点点失落吧。

我心里分明涌动着微笑的美好，交臂的美好，人际的美好，构成一定的时空美好。这事已经时隔三十年，也许是四十年，我走在大桥那里仍会记起她，记起那种情景。

因为时光的机遇，我曾在武汉和美国居住，近几年又回到了我曾经工作与生活了几十年的安陆。我在安陆的住处从河东搬到了河西，但府河大桥仍是我生活行走的道路。

有一天——读者一定猜到我这“有一天”后面的文字——当然，正是读者猜到的：我在大桥上遇到了她。不过叫读者失望的是，她没有注意到我，即便注意到我，也认不出我。我不愿意说“我们都老了”，客观地说，她还不显老，她还是那不高的小个子，瘦身子，那神韵让我千真万确地断定是她。

我一时定在那里，望着她的背影。当我意识到我有上前跟她说说话的冲动时，她已经上了一辆的士，奇迹不会再出现了。

江滩生态备忘图

我住在武汉江边，长江二桥汉口一侧，写作之余，常去江滩走走。那时报上说，江滩二期整治工程即将开始，规模比一期还大。江边那些芦苇荡、茅草丛、砂石堆、杨柳株，还有一处处的窝棚——运沙民工们的栖息地，散发着人间烟火的一切，便要销声匿迹了。对于这自然的生态，我还真有点不舍。

一位编着长长独辫子的年轻妇女，挑着两只空铁桶，去自来水管那里担水。水管细细的，是从江堤外牵过来的，水放得很慢。我问过她，她老家是新洲的，负责为民工们烧火做饭。

那个饭堂也不过是大一点的窝棚，除了大锅大灶，还搁了几条长板子，大约就是饭桌了。我也看到过他们的饭食，出力人，饭是吃得饱的，菜就不敢恭维了：一大盆萝卜，或是一大盆白菜。有萝卜煮肉的时候就一定有酒，没有酒没有菜咽咸萝卜也行。

我喜欢去那些窝棚，只要里面有人，我就要躬身进去和他们聊聊。有一排窝棚搭在早年兴盛的码头水泥引桥上，墩子落脚在芦苇荡里，窝棚的后背与引桥边沿齐平，前面是窄窄的通道，有一条长长的绳索充当栏杆。有个窝棚的门开着，我进去了，见到的竟是跟我说过话的独辫子女人，还有一个在看电视的男人，窝棚里居然有电视，她介绍说这是她老公。我说这窝棚严冬是过路的凉亭，酷夏是火炉上的蒸笼啊。她说他们在这里面住了五年，五年的严冬与酷夏难熬也要熬，钱无善赚哦。

独辫子女人问我住哪儿，我只说附近，没说“滨江苑公务员小区”。她又问我做什么的，我说个体户。她问是什么个体户，我说写字劳动个体户，我没说写作。她“哦”了一声，说，作家，作家是了不起的人啊。

看来她是懂得什么叫作家的。她邀我常来坐坐，她说她喜欢读作家们写的书。她知道琼瑶，还有武汉的池莉。

她问我名字，我不能不如实告诉她，她一惊，说，你是不是写了那篇《毛遂不避嫌疑》的赵金禾？

我说，你怎么知道？

她说：“这上了高中语文课本的，我是 1990 年的高中毕业生呢。”

她叫了我一声赵老师。我有些心酸，像她这个年龄的高中生都读过那篇课文，我极少或者根本就没有遇到过在这底层的他们。她的独辫子是她保留青春的独特记忆吗？我真想知道她的一些经历，真想跟她多谈谈。无奈她在做饭，不能长谈，只有告辞。

她走出窝棚送我，说：“慢走，欢迎赵老师再来。”

出了一趟差回来，再到江滩的时候，发现芦苇荡被沙堤拦起来了，沙堤上隔着一层红蓝白条纹的防水塑料布，江底的水裹挟着沙灌到了荡里头，水则通过管道滤回江里，沙便填满了一个个的芦苇荡。

芦苇荡里的电线杆只剩尺把高了，杨柳株们也只剩细细的枝叶在风里摇摆。有大卡车运来黑土覆盖沙面，十多辆红色的推土机在空旷的江滩上突突地吃力推进，推土机拱出了不知哪年哪月抗洪用的大石头、粗木桩，昔日的涛声仿佛还在耳边。

江边窝棚荡然无存，所见之处只是一片被拆除了的残迹：乱七八糟的棚板料、煤灰残灶、乱菜帮子、倒地的简易电线杆、破损的瓷碗、腌菜罐子、空酒瓶子、烂抹布、烂短裤、烂鞋，还有被泥沙裹着的避孕套……生命的烟火震撼着我，让我敬畏。

江滩在朝着美丽走去，正像今天武汉市民看到的样子。谁能记起被美丽忽略了的历史真迹呢？我站在长江边，逝者如斯夫，独辫子女人和她男人的故事，谁在收藏呢？

一个人的卡拉 OK

一个人活着，总要干活，这是一定的。要干活，也要闲着，即休闲，这也是一定的。各人的休闲方式不一样，但快乐是一样的。我的休闲快乐，就是一个人关起门来唱卡拉 OK。因为我是一个写作劳动者，一个人关起门来是我的活法。我的休闲也依了我这个活法：一个人的卡拉 OK。

我有自知之明，唱得不好，不能跟人家比，尤其是那些歌星，我只能向他们致敬，很难向他们学习，所以鲜有到歌厅“发泡”的愿望。但我还是试图学习，只要是好听的歌曲，且歌词又有意味，我总是要学唱的。

我的快乐与我的歌唱交融，我的生命体验与我的激情投入交融。唱我喜欢唱的歌，是一场灵魂的参与和精神的壮游。我第一次唱《听过你的歌》时，被纯情打动，自己泪流满面，当时我发誓要写一部中篇小说，就为融入这首歌。这首歌也是作品的灵魂。后来就有了一部中篇小说《一种状态》发表在《芳草》杂志上。

在我的中篇小说《红石坡》里，有首主人公喜欢的歌《天堂里有没有车来车往》，总是让我唱得眼泪流。我的中篇小说《一粒不回家的种子》里，有首主人公喜欢的歌《流浪歌》，也是感动着我的歌。我和小说里的人物心灵相通。西方有位大作家说过这样的话：文学艺术是艺术家的公开隐私。这就是说，艺术家的生活与喜好都会在自己的作品里找到记录。

我学唱的一首《回到拉萨》，居然可以在一些笔会上亮相。作家朋友们没有不知道我这激情的：回到拉萨 / 回到了布达拉宫 / 在雅鲁藏布江把我的心洗清 / 在雪山之巅把我的魂唤醒……实在是呼唤着灵魂的回归，真可谓“同声相应,同气相求”了。

刘欢的《从头再来》,我每唱一次就是一次心灵的抚摸,因妻子去世,给我的打击需要我从头再来。还有田震的歌,她那嗓子不属于嘹亮型的,倒是有一种原生态的“嘶哑”,如《怕黑的女人》,让我对一个女人的命运深深悲怜……居然有人说我唱得有女人情怀。

据说唱歌可以锻炼只有唱歌才能锻炼的地方,我也感到了这个好处。每天早上的散步,也是一个人在没有音响的“卡拉 OK”中,将腾格尔的《天堂》“OK”一番,体味到尘世是唯一的天堂。

在一次朋友的聚会上,有一位专业的年轻女歌手。知道我性情的朋友要我“来一个”,我指指年轻女歌手,女歌手笑着摇头。我说,那我就不客气啦。于是仿腾格尔《天堂》的曲调,改词唱道:我爱你,我的姐妹 / 我的兄弟,我的朋友……哈哈,可想场面之热烈。我算是抛砖了,引了玉:专业女歌手终是唱了一曲。一般说来,应当是我开不了口的,但恰是她开不了口——也许是她太当回一事,不肯随意就范——她唱了,不能不说是我引领的胜利。

我私下问她,如果我不唱,你会唱吗?

她说,不会。

我趁机饶舌:有些歌星出名了,就可以写书,也容易出书,也轻易成了作家,签名售书,稿费也自然是不薄的。作家呢,作家出了名来唱歌呢,却只能自娱自乐了。哈哈,是不是的呢?

她向我伸出手,我们一握。呵呵,算是收获朋友了。

生活是个诙谐的家伙

生活是个诙谐的家伙，我总这样认为。

生活常常跟人开些玩笑，你又不能制服它，不让它开玩笑。你承受得了或承受不了，就在于你是不是跟它一样诙谐啦。

我曾捡到一个钱包，去追赶那位失主。也许是晚上的缘故，路灯睁只眼闭只眼地昏暗着，也许是我追赶得太急，像个拿着凶器的抢劫者，所以我被理所当然地误会了。

我边追边喊：站住，钱包！

也许是我这喊法有问题。“站住，钱包”，抢劫者不就是在乎钱包吗？他不是理所当然地站住，而是跑得更快。

我比他还快，我又气喘吁吁地补充了一句：你的钱包！

读者懂我的意思。他当时不懂，仍是拼命地跑起来。

我拿出冲刺的本领，终是追上了他。

我气喘着，他喘着气。

我将钱包递给他看，说认得这个吗？

他一时愣在那里，接过了钱包，我没让他来得及说一句感激的话，便转身走了，他还像钉子那样钉在那里。

他是不是觉得这事挺有意思？我不知道，反正我觉得是挺有意思的。

生活出我的洋相，也捉弄过我。有一年夏天，我出差到一个陌生的城市，顺便住到了朋友家里。早上顺着一条林荫道边走边看书，突然想方便一下，便糊里糊涂地进了路边的公共厕所，突然听到女人的一声尖叫：流氓！

我得承认，我什么都没看到，流氓与我无关。我是“误入歧途”，在那个场景里，连解释也是不能的。我慌忙夺路而逃，“抓流氓抓流氓”的叫声还在追逐着我。

幸亏我的冲刺能力救了我，我七弯八拐地跑到了朋友家里。朋友见我喘粗气，问“怎么啦”，我只是笑着连连摇头，摇头喘气。

朋友说，慢慢说，慢慢说。

我说，抓我……

朋友一听，自然吃惊。

我说，抓流氓……

朋友说，抓你？抓流氓？

我一时不能把话说全，待我说全了，我和朋友的哈哈大笑成了二重奏。

朋友庆幸我的“逃跑主义”。他说，要是被抓住，挨揍是现成的。没人能证明我的清白，那也不是个讲清白的时间和地点。

我想人类的错误并不都是包藏祸心的，许许多多的事情，假如不相信一个人的清白，那也就是另一个样子了。

当然，有些事情是无所谓清白不清白的，以诙谐对诙谐，便能叫你一乐。譬如“赵金禾”这三个字，尽管我写得极工整，但有时报刊印出来却成了“赵金乐”，那个“禾”字摇身变成“乐”字。给我一“乐”也好，感谢感谢。

有些报刊更值得我感谢，把“赵金禾”印成了“赵全乐”。哈，“全乐”，乐而受之，并不发更正，干脆将“全乐”作为笔名之一。

不料有一回，某刊物将“赵金禾”印成了“黄全乐”，这我就有些不乐了。“黄全乐”与赵金禾全无干系嘛，我只有望“乐”兴叹了一回。

也罢也罢，现在写来也是一乐。生活这家伙，没有它的诙谐，人类社会是不是太单调了呢？

我的农民朋友

我有许多农民朋友。也许我是出身乡下的缘故,所以我喜欢结交农民朋友。结交农民朋友,犹如我对土地、对庄稼的亲近。

我生长过的那个村子,如今是天河机场航站楼,它曾经生长着一代又一代的农民,如今又移栽到别处生长着。我常常会想去看望他们,或是他们来看望我,那仍然是农民对农民的亲近。我写过《拜访庄稼》的文章,但也不能代替我跟他们的亲近。

我常常听周围的人(包括那些有着优越地位的人)感叹自己命运不济,诉说自己所谓的甜酸苦辣,大多不过是无病呻吟。倘若他们当过农民,他们的祖辈是农民,他们就会觉得真正辛苦的是农民。有人调侃:薛仁贵征东,薛丁山征西,罗通扫北,农民征南——就是“真难”哦。

从理论上说,谁都觉得我们少不了农民。他们承受着的许多许多,往往就在一觉醒来之后就被化解了,生出的又是一身力气,又继续着他们一日复一日的劳作,连抱怨的工夫也没有。

我常常在城市的大街上看到他们,大多是缩着身子,生怕多占地方似的,小心翼翼地让人,谦谦和和地说话,反而被人讥为“乡巴佬”。我就想,他们为什么不还骂一声:乡巴佬是你祖宗,你知道不?

先前乡下父母来城里小住,我的话题都是农民朋友。父母琐琐碎碎地讲着,我还嫌不够琐碎。我和土地,和庄稼的脐带,永远不能够剪断。

他们不会看到我写的关于他们的文章,我却总是要写信告诉他们,这是一个心愿、心思、心态。在我工作的地方,结交的农民朋友就更多了。在我的大门上，曾经有一张醒目的字条，上面写着：写作时间，谢绝会客。这个字条着实谢绝了许多人，但谢绝不了我的农民朋友。

我对他们说，你们来时，带着雄赳赳的气势，捶门三下，说“我来了”就行。我的大门，对你们是永远敞开的。他们的到来，是带来了我的乡村、我的土地，带来朴实敦厚的营养，让我一直鲜活地生长在城里。

城里的时髦不属于我，城里的流行不属于我，城里的浮躁不属于我，城里的斤斤计较不属于我，城里的明争暗斗不属于我，城里的溜须拍马不属于我。我把我的工夫用于耕耘我心灵的土地，像我的农民朋友一样，自己收获的从来就是自己播种的。如果说我的农民朋友教会了我什么，我说就是这个。

还是那片阳光

那个背靠大山的村子给了我凝重。那里有一个凝重的女孩。她写的诗征服过我，所以她曾经做了我的老师。我比她大许多许多岁，我叫她老师时她的脸红红的。

她说："那我就叫你大哥吧，老大哥。"

她给我的凝重是淡淡一笑，那笑里有什么和没有什么都值得我玩味。

她窗前煤油灯的昏黄光亮总是叫人惦念。最终要离开小山村的那些日子里，我站在夜的深处，望着那光亮，默默祝福她能够走出小山村，走向中国诗坛。

我听到有呼吸声在我耳边放大。她立在我背后，立成一个凝重。

我说，我要走了。

她说，知道。

这就是分别的仪式，如此简单，也如此凝重。

我回城之后，给她去过几次信，没有回音。岁月打我门前走过，我仿佛在追赶着岁月，过着自己的日子。

我在一个多雨的南方季节再见到她的时候，不知是经历了何许年，岁月对她显示着不公。

她成了粗糙的家庭主妇，连过去的影子也没有，残余也不剩。

她湿漉漉的手在指挥池塘里的鱼，山坡上啃草的羊一直啃到她家屋后，屋檐上的鸽子往返于蓝天，她戏称她现在掌管着"海陆空"三军。

只有坐下来谈话的时候，我才分明感到了她先前的那个凝重。

我问她为什么不回信。

她淡淡一笑，还是多少年前的那个一笑，让我穿越几十年的时空，见到了记忆深处那个凝重的小姑娘。

她突然起身，默默去了她的卧室。待她出来，拿着一个又大又厚的本子，这本子里是她所能收集到的我发表的文章剪贴，以及她抄录在笔记本上的我写给她的几封信的全文。文中还有她的插图，插图一侧还摘录出一两句我信中的话语。

屋外的小雨淅淅沥沥。

我的眼睛也下起了小雨，只是听不到淅淅沥沥的响声。

她的天才没有让她成为诗人，我的蠢材让我当了作家。我们各自生存的空间改变着我们各自的人生。是这个世界的奇妙还是这个世界的差错呢?

我带着一种哲学思考告别她。再后来，我费了些周折找到了她。她进城了。她述说她有过的苦和累，爱和恨。她说她的经历本身就是一部小说，属于乡下人的小说，乡下女人的小说。

她又开始写诗了。

我们又有了交流——诗的交流，情绪的交流，精神的交流。交流中的阳光依旧……

自行车这家伙

自行车这家伙，应当说是我的铁哥们。我和它的缘分，让我视它为一生的知己。它对我的体谅，是不吃草，也不喝油，还尽量侧身待着，生怕多占了我的地方。它随时准备着，只要我骑上去，两脚一踏，就载着我轻快地跑了起来，任阳光在银色的钢圈上闪亮。自行车轻微抖动，我也轻微抖动，那抖动从车的身子骨传到我的身子骨。车和我，和大自然，融于一体的运动享受，是在小轿车里的昏昏欲睡所不能比拟的。

马路上的摩托车一路“放屁”而过，不把自行车放在眼里；小轿车对自行车更是不肯斜视地得意呼啸；那些大卡车也拉大架势，塞天阻地，把自行车挤在马路一边。我的自行车就想，你可以走你的阳关道，我可以过我的独木桥。不过呢，阳光大道我也能走，你大车小车能过独木桥吗？那些从乡村四面八方到城里来的自行车们，走过了许多以独木桥连接的乡间小道，汇聚到城里的大街上，成了城乡流动的一处风景。

我的自行车是原东德的侨民。如今除了那三脚架是原东德的残余，其余的零部件都是中国货，可谓中西结合了。我骑了三十多年，很顺心。几次动念想买辆新的，又几次扼杀了念头。

这辆车是20世纪50年代初老县长的坐骑。老县长去世之后，这辆自行车丢在县政府的库房里，不是为了纪念，也不是为了展览，是锈得不能再骑了。

那时候，我作为小青年被调到县政府做事，在库房里发现了它，取出它擦拭、修配，便有了再生的运动生命。它初来中国有过的辉煌，是被时间收藏了的故事。三脚架的光泽早收敛得不露身世，再植过的部位也被岁月的手掌抚摸得斑斑驳驳。看上去很破,但破而不败;看上去很老,但老而不衰——有那种真人不露相的意味。

朋友有时借它去用用,评论道:别看不起眼,跑得倒是挺欢的。我进办公大楼,将它放在一隅,有时忘了上锁,或者根本无须上锁,它也安然无恙。它的平实保护了自己。那些光鲜的、富丽的、叫人打啧啧的自行车,常常蒙难地被窃呢。

有回坐在民众乐园的演出厅看车技表演,观众总是被引导着去看表演者,我却总是睁大眼睛去看表演者的车。高高矮矮的独轮车,灵灵动动的双轮车,钢丝绳上的轻便车,高台上的旋转车,把我对自行车的热爱一下子提升到艺术的境界。

我在密集的人流里,骑车可以不按车铃也不至于撞了人。虽然不能骑车走钢丝,却能骑车走废弃铁轨而赢得朋友提供的大餐。有时我在胡思乱想:我们这个自行车大国,是不是应当有高超的车技水平和丰富的车技文化,才不愧为自行车大国呢?

自行车队伍在默默无语地繁衍着。公路尽管由别的车辆统治着,但留给自行车的道路却是无处不在的。它是平民的,大众的,有日常地位的。

我不敢断言,自行车是不是终究会被神话般的高度现代化消灭,但最后剩下锻炼身体的功能想必是不会被淘汰的。从这个意义上说,自行车的灵魂是不死的。

读书三题

1. 读书人

每每回到家乡，家乡人称我为“读书人”，有人跟我打招呼，往往说：读书人回来了？

我认为他们在叫法上有错误，就试图纠正说，我只是一个学生，哪能叫读书人呢？不能吧？

他们哈哈笑说：哈，读书人就爱咬文嚼字。这样一说，反而把“读书人”这三个字钉紧了。

母亲是个天才，她说：别人说你是个读书人，就是说你是读过书的，读过书的人懂道理，知书达理咧。

这我就懂了。书里面有理，知书便是知理，这也实在是家乡人的重要见识。“开卷有益”的古训，大约是益在这“理”上吧？

有许多名人谈读书，有说书是“面包”啦（高尔基语），有说书是“巨大的力量”啦（列宁语），有说“读一本好书，就是和许多高尚的人谈话”啦（歌德语），他们都是从得益方面而论的。

一个人到了六七岁，就该上学读书了，从小学读到中学，再到大学，再到研究生或博士生，应当说都是属于长身体长知识的时期。这不是说在后就不长知识不长身体，要紧的也就是“在后”二字。有好多人“在后”就不读书了，或不那么多读书了，其借口多的是，各人可以在心里做证，就不去说它了。这里值得一说的是，“在后”的读书就应当像天天要吃饭一样，天天读点书。这要排除急功近利，毕竟吃饭有急功近利的吗？

倒是莎士比亚有句话说准了：书是世界的营养品。书中之理是营养人的。吃饭的营养不能叫鼻子今天长高一厘米或耳朵下垂一寸，因为物质的营养维持着生命活动，而书籍营养着生命质量，营养着灵魂。三天不吃饭可以叫你饿得慌，三日不读书呢，祖先也说了的，叫“语言无味，面目可憎”呢。

我的朋友陈大超写过一篇文章，题为《我是读书人》。他说他在行为之前、行为之中、行为之后，常常冒出“我是读书人”的念头。“读书人”应当“达理”的标尺，常常放置于他的心里量其身，这样读书便是读出了一种境界。把这样的人放置在任何地方，做任何事，我敢说，都会是优秀的。这印证了明朝于谦先生的话：“书卷多情似故人，晨昏忧乐每相亲。眼前直下三千字，胸次全无一点尘。”

如今很难说谁是读书人，谁不是读书人。中国那么多书，世界上那么多书，大约不只是学生读吧。这也就是说，读书人的意义宽泛了，至于说谁读出味来谁没读出味来，那就看各人的智力及“阅读消化系统”的健康与否了。

2. 借书人

我知道“腹有诗书气自华”的好处与妙处，只是我囊中羞涩，买不起书，望书兴叹之余，也只有借书一法了。

好在有图书馆，有买得起书的朋友，也有喜欢藏书的朋友。记得在孝感师范专科学校读书的时候，我一学期要用三个借书证，我进出图书馆的频率令那位管理员大妈感叹不已。

一个人成为什么样的人，取决于他学到什么样的东西。从那位大妈手里接过递给我的书，我就知道那种分量。参加工作之后，我频繁进出图书馆的习惯不改。哪怕是在乡下教书，每个星期也要到县城的图书馆去借些书，风雨无阻。回到住处，“晓窗分与读书灯”，是我的幸福时刻。

“文革”时期，图书馆的许多书堆在几间破旧的房子里，有人决定效法秦始皇处决它们。我深夜劫“法场”，偷走了上百册图书。我分明感到它们的灵魂在那里呼救，我义无反顾。

它们在我的书房安住了多年，到了它们的好运时期我就把它们送回了图书馆，也算是完璧归赵了。我自然是常常到图书室去看望它们，它们身上留有我的指纹和气息,“别来无恙”的问候总在我心里。

我在有书的朋友那里并没有个好名声。他们笑我看书必借书,借书有时不按时还——我声明,不是有意不还,而是想让那些书跟我多处些时日。朋友说,古人有言在先:书与老婆是概不借人的。朋友们的雅量让我不好意思,此后借书我规规矩矩地打上借条,尽管朋友们都说“那倒不必”,但我仍坚持契约,这样的好处是借来必看,“看了就还,再借不难”是也。

我曾经的邻居赖嘉文,是安陆新华书店的员工,有天到他家做客,见书柜里(只要是有机会,我就会看人家书柜里有些什么书)有《石头记》(上下册),是我梦寐以求的商务印书馆 1930 年的版本。这个版本有脂胭斋的总批、前批、后批、眉批、夹批,实为难得。

我便坐在书柜前翻阅。主人的饭菜拿到桌上了,我还没打算起身,主人催了几次,同来的客人也讨伐我。末后是主人说:“借给你看不就是了?”

我如愿以偿。我几乎看了一年,但每到一定的时候,我就要给赖嘉文打电话,说“我还在看,我会记着还的”。他总是很客气地说“没关系”。有回我说:真是对不起,古人有道是老婆和书概不外借,真是有道理啊。他跟我一起哈哈大笑。

有天他碰到我,不等我说“对不起”,他就抢先说“那书送给你吧”。我抱起他转了个圈,连连说谢谢。他说我把他搞晕了,我忘记了他年龄有点大,真是该打。

我们常常感叹一花一世界,一诗一文当然也是一世界。佛界里世界的标号有小千世界、中千世界、大千世界,这世上的书,能说不是大大千世界吗?我们到这个大大千世界里去遨游,会是个什么情景呢?南宋著名理学家朱熹说过,他早先水浅时推船推不动,白费了好多的力气,而后江水泛涨,船在江心自由自在地航行,一点也不费劲了。

3. 抄书人

说起抄书,现在的许多聪明人听了会觉得抄书人是个大笨蛋。说笨,那也确实是笨,不过笨也有笨的好处。读一遍与抄一遍,那是不一样的。所以古人多主张抄书。“文革”时,我就抄过一本《毛主席语录》。《毛主席语录》刚问世的时候,不易买到,我就借来一本,着手抄。那是个冬天,手都怕伸出来,但还是伸出来抄。那种虔诚是与信仰连在一起的,那种吃苦是与享受连在一起的。

早年读到日本前首相田中角荣抄书的例子,颇受启发。当还是平民的时候,他就觉得要好生读书。但常常有干扰,叫他读不进去。他就想:我走在大街上,碰到一位漂亮的女人,一下子就能记住她的名字,那我读了书,为什么就记不住呢?

这个问题警醒了他,他就下了狠心,在读一本厚书的时候,把全书抄了一遍,将那本厚书烧了。然后把抄下的缩写一遍,又把抄写的烧了。再然后把缩写的写成提纲,将缩写的也烧了。最后把提纲也烧了,如此这般,他也就记得全书了。这个狠心也真叫作狠:自律,得到的却是自强。

现在抄书的人不多了,或者说少有,极少有,以至已经没有多少人觉得抄书是必要的。物欲的张扬,精神的衰微,已是时下的通病,谁还愿意做那个抄书的笨事呢?

但是,喜欢抄书的人也不是就绝了,湖北安陆的一个大山里,就有一个叫吉德明的农民,农闲时间,他用特制的七紫三羊和九紫一羊小楷笔,以蝇头小字,在七年的时间里,抄写了《红楼梦》《三国演义》及唐诗宋词,计一千一百七十万字。中国文学的经典滋养着吉德明,生命的质量让他生活得充实。

前人有"不动笔墨不读书"的古训,我理解的意思是,读着,或读罢,总要写点什么。读着时,在属于自己的书上打打杠杠、画画圈圈,或标标记号,以至在书里写上一两句批语,或读罢之后的感想、收获,那么,不只所读之书是自己的了,书里的东西也是自己的了。

我不喝酒三题

1. 我不喝酒

不能不说酒是个好东西，自酒出世那天起，就得到人类的青睐。我常常翻阅中国的诗歌，也常常闻到方块字里的酒味，把李白的那些诗拿出来拧一下，能不拧出涓涓流淌的酒来才怪呢。

我不喝酒实在是叫我自惭形秽。我为什么跟酒无缘，找不出历史原因，也找不出社会原因。我只要是允许酒走进肚里，头脑就发胀，浑身就难受，最重大的损失，就是我不再能吃能喝。是酒跟我作对，还是我跟酒作对呢？

我实在佩服人家饮酒的那种大无畏精神。酒的品性叫他们发挥得淋漓尽致。他们爱酒爱得又痴又醉，又傻又乖，死去又活来，尽是些“但愿长醉不愿醒”的英雄。他们直到“睁眼望酒酒也醉，酒望醉眼两无声”，方肯罢休。我真不明白他们所要达到的境界是“众人皆醉我独醒”还是“众人皆醒我独醉”。

在酒席上完全没有我的发言权。有实力才有资格说话，这是当今通行的强权规则，我也不能违拗。好在我能吃，正如酒席上流行的说法：滴酒不尝，吃菜大王。虽是大王，还是遭到无数“英雄”的鄙视，明令“不喝酒不准吃菜”。不吃菜也罢，我便静候，看他们能奈我何。有人还说我“一龙挡住千家水”，说我不顾全大局，说我“男人不喝酒，糟蹋了一个男人指标”。有人还拿李白刺激我：李白斗酒诗百篇，你不喝酒怎么能当作家啊！有的甚至捉住我，往我嘴里灌。我被绑架了还无处说，可谓有冤无处申了。

我就真的不是男人吗？我曾试练酒量：在枕头上洒酒，让酒气伴我入眠；

把酒噙在嘴里，以酒浸泡为常。结果弄得妻子不敢跟我同寝。我发现我艰苦卓绝的努力也不成功，我发现我只能向“英雄们”致敬，而不能向“英雄们”学习。

说句良心话，酒应当是平和的，酒也应当是自由的。平和，自由，也是酒的品性。酒的降生，就是为了人类的平和与自由。酒舒展人的筋骨，激发人的灵感，调节人的精神，资助人的谈兴，其功德就是平和自由啊。

白居易写过一首诗，叫《问刘十九》：

绿蚁新醅酒，红泥小火炉。
晚来天欲雪，能饮一杯无？

你看，这平和自由的意味多爽啊。两个朋友在那里倾心交谈，正是“酒逢知己千杯少”的意境。比白居易晚些时候的陈眉公先生写了篇叫作《小窗幽记》的文章，把酒推崇到神的艺术境界。他说：法饮宜舒，放饮宜雅，病饮宜小，愁饮宜醉；春饮宜郊，夏饮宜庭，秋饮宜舟，冬饮宜室，夜饮宜月。酒啊，就凭这个，即便不能饮，也要对酒当歌。“把酒问青天”，现如今有多少人是这样真诚地待酒、真心地待酒呢？有狂饮不识己者，有群酌不成诗者。扯酒，闹酒，酗酒，天昏地暗，日月无光。他们击败着酒，或是被酒击败，狼藉一片，遭不白之冤的倒是酒兄弟们啊。

安陆曾经的一位市委书记，声称重视安陆文化人，特意为我和李白研究专家张昕设饭局，书记让他的办公室主任、秘书等三四人作陪，其情意不可谓不重。当书记端杯，谓曰敬我，一口干了一杯。我站起来感谢，说对不起，我从来不沾酒。书记不说话了，无论我怎么说，他自岿然不动。僵持了足足5分钟，他带来的人马劝我一定得喝，张昕也成了他们的帮凶。我逃不脱，只有识时务地端起杯，喝了。脸顿时发烧，已经是云里雾里了。有人叫着“吃菜吃菜”。恍惚中，只听美女秘书站起来说：“我敬赵老师。”我摇手，表示拒绝。她说：“你跟领导喝了，就不跟我喝？”这话把我噎住了，我还能说什么呢？鬼使神差地，我又端起酒杯喝了。又不知过了多久，听到主任说：“我敬赵老师一杯！”我无动于衷。有声音说：“跟书记喝了，跟美女喝了，就不跟我喝，说不过去吧？”

我尚知理亏，不说话，喝了。接着便是不知东西南北中，谁送我回家的一概不知。老天啊，我常常感到酒的冤屈。酒是有灵性的，酒也是不是有流不完的泪和道不完的苦呢？酒和泪，泪和酒，谁能分得清，谁又能真解其中味呢？

2. 我不抽烟

我不抽烟，尽管我如此声称，但还是不能引起重视，那递烟过来的手总是不肯缩回去。我只有伸开五指，两手一摊，说：真的不抽，你看，我的手指……

手指头没有烟熏发黄的迹象，便是清白的证明。可是有些人极顽固，他非要你抽一支不可。那理由也挺简单：抽根玩玩儿。

我无法拒绝，就像最初所有误入歧途的烟民一样，只有伸手接烟，这也就无异于举手投降了。跟所有的人不一样的是，我闻不得那个烟味。于是我也油然生出我的策略：接过烟之后，便置之不理，让其一支一支地集合起来，尔后再转送给钟情于它的人们。

有时是人家的打火机也递过来了，我只好虚假地谦恭欠身，让人家替我点燃，我也就任其燃烧，不曾吸过一口。背了人，我会把燃烧了一半或不及一半的烟丢在痰盂里。

我灭了自己的烟，却灭不了别人的烟，这是令我非常伤心的事。有些会议室、办公室、车站、车厢都写着严禁抽烟的牌子，却是防不住抽烟者的吞云吐雾。我不想跟抽烟者同行，不想跟抽烟者同坐，也不想跟抽烟者同处一室。抽烟者是大多数，我能跟大多数人对抗吗？我的回避政策和逃跑主义，总是不能奏效，到处是他们的人。尽管广播、报纸、电视说抽烟容易得癌症，可视死如归的“英雄”到处都是啊。

我曾在我的办公室贴着“来者请勿抽烟”的字条，可终究因我的朋友反对而拿掉了。他们说我“不通人情”。我想在我家里总该是可以由我做主了吧？也不能。我不买烟妻子去买烟，我不递烟妻子递烟。有时我就巴不得妻子不在家，抽烟的朋友来了，我装聋作哑，不予理睬。可是有些朋友来了，他才不管你那一套，他自己备有烟，他说：“想抽你的烟想不到，我抽自己的烟总该可以吧？”那个可怜兮兮的样子，哪有不应允的。所以说呀，做违心的事总是在所难免的哦。

我居住在农村的父母每年要来我这里住一段时间。父母抽烟的频率不低于任何大人物，但父母自觉，抽烟的时候总是跑到屋外去抽，哪怕是冬天，面对着北风头,也要把那支烟抽完了才进屋。这让我感动得心酸。我不止一次地劝父母把烟戒了,可是父母一句话就把我打倒了。父母说,毛主席也抽烟呢。

抽烟的爽快与戒烟的艰难总是交织在一起的。抽烟的人大都想过戒烟,戒烟的人大都还在抽烟。那些戒过烟的人说,既然宣传戒烟,那为什么还在做烟呢? 还有人说,烟是国家的税收大户,抽烟的人,是在为国家作贡献啊。

一位少妇对我说,她见到丈夫的第一印象,就是他手指头夹着烟的那个潇洒样。她认为男子不抽烟,是枉为男子。一位作家朋友对我说,他写的文章,都是抽着烟写出来的——“你没闻到文章里头的烟味?”我疑惑,难道喜欢他的读者都是烟民吗?

一位妻子不忍心看着丈夫戒烟的那个难受样子,便一次次让丈夫“死灰复燃”,且还深情鼓励:要抽就抽点好烟吧。我妻子也不认为我不抽烟就是一种美德。她说:你是不习惯抽,要是习惯了,你还能不抽?

我哭笑不得。

3. 我不打牌

先得声明一下,我不打牌,不是以为打牌俗气,不是自认清高,也不是不想打牌,是我不会。见笑,我也看过一本有关打麻将的小册子,可一点长进也没有。有时被朋友绑架上场,我也乐意被绑架,不过是输几个小钱。

有回我听了牌,是八筒和九筒的靠,七筒已经叫我上首杠了,我想还可以和十筒。看场子里的牌,十筒一个也没出来呢,我抱着满满的希望。直到人家倒了牌,我翻牌说:十筒呢? 我的十筒呢?

朋友哄笑,麻将里哪有十筒嘛!

对于打麻将,我向来持好感,它像我敲电脑一样,可以练习手指的灵活;它像我写小说一样,也能让人动脑筋。它带点小彩,不以赌为目的,就像抽奖一样,好玩。所以对于打麻将,我从来是亲近的态度,欣赏的态度。只要有人请我,我是会欣然前往的。

我从来不记那些游戏规则,反正有人替我记。我从来也不去理会那些麻坛技巧,全凭即兴发挥。有时乱打乱赢,在我背后担任指导的高手也自叹弗如。他们不得不赞叹一个真理:牌逢生手。

参加一些文学笔会，到了晚上，那些作家朋友也免不了来它个战欲酣。在三缺一的情形之下，我来充数，不管我手里有没有钱，他们总是大显英雄本色："输了是我的，赢了你拿走。"我还能说什么呢，赴汤蹈火吧。

他们都是麻坛老将，各有绝活，我败北无疑。我没有套路，不事章法，不该拆的靠我拆了，不该留的张子我留了。像牌场上的流行语说的：圆靠拆成瘪靠，有靠拆成没靠。听头的牌打得不听头。听了头不是横着赢，就是边张子。我要的牌像我家养的狗，总是顺着我来，邪乎呢。

话说回来，老手毕竟是老手，他们慢慢就识了我的斤两，一时间能叫我输得一塌糊涂。有经验者告诉我，像你这种手艺，只能打一枪换一个地方，见好就收，不然叫你输得跛着脚出门、光着屁股走路。

跟我打牌的人都是朋友，知根知底，只为陪我开心。他们赢了我的钱总要问"赵老师输了多少"，我如实报账(一百或五十)，他们会如数退给我。弄得我总是要在下次牌局的时候宣称：这回你们赢了赵老师的钱不退好不好？他们反倒问我：你说话算数？我舌头打着战说：算……算……数……逗得他们大笑。

更多的时候我是旁观。旁观也成了我的休闲方式之一。前些年，某家刊物登了某位大作家休闲打麻将的几幅照片，有人就说，名人放个屁都是香的，连打麻将也要露个脸。我当时就出面替那位大作家说话：打麻将也是一种休闲运动，说明大作家也是人，也需要休闲。有文人也自嘲说，喝个小酒，打个小牌，写个小文章，拿个小稿费……在家笑笑罢了，生活之有趣呵。

至于说到利用麻将作赌具，那就等于说用刀作凶器，行凶是不能怪罪刀的。这是另外的话题，不在本文叙述之列，姑且不论。

关于自己的话题

这个世界真大,这个世界的人真多,每个人都理所当然地有一个自己的头脑,这个头脑是不是理所当然地属于自己呢?

不。

人虽多,但充分使用自己头脑的人不多。

人活着,总要坚持自己的那份真诚和美丽才好。这个坚持,时时透露出你不可以改变我的意味,而生活的谋略,往往叫你别无选择。

别无选择的选择,也是一种选择。

选择的聪明,往往是要牺牲自己的某些真诚和美丽,才能保全自己的真诚和美丽。不聪明的选择,是交出自己的全部头脑。

这个世界上的愚蠢,不再是缺少知识,而是没有自己的头脑。

外面世界的诱惑,总是叫人坐立不安。流行啊,时尚啊,新奇啊,甜甜美美地生长出令人难以抑止的欲望。

人性的弱点,常常是这山望着那山高的浮躁。浮躁的危险性,在于丢失自己。

人类多少亿万年的进化,压缩为"十月怀胎一朝分娩",真是有些神奇的。父亲和母亲千载难逢地造就了一个我,奠定了我做一个人的伟大胜利,无与伦比。

我没有理由小看自己。行动起来，去了远方还有远方，便是路。

我没见过死水，我只见过死坑。死坑禁锢着水，水才死了。倘若突破了死坑呢，水就流动了，水一流动就会有自己的歌。人生的富有，就是因为有了自己的歌。

这个世界没有我，地球照样转。这个世界有了我，就是不一样。每一个“我”是与众不同的。

人应当是天不怕地不怕的，人怕了自己，才怕了天怕了地。

人应当是打不倒的，人自己先倒了，才能被打倒。

每一个别人都是自己的参照，这个参照，是要敢谈自己。不敢谈自己，还敢谈别人吗？敢谈别人就是亮出了自己。这个亮，是人世间的光芒。

悼念一颗牙

你在你的位置上松动了多时,你坚持着,迟迟不肯离我而去。那段日子不知你有没有痛感。可以肯定的是,你没有给我制造麻烦,我不痛不痒。“牙痛不是病,痛起来要人命”,你都没让我痛,更不用说要命啦。

我的牙啊,你在我的口腔里,与我同伴,一起相处了七十多年啦,我没有怠慢你,你也没有怠慢我,你与你的同伴和睦相处,正常地为我工作,从来没有磕磕碰碰,没给我找麻烦。

人们总是赞扬我有一口好牙。有人怀疑地问我:你的牙齿是真的吗?因为真的像假的,假的总显得比真的还真哦。有位泳友游泳时,一口假牙老爱脱落。他问我的假牙是在哪里安的,我说父母安的。他大笑,说我不说正经话。

我的牙啊,这实质上是对你和你的同伴充满敬意的赞扬啊。你尝遍尘世中的酸甜苦辣,恪尽你的职守,不左顾右盼,不东张西望,不这山望着那山高,不争名夺利,更不显摆,能不值得赞扬吗?

当你有态度之后,我每天早上醒来,第一要务就是用舌头温柔地去探一探你,看你是否还健在。我曾去医院的牙科,看是不是能让你无恙地好起来。可医生恶毒啊,开口就说,拔掉!我赶紧逃跑了。我要你尽你的天年,要你寿终正寝,绝不能用那种残酷手段对待一生忠诚于我的你啊。

自从你在我的牙床上松动之后,我就更加小心呵护你。我时时怕把你磕着碰着,吃东西特别慢,慢成一种病态。我宁可这样,也不愿意轻易地放弃你。

你坚持在我的口腔里存活了两个月,有天你在我的睡梦中脱落了,也就是弃我而去。结果你真的去了,不再躺在我的牙床上,你移位了。我坐起来,开了灯,用两个手指把你抱出来。你三厘米长、一厘米宽、半厘米厚的身子,上身尖利,下身显示出根基的宽厚,与有形有状的小石子无异。

我的血肉固化成你,成为一颗坚硬的牙齿。我们的老祖宗说过一句关于牙齿的智慧的话:牙齿与舌头,一个硬一个软,硬的总是经不住脱落,而软的却总是在那里。这是硬与软的哲学。

到底是硬好还是软好?各自走完生命的旅程就好。你为我走完了你生命的旅程。我让你躺在我的手心里,凝视着你,眼泪出来了。我用雪白的宣纸将你包裹起来,放在我的书架上,和我的著作安放在一起。你为我的生命尽了力,也是为我的著作尽了力,贡献出了毕生。

这篇《悼念一颗牙》的文字,无法刻在碑上,那就发在我的公众号上吧,让我亲爱的读者懂得去珍惜生命,感恩一切为我们生命做过贡献的生灵。

第一次去美国大使馆办签证

一个初冬的季节，我和妻去北京美国大使馆申请探亲签证。美国大使馆在北京朝阳区秀水东街二号，我们头天住东交民巷，离那里近，搭公共汽车只三四站路。我们预约第二天上午八时去那里。

妻那天晚上没睡好，她担心不能顺利得到签证，她想见女儿、外孙心切。我们事先也跟女儿约好了，签证一到手，电话联系，女儿就替我们买机票。双方都等待着那一刻。

我听说过许多关于去美国大使馆办签证的事：给不给你签，全凭美国佬的心情。心情不好，你的长相不顺眼，衣服的颜色不顺眼，也是会被拒签的。换一句话说，去申请签证的人，就看运气了。

我们早上五点多钟就起床，洗漱收拾完，还不到六点。想着时间尚早，出门没搭车，直接步行，半个钟头就到了。

从西到东，穿越了整个秀水街的使馆区，这里黎明静悄悄的。各国使馆门前，只有绿树桩般的哨兵立在那里。唯独美国使馆门前的小街对面，站满了叽叽喳喳说话、等待办签证的人们。

使馆的建筑并不特别，一想到我们去那里面办签证，要得到美国佬的批准，心里就涌动着特别的滋味。我这个写了不少批判美帝国主义文章的人，如今也要去那里，与在那里住着的血亲联系。

站着的人越聚越多，有人站到了小街上。使馆哨兵立在自己的岗位上，挥动着戴白手套的手说：你们站到街沿上去，站到街沿上去！

哨兵维护着那条小街的通畅。讨嫌的是许多广告宣传者，不断塞给你一些广告材料，全是去美国的一些航班班次的票价如何优惠，服务如何周到，旅行如何便利。不一会儿，手上聚了一大摞，我转身就把它们安顿在身边的垃圾箱里了。

在冷风中等候，不觉得冷，也许是心情使然。许多人还没吃早餐，也不觉得饿。我想小便，问人附近有厕所没有。有人答有，只是有点远。妻说忍一忍吧。

等候在这里的人，奔赴的是同一目的地，怀着的是同一心情，自然形成了统一战线，相互打探、打气、安慰、提醒，说美国佬的坏话。我也理解美国佬的立场，每天有五六百人来申请签证，能批准的不到三分之一，当然不能来者不拒。

美国佬首先是怀疑每一个申请签证者有移民倾向，每一个申请签证者都必须出示能确保在美国合法、短暂逗留之后必须离开的社会、经济及其他方面的证据和理由。“怀疑一切”是他们办理签证的策略。

上午八点整，哨兵开始喊号。申请签证者，预约时都有一个编号。哨兵喊号是五个号连着喊一回，如喊“十号以前的”“十五号以前的”“二十号以前的”，一拨一拨的人就朝里走，经哨兵检验申请表上的照片与申请人的相貌后，大家便挨着使馆的院墙排队。

队伍被栏杆拦着，排队排到了一定的长度。使馆大门一侧神秘的小屋进口，不时被哨兵放进一拨拨人。当我们排入这支队伍时，挨着我站着的，是一对老年夫妇，原是武汉一所大学的教授，已经退休。他们有三个儿子，都在美国。他们已经去过美国两次，这是第三次要去。

他们对我说：“你们去看女儿外孙，他们没理由拒绝，不用担心。”我没说我们担心，也没有显示出担心的情绪，他们偏叫我们不用担心。看来担心能不能顺利拿到签证，是每个申请人的顾虑，心照不宣。

不时有人从那个侧门出来，我们队伍中便有人问：“签了？”彼此并不认识，只是一种打探，打探顺利不顺利。对别人的打探，也是对自己的担心。从侧门出来的人都摇头说哪有这么快，他们随身带了提包，带了手机，这些是不能带进使馆的。他们是出来找地方寄存，或是让在外面等候的同伴拿着。看来须知的事，许多人还是不知。

好不容易等到我们进了那个小屋，只见里面有一个台子，三个工作人员，都是自己的同胞。他们板着脸，验证了我们的申请表，当我们走过窄窄的通道，有机器自动检测申请者是否随身携带了违禁物品。

我通过的时候，机器连连发出警报，让我吃惊，原来是挂在皮带上的金属钥匙串。我取下了钥匙串，再通过机器又是连连发出警报，妻发现我将钥匙还捏在手里。我自己觉得好笑，但工作人员仍是板着脸。

来到一个大厅，厅内有能够移动的金属柱牵连着化纤绳子，绳子隔出三个区域：一是排队递交护照及申请表换取标志卡的队伍；一是换卡之后等待靠近签证窗口的方阵；一是靠近签证窗口的方阵。中间环节的方阵最庞大。每个人手里都拿着证明自己合法去美国而不会移民美国的材料。有人一声不吭，只默默等待着命运的宣判一般；有人轻松自在，不时扭动身子像跳舞一样，显出一副胸有成竹即将奔赴天堂的兴奋；有人小声说着话，话题自然是有关签证的种种，显得神秘兮兮的。

大厅的一面墙有四个大窗口，固定的透明玻璃隔着内外，玻璃内站着一个老外，与玻璃外站着的申请人对话。申请人的材料从玻璃底部窗台凹下的槽口递进递出，对话也从挂在窗口上方的扬声器传出传进。商务的、留学的，占两个窗口，探亲的也占两个窗口。有一名拿着步话机的大块头男同胞在厅内巡视，不时用他洪亮的声音说：别说话了、别说话了！不时又对着步话机说：等会儿再放人进来好吗？大厅已经容不下啦！

跟我排在一起的一位少妇，问我从哪里来，我说湖北。她说她去过武汉。我问她从哪里来，她说她是北京的。我问她要去美国的情况。她说她在美国生活了两年多，丈夫在美国工作。因为她的视网膜脱落，回国治了眼睛的。我问她怎么不在美国治呢，她说在美国找普通的眼科医生，得一万多美金的费用；回国找到了最好的眼科医生，治好了，总共也不过一万人民币。她说不能不承认社会主义的优越性。

她正说着，大块头男同胞走过来冲着她大声说：“你别打眼好吗？你再打眼我就请你出去！”少妇顿时火了，也大声说：“什么打眼不打眼？你对同胞放尊重些好吗？你以为你拿美国薪水就可以用这种态度啊？”大块头逼近说：“我什么态度啦？什么态度啦？我叫你别影响这里的工作！”少妇说：“我不就说说话吗？怎么就是打眼？你嫌我的声音大了，你好说不行吗？你以为这是你行蛮的地方吗？”大块头被她说了几句，软下来了，终是和软地说：“拜托你好吗？再别大声说了好吗？我这就跟你好说好吗！”说罢狠狠盯了少妇一眼，走开了。少妇在我耳边说了一声“假洋鬼子”。

她身后的一位女士说，别跟他吵，没好处，大厅有监控。少妇说：怕什么呀？谁犯法了不成？都是人，坦然些！她说这话的声音显然小些了。

她的坦然态度也感染了我。我被憋转去的尿又胀回来了，我估计到靠近窗口的方阵还有些时间，便上前去问那大块头“附近有没有厕所”，他指着大厅的后面说“那儿有”，我就去了。这使馆的厕所里拖把、扫帚胡乱地丢着，水磨石地面水滋滋的，尿池里被泡胀的几个烟头在尿的冲击下打旋。我一通舒服之后，想起美国一位大学校长对学生说过的话：什么叫幸福？幸福就是大小便通畅！意味深刻啊。

我进大厅时，正碰到武汉那对教授夫妻出门。我问怎么样，他们无奈地一笑，说：“真是奇怪——拒签。”我问为什么，他们说：“问我们有没有房产，你想我们能没有吗？中国普通老百姓都有房产呢。他要我们拿出证明来，我说没有证明，上两次签证都没说要房产证明，怎么这回要呢？美国佬就说‘对不起，我不能给你们签证’，这是不是奇怪？上两次我们没有这个，我们去了，不是又回来了吗？我们三个子，他们一锅端去了，我们每年都想去看看儿子们，怎么就没这个自由呢？奇怪，奇怪！”教授连连摇着花白的头。

我和妻已经接近了窗口，玻璃内外的对话就听得更真切了。每个申请人，听到玻璃内的人用变音了的普通话喊出他们的姓名，便走到窗前，上一步台阶，与玻璃内的人形成对峙。一声“您好”送进去，一声“您好”送出来，送进去的“您好”多少有些巴结的意味。美国签证官通常是先提出几个问题问你，然后对申请人的材料随便翻翻，再提出问题，大约两三分钟之内解决问题。

其实问题很简单，如为什么要去美国，去多长时间，是干什么的，月薪多少，去过美国没有，你的什么人在美国，在美国是干什么的，等等。这些问题都在申请表格上写得清楚，偏又拿来问，看来不在于你的回答，而在于你的态度，或者说缘分。我有个朋友的儿子在美国一个著名公司当高级顾问。签证官知道那个公司，或者说很是崇拜那个公司，一听说他儿子在那个公司，就连连“OK”，他递进去的材料签证官看也没看，便说“祝贺你”，得到签证前后不到两分钟。

扬声器里喊出我和妻的名字，我们往那里一站，竟然忘了说一声“您好”，哪知里面的“您好”就送出来了，我们回敬着“您好”。于是开始了上面说过的那些问答，然后示意我们将材料递给他，签证官翻着材料问：“你女儿结婚了？”“结婚了。”“你女儿女婿访问过中国？”“访问过。”“中国大使馆给他们的签证复印件有吗？”“没有，但有他们访问中国的一些照片。”我把那些照片指给签证官看。签证官说：“不是，是要中国大使馆给他们的签证复印件。”我说：“那当然有，只是我们没想到要那个，你们‘签证须知’的宣传材料里也没说要那个。”签证官说：“对不起，我不能给你们签证。”接着就给了我们一张铅印的类似传单的东西，上面第一款就写着不能给你签证的千篇一律的原因：认为你有移民倾向……

走出美国大使馆，在北京街头，妻给在美国的女儿女婿打电话，报告被拒签的事。女婿是美国人，急诊医生，他一听这事，就用很正宗的中文骂了一句。女儿则说，妈，没关系，第一次不成就第二次，第二次不成还有第三次……反正爸妈要将“革命进行到底”。

接着就听到小老外——外孙女稚嫩的声音，她爸在用中文教她叫“外公外婆”，她叫出的则是：公，婆。听到她爸妈在电话那头大笑，妻在电话这头大笑，笑出了眼泪。

含泪：第二次去美国大使馆办签证

第二次去美国大使馆办签证，是妻罗艺琼去世之后，女儿女婿回来奔丧，再提及去美国大使馆办签证的事，仍是女儿说的“将革命进行到底”云云。他们不能陪我去，因事要先行回美国。在妻去世满“五七”之后，跟美国大使馆预约了接谈时间，再一次准备了签证材料，孤身一人北上，意味悲壮。

三十二年相濡以沫的夫妻，妻子突然离世，无法逃离的悲痛包裹着我。她为我操劳了一生，我保存了她的两块骨灰碎骨，一块让女儿带去了美国，安葬在她家院子的一棵树下，女儿取名为妈妈树；另一块用绸缎包好，随身带上，算是陪伴的意味。一路默默面对，阴阳两隔，不禁潸然泪下。

在那个熟悉的美国大使馆签证大厅里，妻子的身影总在眼前闪现，只要我闭上眼睛，就感觉妻子在我身边。想必我的情绪是木木的，大厅的情形我视而不见。清醒的意识是，我不抱希望，也不至于失望。我是完成女儿女婿要我完成的一次旅程，送一次签证费给美利坚合众国而已。

面对的签证窗口仍是 3 号，只是签证官不是手臂长了许多毛的美国男人，而是三十多岁的美籍巴基斯坦女人。排队等待签证的人似乎知道她的故事，小声议论：在她那里是最难签的，许多人都是在她手里被拒签的，这个可恶的女人。还有人说，她的中国男朋友把她甩了，她才如此仇恨中国人。

排在我前面的三个男人，都被这个女人拒签了，其中一个被拒签的还大声跟她吵了起来，她竟然把窗帘一拉，看都不想看那个男人一眼。

当我走到 3 号窗口前，上了两步台阶，窗帘被拉开了，美籍巴基斯坦女人再现了。我想，她是不是已经从她的情绪中回过神来，这情绪会不会对我的签证产生影响。

她开始问话,我觉得我的情绪仍是木然。

她问:你叫赵金禾吗?

我说:是。

她问:你女儿结婚了吗?

我说:是。

她问:你有公职吗?

我说:是。

她问:你有你女婿访问中国的签证复印件吗?

又问到这个话,一下子把我的心堵住了,我的情绪顿时翻腾起来。一年前,我和妻子就是这样站在这个窗口前,签证官也正是问了这个话。妻子的回答一下子活现在眼前,我的眼泪顿时直往外涌。

美籍巴基斯坦女人一时愣住了,说:慢慢说,慢慢说。

我说,一年前,我和我妻子就站在这里,被问到同样的问题,结果被拒签了。现在是我一个人站在这里,又被问到这个问题,可是妻子去世了……

我的眼泪淹没了我的话,也像要淹没我自己。

我把她问的那个材料默默递给她,不知她看了没有,她立马递给我一张小纸条。

我还陷在我的情绪里,没看小纸条上写的什么,直到美籍巴基斯坦女人操着纯正的京腔说"祝开心啊",我才意识到我得到签证了。

是不是她动了她的同情心呢?我还木然在那里,直到排队在我身后的人问我"你没事吧",我才离开了窗口。

我可以去美国了,只能只身去美国了。妻子再也不能亲眼看到她的女儿,她的小外孙女,一切的一切,都只能凭借我的一双眼睛了……我走到签证大厅外墙的一角,面壁饮泣。我要带着妻子的使命去啊!

•

第二辑 心灵篇

PART 2

不信任的邮筒

这是一种没法排除的感觉——不信任那个邮筒，我的不信任，从邮筒诞生在街口的那天就产生了。每回给朋友发信，我宁可走过一条街加一条街，到邮局大楼去寄发，也不愿意投入就在家门口立着的那个邮筒。

那个邮筒身上照样写着开筒时间：上午十时，下午四时。我眼见邮递员按时去开筒，但里头只是一些顽童的作品：小石子、枯树叶、卫生和不卫生的纸片。没有一封信肯光顾她。

不信任那个邮筒的不只是我，还有我的朋友，人心真是相通的。我们怕邮递员疏忽，怕运载着我们生命能量的宝贝信件在那里被冷落、被丢失。

我有几次走近那个邮筒，手里拿着信，信已经封好，邮票已经贴好，就要伸手将信投入她的怀抱，试图给她一点同情、一点支持、一点温暖，结果我被朋友叫住了：

"不保险的……"

我便不好意思拒绝朋友的好心提醒，于是继续保持着我的不信任，宁可多走几步路，风雨无阻。

那个邮筒在那个地方诞生之前，我们是盼望着她在那里诞生的。她按我们的渴望诞生了，而我们又践踏了她的生存。

谁是主谋呢？

没有谁能够承担这个责任。没有广告，没有声明，但谁都认为她"不保险"。她受了不白之冤也还是在那里默默守候，空空守候。

一个不知情的外地人，朝她投进了一封重要信件，失悔不已，后来在知情人的帮助下,偷偷撬开了那邮筒的暗锁,送往我们都觉得安全可靠的邮局。那邮筒从此受了重伤,在人们的不信任中彻底废了。

每当我走过那里,总感到一丝无以名状的忧伤。

别皱眉

实实在在是怕你眉头一皱的苦相,你眉头一皱,我的天空就顿时暗淡下来,太阳也失去了生机。

我求你了,别皱眉。

你舒展的眉头,就是一片蓝天,一片晴朗,一缕清新的空气,一处宜人的风景。

我知道皱眉的人有皱眉的充分理由。可那不是权利,也不是义务,那是一种心态的反映,就像生活中的镜子。生活中的矛盾向你袭来,给你带来了麻烦,你一皱眉就顺利了吗?除非是另外一种说法:眉头一皱,计上心来。

面前摆了半瓶啤酒,爱皱眉的人说,哎,啤酒只有半瓶!达观的人说,哇,还有半瓶!面对的同是一个客观事实,心态不一样,感觉就不一样。境由心生,你知道的。

许多人不明白我为什么像个智力障碍者似的不会皱眉。宇宙无限我有限,生活无奈我有奈——生活总能让我咀嚼出滋味来。

生活的滋味是永远不能从生活中剥离开来的。

滋味组成了我们的日子,矛盾交织着我们的人生。达观的人总是向它们微笑,上帝一见我们微笑,不就害怕了吗?

不放弃自己

那是在你的办公室里,工作上的事情正让你烦恼,我突然见你呼喊着:我要回家,我要回去做个家庭妇女!

你真的就回家了,不过那不是逃脱式回家,那是该下班了。

第二天是个双休日,你就尽情享受着家庭的温馨。

放松了一天,又放松了一天,你就在放松当中看了一本书。你在烦恼之后仍是按计划读书,连你自己都感到奇怪:为什么不放弃?

周一上班,你带着一份好心情,有过的烦恼也不知躲到哪里去了。你跟我说起这些的时候,笑了。

我收到我尊敬的师长李德复的一封约稿信,他在信里说到他坚持写作五十年的一个体会,就是“不放弃自己”。

一个人在追求理想的过程中,时有放弃的想法,时有情绪的低落,也时有“没多大意思”的茫然。但那骨子里的“反放弃”,将许多的干扰变成磨砺自己意志的石头,变成向上的台阶。

人生就是自己跟自己作对,又自己跟自己和好;自己挣脱自己,又自己推动自己。

你胜利了。祝贺!

不老的月亮

月亮很老很老了，其实月亮并不老，月亮总是寄托着人的心事，负载着人的相思，月亮在人们的眼里没有不新鲜的。

月圆也好，月缺也好，它总是叫人凝望。人类多少赏月、咏月、颂月、怨月的诗文，也不能叫月亮不是月亮。固然是“今月曾经照古人”，古人也曾玄想过今时月吗？

今月还是月，今月仍会照后人。

月亮从我们的岁月里走过。当我学会了思念，当我已经有了思念，我就把我的思念寄托给月亮了。不老的月亮承受了太多的寄托，又不想辜负使命，就常常出任太阳的使者，给牵挂者以牵挂，给守候者以守候，给思念者以思念。

人们总是将月光斟满，彼此进行千次万次的祝福，为自己的亲人，或是为自己心目中的那个人。

我在思念你的时候，你在哪里呢？你也在望月吗？思念的目光总是在月亮那里相聚。

在夜的静思里，月亮照耀着你，也照耀着我，运载着我们的思想，把我们带到了月亮居住的辽阔地方，升华了我们的情愫。

有时月亮来到我的梦里，变成凝望着我的眼睛，变成倾听着我的耳朵，变成面对着我的头像。我每每泪水盈眶。

不老的月亮，永远是人类思想的使者。

窗外有太阳

我常对你说这话:窗外有太阳。

你懂吗?听得不腻烦吗?

你说:我怎么就常常感觉不到那窗外的太阳呢?

我说,许多恼人的事,磨人的事,缠人的事,常常遮住了我们的眼睛,扰乱了我们的心境,让人感到身处雨季,雾蒙蒙的,湿答答的,阴沉沉的,让日子失去了光泽。

有一天你对我郑重其事地说:呵呵,窗外真的有太阳!

你说这话的那天,其实窗外并没有太阳。

你笑了,你说是你的心情变了。心情朗朗,没有太阳也像有太阳,天黑你心里也不黑。

这是顿悟还是渐悟呢?

你问:人不是很伟大吗?不是很智慧吗?不是很辉煌吗?为什么一个针头或一把水果刀,便能结束人的生命呢?

我说,那是窗外没有太阳。我脑海里生出一个意象:自然还是自然,人还是人,心境却能改变一切。

佛说"境由心生",是个真理,颠扑不破。无怪乎庄子要从人的内心去寻找:天地与我并生,而万物与我为一。

心境也能改变心境。

认识自己往往比认识别人更重要。

现在,你肯定认同了。

单纯的滋味

我们的生活往往过于繁杂了,你不觉得吗?所以我们总是向往单纯,敬佩单纯。

你也是个极单纯的人,我称你是单纯的化身。认识你,也是因为你的单纯。我曾调侃你多“糊涂”,糊涂的单纯比聪明的狡诈好。其实你并不糊涂。

有一个八九岁的小女孩,常听老师讲环境保护对于人类的重要性,有回看电视看到河流被人们污染,她难过得直流眼泪。可爱的小女孩,她这么单纯下去,她一生的日子怎么过啊!

我知道有位六十多岁的老太太,一直感激她的启蒙老师,也一直跟启蒙老师保持着良好的师生关系。一次在一件事情上,启蒙老师显露出世俗化的虚伪心计,她不能原谅她的老师,就不再跟她的老师往来,她这种单纯让她活到了六十多岁,不是活得好好的吗?

我大可不必替可爱的小女孩担心。

单纯是人们向往的,也是人们想做而不易做到的。你的单纯,有你的理论支撑,有你的人格筹码。

我就想,文明社会理想的思想境界,应当是对单纯的崇敬。当我们的文明失去了单纯,我们面对的就只是人类自身的损耗。

支撑我这个论点的,有林语堂先生呢。他说过,生活及思想的简朴性是文明与文化的最崇高最健全的理想。他还说过,当一种文明失掉其单纯性,文明就会充满困难,人类就会被自己创造的文明所束缚。

你看他把单纯看得多么重。

好个你，好个你的单纯，在阻止我单纯中的世俗化倾向，像阻止沙漠向绿洲侵蚀。你调侃我说，当心啊，哪一天从你心灵深处冒出一个虚伪的心计，我们就不再是朋友了。

我时时警惕着呢。

等待在那个时刻

电话铃声一响，我总是一阵惊悸。想着是你打来的电话，便赶忙去接，可不是你的声音，不是你，那是一种失落，你应当是知道的。

后来就习惯了看表，不在那个时刻，也就不必惊悸了。不幸的是忘性大，只要是电话铃声一响，就以为是你，就要惊悸，怕不能及时回应你的呼唤。

我总是等待在那个时刻。那个时刻没有你的电话，我就想：你干什么去了？有什么比那个约定更重要呢？或许是你忘了，或许是你不再有那个心情跟我打电话？

我不知道。我只知道我仍在那个时刻等待。望着那部电话机发一会儿呆。尽管时间过去了好久，等待成了不必，但我还是等待。

等待是一种期盼，期盼也要付出代价。

你那一声“喂”，很轻柔、细腻，总是叫我兴奋得一震，也让我松口气。思念也就在那一刻有了些缓解，揪心的阵痛才不至于复发。

你的声音抚平了我那被等待揉皱了的心。我不知道我的眼泪是不是打湿了你的声音。

我用理智说服自己，其实我不曾让理智休息。想你就是我的阵痛，这个阵痛就像一条抛物线，到达顶点之后才开始回落。

呵呵，抛物线的情绪总在我的生活里做不规则的振动，我的理智跟着我是不是太累了？

给思念加上一勺糖

我真不知道思念是个什么东西,我竭力想弄明白,怎么也弄不明白。

思念就像空气,在自己周围,抓也抓不住,摸也摸不着,又分明缠绕着自身。

有一首歌说,思念是不可触摸的网。是不是一触摸就会被网住呢?

我说,思念是一道道伤口,往往一触摸就痛。

思念至深,就是至爱吗?爱到极处便形成思念吗?

有人说,思念是一汪苦水,只能自己独饮。

我们常说太累了,是不是因为思念的路走得太长了?

我总是冷不丁地掉进思念的梦。梦套着的梦被拴着,长不出飞翔的翅膀。

做个不思不念的人吧,那肉身便成了空壳,还算行走的人吗?

思念就打个电话吧,手机一点,就接通,思念的声音就在耳边放大。彼此的耳朵不是亲近着彼此的嘴唇吗?

便是便是,给思念加上了一勺糖。

还是你最好

收到那个生日贺卡,让我好生想了一阵子。

没有多少人知道我的生日,我也不看重自己的生日。

能在生日收到贺卡倒是件新鲜事。也不知道你是怎么知道的,难得你留心。

你这不带任何功利的贺卡,我的感动也就在这里。

贺卡里的几句话,不是印刷的,是手写的,你那字体,看一眼就入了骨髓——

在思念最浓的季节里/我总是第一个想到你/鄙人有许多朋友/最难忘的只有阁下你啦/因为想来想去/还是你最好。

这样的句子,这样的情谊,让我觉得自己还真是活得不赖。

能举起秋毫的人算不得力大,能看见日月的人算不得眼明,能听见雷鸣的人算不得耳聪。这可是古训。我总想与众不同,凭什么?

我常常想:没有我,地球照样转,但有我就是不一样。

这是我的个人宣言。

不要轻易用那个“最”字,能称上一个“好”字就不错了。能在朋友的目光里行走,无论在时间的明处还是暗处,我们都会有春光拂面的感觉。

心心相印便是如此吗?

看着我的眼睛

我们第一次见面，我不敢看你。不知道为什么，就是不敢看你。

你笑说："看着我的眼睛。"

我就看了。你的眼睛不是很大，也不是很小，很明亮，也不是有人形容的水汪汪。我的形容是，亮晶晶。

你仍是笑着说："看到了什么吗？"

我看到了坦然，看到了纯真，还看到了一脉温情，从此我就逃离不了那双眼睛，我的生活中就多了那双眼睛的风景。

也不知从什么时候起，"看着我的眼睛"竟然成了我的座右铭。眼睛一闭你自来，眼睛一睁你还在。见面不用多说话，眼睛告诉了彼此一切。

说"眼睛是心灵的窗口"，我总以为不大准确，因为"窗口"总有个关闭的时候，而心灵从来就是为某种信仰守候着的，"关闭"不属于心灵。

我要说，眼睛就是心灵的住所。住所是接纳，是回归，是包容。当然不乏住所的特性：温馨、温润、温情。

当我看着你的眼睛，你也是在看着我的眼睛。你看到了什么呢？你从来没说，但你的眼睛却告诉了我一切：我们的友谊，比朋友进一步，比爱人退一步。

渴望跟你谈话

如果说我对你有什么渴望的话,那就是:渴望谈话。

无拘无束,无障无碍,无遮无拦,还无休无止。灵魂倾听,倾听灵魂。就是这种谈话,我再也找不出别的描述。

话头繁多,话语宁静,彼此感到幸福。会心的笑,动心的泪,总是把彼此的心境展现得淋漓尽致。

相对而坐,时间睡着;相互守望,经历醒着。我们在属于自己的时空里,感受着我们的心理旅程。

现实在睡梦里伸展,过去在现实中迂回。时空与时空重叠,现实与现实会晤。这是什么神话?

我们没有什么别的渴望,或者说别的渴望都被挤压到心的一角,变得不重要了。谈话的渴望成了我们的主宰。

一次谈话是一次清醒,一次谈话是一次净化,一次谈话是一次朝圣。

谈话内容也不都是崇高,不都是深刻,从来都不失真。真的东西不一定叫人喜欢,可真的东西永远是一种真诚护照,可顺顺当当地走进彼此隔着肚皮的人心。

灵魂的安抚

每个人都有个家，不只是物质的家，还有个精神上的灵魂之家。

我们的灵魂常常不附体，让我们无端生出许多烦恼，于是我们得呼唤着灵魂：回来吧。

小时候，见村里的大人们，在黑夜呼唤自家生病孩子的乳名，“回来吧”，随后有跟着同行的亲人答应“回来了”，这便是灵魂呼唤的仪式。灵魂不附体就会生病。

人的情绪有时是莫名其妙的坏，其实那就是丢魂失魄。你尽管吃着山珍海味，尽管住着总统套房，倘若你灵魂出窍，也休想有个好滋味，休想能睡个安稳觉。

人的分量是灵魂的分量。有些哲人好心地为我们设计“人的一生应当怎样度过”，他们的设计也关注了灵魂，却无法阻止一个人的灵魂漂泊。

天苍苍啊，野茫茫啊，生存的困扰与焦虑，似乎是冥冥之中的什么力量，要让我们的灵魂永不安宁才有永远的苦渡和奋发吧。

感叹匆匆一世的“逝者如斯”，感叹永恒瞬间的伟大与渺小，对于生命的敬畏有时让我们在深夜醒来感到心惊肉跳，对于命运的不可捉摸也真让我们想大哭一场。

我们的生命有时是经不起磕碰、经不起颠簸、经不起敲打的。灵魂守候着的坚强，也怕突如其来的袭击。不要说我们人类多么伟大，伟大也是肉眼凡胎，只要我们一走神，灵魂就会出窍，任何伟大也会坠落在深深的遗憾里。

生活里的欢乐不是纯粹的，任何不幸也不是绝对的。欢乐与不幸就像白天和黑夜一样交替着。我们对自己的前途尽管可以预测，不过是遵行某种规律还是陷入某种命运，是不可以打包票的。

岁月从我们身边走过。时间压缩着人的生命，时间也在延伸着人的生命。人们学会了恨，学会了爱，也学会了生活。自己是自己的榜样，也是别人的榜样。

请伸出你的手，握住我的手，我们就会生出许多温馨、许多清醒、许多力量，体现永远的价值和灵魂的抚慰。

面对蓝天

凝视着运动员跳高,我不知道你们有何感想,我常常掉进我深深的思绪里。

一条横杆横在那里,他跳得过去吗?

他面对着蓝天,起步,助跑,冲刺,然后是双脚一提,身子一跃,或背越式,或跨越式,或翻滚式,终于跳出一个破纪录的高度。

我也松了一口气。

我们常常感到好累,想躺下来休息,想离开“竞技场”,让平静与人生相伴。诚然,平静是一种境界的向往,一种形式的追求,谁敢说自己真正做到了平静呢?

人的心思总是动荡不安的,“不安”是对生命意义的焦虑,是对存在目标的选择。安分了,生命也就差不多静止了,也就不再有人生辉煌可言。

大多数人都在平凡的工作岗位上。大多数人也希望在自己的工作领域有专攻,犹如在体育运动的单项比赛中,拿到属于自己人生赛场的好名次。

我把这称为野心。我也常常赞扬我一位朋友的野心,他的野心常常诱发了我的野心。人生赛场都悬挂着诱人的金牌,谁不想摘取这些金牌呢?我们的赛场就在我们的岗位上。打破世界纪录,不一定是在世界性的比赛场上,世界性的比赛场上不一定都能创造世界纪录。我们就在我们的岗位上,拿出我们的勇气,奠定我们的自信根基,拼一拼我们智慧的极限,何尝不是一乐?

看着拳击比赛,我总是有些害怕。你一拳打过去,他一拳打过来,常常害怕得我这五尺男子汉捂着脸转过身去,不敢看。我总以为拳击者的胜利是建立在打倒别人的基础之上的,这太残酷了。

人生的成功者，不应以打倒对方为前提才好。因此，我就特别赞赏跳高运动员的潇洒人生，跳过了一个高度又一个高度，磨炼了的意志终须再磨炼。

一次次的磨炼，一次次的超越，便有一次次的升华。超越与升华是人生积累起来的精神财富，也是哲学高度与人性深度。

写至此，我要高呼一声：去面对蓝天吧，像跳高运动员那样！

永不言败

也许你不信，我珍藏着许多退稿信。那是我写作的另一种积累，也是我的阶梯。我沿着这阶梯行走，尽管跌跌撞撞、磕磕绊绊，但从来没停过脚步。

我从没数过我的脚步。走高或走低，走弯或走直，我总在走，总有些小小的收获，总有些小小的得意。蓦然回首，我发现我已经远离了我的出发点，前路在向我微笑、招手。

没有过灰心，没有过失意，永不言败是我的信条，孕育着希望。哪怕是渺茫的希望，也胜过绝望。

我每天都充满希望，希望充盈着我的日子。希望营养着我，像不能轻易击碎的硬壳，也像百听不厌的歌。

永不言败意味着人生中的痛苦不肯光顾我，人生的烦恼不肯走近我，人生的忧郁不可跟随我。我不是神，我却有着这样神圣的理念。没有这种理念，一张纸的阻隔会似钢铁般坚硬；有了这种理念，钢铁般的阻隔会像一张纸般容易被捅破。

生命囊括着人生的酸甜苦辣。没经历酸甜苦辣的人是不完整的人，是经不起敲打的脆弱生命。我的永不言败，不是从天上来，而是从地上生长起来的。换句话说，在生活的酸甜苦辣中浸泡过的果子，会在艰难中无所畏惧地生长。

人生的体验没有多余之说。尽管失败被人们誉为“成功之母”，但我仍然不喜欢言败。学业、专业、事业一时不成功，一次不成功，不是人生中的异常现象。人生态度却是至关重要的，重要成一种潇洒。

潇洒是什么?是一种内在气质的动人宣泄。当然,永不言败不一定必然获得成功,但奋斗过了、尽心了,给别人留下参照、留下教训,或者把前人的脚印加深,也不失为一种独立的不必遗憾的人生。

你留给我的韵味

我想了很久很久，我对你的感觉说不出，说不出是个什么滋味。我只觉得，那天碰到你，我为之一振，我一直不知道你是以什么方式感动我的。

后来我才明白，那是因为你的微笑，没别的。

那天我大约是有些忧郁吧，你说：笑一笑怎么样？你就引导我笑了。你引导感染我的旗帜也就是微笑，微笑从你脸上的那两个酒窝溢出，一时灿烂了整个时空。

你说，有人给过你难堪，你用微笑征服了他们，没别的武器。艰难困苦在你面前失败，就是怕了你的微笑。

你的微笑抵御了痛楚，赶跑了不幸，淡化了困苦，那是怎样的神奇啊！

你的微笑新鲜，像每天的太阳。

你的微笑甜美，像明媚的月亮。

你的微笑宁静，像山里无声的小溪。

你说你不是圣女，你说你也有想哭的时候，你说你临到要哭的时候总是变成微笑。微笑成了你的风格。

我也是爱笑的。以前我是打起哈哈笑，似乎不会微笑。后来学会了微笑，想必是师从于你。知内情的人，爱把我和你的笑联系起来，说我的笑和你的笑是一个流派，两样风格。

哈哈哈……

你在电话那头

那真是个神奇的东西，就是那么一根线，长长的，你就在电话那头，你一说话，它就把你推到我面前了。

你的声音是放大了，还是缩小了，我不知道，我只知道那就是真实的你。你说你每天要跟我打一次电话，你不计较电话费的英雄气概着实让我吃惊。

我只有听你讲，不打断你，我只"嗯嗯嗯"，不插嘴。你总有那么多的话，有用的话，没用的话……哪怕是开玩笑的废话，我也总是感觉新鲜。

我不明白这是为什么，是在恋爱吗？我突然一惊。

我们之间的友谊早就发展到这一步了，我还浑然不觉，我好糊涂。

我每天早上起来，就好像是在等你的电话。我无论在做什么，只要是电话铃声一响，就直奔过去。若不是你的电话，失望的情绪就上来了；若是你的电话，有时又感到不对劲，原来是我拿倒了话筒。"迷糊阿文"，你不总是这样叫我吗？

你有你的事业，我有我的事业，我们从一开始就自己制造了自己的两地"分居"。

你说："我们不是很近吗？电话机在你的床头，也在我的床头，一拿起电话，我们就是共枕了。'千里姻缘一线牵'，真是那么个意味。"

我说，什么时候我们只用一个话机呢？

你说，耐心等待吧。

你信"路遥知马力，事久见人心"。我说："路遥"了，马是不是乏了？"事久"了，人是不是老了？你笑我经受不住考验。

好，我今生等你，哪怕等你到来世。

你总是让人感动

你总是让人感动，许多人这样说，我也这样说。

在物欲横流的世界里，你拥有一颗纯净的心而自恃，你仿佛就是为这颗纯净的心而存在的。你这颗心所焕发出来的生气，把你跟众人区分开来，叫世俗风情羞愧不已。

你自己也是一个容易被感动的人。人家给你一张友好的笑脸，一个亲切的手势，一句关爱的言语，你便感到温馨弥漫。一幅动人的画，会叫你流连；一曲动情的歌，会叫你嘘唏；一首动心的诗，会叫你沉醉。你的这些情绪，就足以让人感动。

你觉得人与人之间应当通透，没有算计，没有小心眼，没有叫人作梗的东西。

我说我很难做到。

你说努力做到总是需要的。

我说我十分赞同。

感动，是一种自然流露。无须档案，无须背景，举手投足之间，便滋生出心灵的圣意。

我见识过许多女孩子，有的以袒胸露背为美，一有机会，她们就会用细腰和长腿吸引人的眼睛。你不能说她们不对，她们也是爱美一族，有这个权力，只是在我心里没法跟你比。

我不反对别人的生活方式，我只说我欣赏的，是你作为知识女性的雅致风度、恬静内涵和含蓄力量。支撑你的是学养、慧养、修养，不浅薄、不虚华，以及来自心灵的气韵。

你说你一生别无他求，只做自己喜欢做的事。哪怕只有那么一点点立锥之地，你也可以活蹦乱跳。只要给你一片天空，你就可以自由飞翔。口渴了，掬一泉清水；走累了，席地一坐。白云一朵，树叶一片，秋水一泓，霞光一束，都能叫你享受人生的乐趣。

一个女子的洒脱，便如是。

盼你来信

你总不肯写信，是你太忙，抑或是你疏懒？我不知道。

我给你的信似乎太多，我喜欢洋洋洒洒。每封信差不多都超重，也总是要多贴邮资，邮局才肯放行。

大约是你觉得太不公平，你便开始了来信，来得很稀。也大约是物以稀为贵，对你的来信我也就特别看重。

你的信属于简约的那种，有韵味的那种，像诗，像词，像散文，有滋润生命的功能。

我的信多是多，但多是些生活的唠叨、细节的堆砌、故事的演绎，想必真让你见笑了。可你却说：到底是小说家。

你的来信似乎很定时，到了时候，你的信没来，我就油然生出期盼的感觉。那感觉渐渐强烈，强烈到常常去迎接邮递员的到来。有我的许多信，可里面偏就没有你的来信，这时我就要连连追问邮递员：会不会是投错了？会不会是丢失了？会不会是……总之是不安。

你的信终于来了，你也写了说明："我真混，这封信写好之后，忘了发走，若不是你的来信提醒了我，它还会一直躺在我的抽屉里。我确实太忙了……请原谅。"

天呐，我倒是要请你原谅啊，你那么忙还总记着给我写信，是我太自私了。

于是我就想你来信，又不想你来信。

我有时间写信，像有时间写作一样。只要你觉得我的信对你还有益，我就会写下去。到时候我有了钱，我就自费出版我给你的那些信，书名我都想好了，就叫《一地书》，你可要保存好啊。

是我敲门

你把你的门紧闭，闭成你自己的孤寂世界，独饮你的痛苦与沉重。你也想拒绝我吗？

是我敲门，你听见了吗？我来敲门，敲你的孤寂。

你曾经是那样的纯真，那样的有朝气，那样的热情奔放，面对邪恶也能拍案而起。你往那里一站，就能站成独特的风景。

我不知你从什么时候起，就像断了线的风筝，飘啊飘啊，飘成了下坠的姿势，坠入了你的孤寂。你失向了，找不到你自己了。

是我敲门，是我呼唤，呼唤原本那个你。

你从前的光彩在哪里呢？在我的那些文章里，在我的那些日记里。我写下的每个字，都是你的歌，都是你的笑，都是高天的晴朗，还有爱与恨的享受。我敲你的门，也是企图敲出我心里的一个你。

是我敲门。只要你不开门，我就要敲，总是敲，敲你的清醒，敲你的回归。我不信你忘了我，不信你不肯理我。不信你会丢掉你的那份珍贵，不信你会走向世俗。你不过是一时茫然，或是一时被世俗的目光刺伤。

你需要想一想，是吗？只是别再想那个“出走”的坏念头。

是我敲门。我就倚在你的门外，等待着你开门。你想好了吗？我已经呼唤累了，我倚门睡着了，我在梦里也在敲门，也在呼唤，我呼唤着你的名字，我被我的呼唤惊醒，我发现我为你哭过了，不只是一回两回。

我敲门敲到了你的心上，你不会无动于衷。

你在开始清理你自己。

我深信，深信。

说声“抱歉”

我们有太多的幸福,我们也有太多的欠缺。

在幸福和欠缺之中,我们总是亏待了欠缺。对欠缺置之不理使我们饱尝了欠缺的报复。

欠缺的脾气很拙,也很大度。拙起来能毁掉我们的幸福,大度起来只要我们说声“抱歉”便安分了。

我们虚假空洞的自尊心,往往诱惑我们不肯说声“抱歉”;即便说出,也往往不是真诚的。欠缺需要的是真诚的善待。

欠缺似乎不受欢迎,让我们讨厌。但是,请注意这个“但是”,欠缺对我们的追随就像恋人的目光依依不舍。

欠缺的使命是来让我们清醒的。我们粗糙的品格常常需要欠缺打磨,我们精微的长处在欠缺里显现出光亮来。没有欠缺我们也无法享受痛快。

欠缺孕育着生命、孕育着活力、孕育着创造。欠缺原本是我们身体的一部分,不能被拒绝、被鄙视、被抛弃。对我们的欠缺说一声“抱歉”,不要以为它无足轻重。许多很重的东西,在我们“抱歉”的至诚里变得轻而易举;许多很轻的东西,在我们不肯“抱歉”的对抗中积重难返。

我们一生中的许多欠缺,或是鲜有的欠缺,都等待着我们去说一声“抱歉”。一说“抱歉”,上帝就笑了,这个世界也笑了。

送你远行

小城的火车站，不太拥挤，你我在站台上踱步，等待着属于你的列车。

你的列车要把你带到很远很远的南方去。你将把我丢在小站，丢在小城，丢在你不再光顾的地方。

小城的天空跟远方的天空不一样，不然你为什么要一次又一次地离别呢？

我们相会的每一次，你也总是那离别的姿势。

我们不说再见，说再见太悲壮了，悲得彼此要落泪。我们还是谈笑风生，还是潇潇洒洒，让悲戚退到幕后，壮丽亮相台前。

不说再见其实总是盼着再见，对我来说是这样。再见的新鲜，再见的默契，都融进了再见的时刻里。

这一次的再见我感到是永远的分离。你没对我说什么，但比说了还清楚。

我只是觉得你错了，永远地错了。

你没有把你的爱给我，那就要理所当然地给别人。你以为我会发疯吗？

我的错是我把我们的友情跟爱情弄混了。我改正，改正还不行吗？似乎没有机会了。

我注定要伤一回心，我不知道这伤心要持续多久，大约总会过去吧。

你终于踏上了属于你的列车。

我有泪，忍着没落。你只朝我挥挥手，刹那间我看到你在流泪，转瞬你被那车厢吞食了。你看不到我流眼泪，不过这样也好。

我知道你喜欢喝一点点酒的，那种属于女士喝的红酒，哪怕一点点也是好的。你想要那种微醺的幸福意味。这回我们共进午餐，你滴酒未沾，我的提议你并不采纳。是戒了吗？我曾问你。你笑笑，不是否认，也不是承认。我现在才知道，你是在饮着你的苦涩。

我取出我给你买的那瓶红酒，望着你远去的列车变成了黑点，打开瓶盖，让那酒随着我的走动，汩汩地倾泻在追你的枕木上。

我为你饯行。

我不想改变你

我不想改变你。

从我们认识的那一刻开始,我就不想改变你。

为什么要改变你呢?你是你,我是我。你我的存在价值,就在于我们有所不同。我们不能共一个脑袋,你我能共的不过是一起去商店购物……

是的,我们有许多相同的东西,这就是让我们相近的缘由。我们也有许多不同的东西,这也是让我们相异的根由。

相异不能说就是不好。求同存异,异便是一种参照,参照也是为了求同,和而不同。同也是有相异作抵押的,要不,异同也就不存在了。

你总是说要向我学习、向我看齐。"学习"这个词语是永远管用的。从相近的人那里学到的东西多是相近的。从相异的人那里学到的东西多是相异的。相异的东西比相近的东西更能启迪人。

我不想改变你,也如你不想改变我一样。不要说你为我活着,也不要说我为你活着。各有各的活法,别搞千篇一律,或非此即彼。天底下有各自的舞台,舞台上有各自的人生节目。

我们相近,我们的能量便相加。我们相异,我们的能量便相融。你不可改变我,我也不必改变你。我们的异同,便是我们生命的守恒。你总该明白了我为什么不跟你争论吧?

我不在乎结果

我原以为我很聪明，聪明地追寻着答案、追寻着结论、追寻着结果。追寻到了，便称之为胜利。

我不知道这是我的聪明还是我的愚蠢，或者说，我的愚蠢就潜伏在我所谓的聪明里，这叫我失去了过程中的玩味与欢乐。

我像急急忙忙而又慌慌张张的赶路人，总是起早贪黑，总是目不暇接，总是直奔结果。偏偏不能总是胜利，偏偏不能总是如愿。老天为何负我？绳锯木断，水滴石穿，不再适用了吗？

老天是不是也在叫苦，在说：我也做不了主，我不能把胜利分配到每一件事情上，分配到每一个人头上，你们人类的事情纷纷扰扰，太复杂了，还是由人类自己去调理罢。

我深信老天比人类高明许多，老天把许多事情交给人类自己管理、自己做主，便是让其不枉为人类，我也便是我的主人啦。

人生之路，应当是有一路风景的。晚上的月亮伴我，白天的太阳伴我；风也伴，雨也伴；山也伴，水也伴；人群之中，亲也伴，疏也伴。我脚步的快慢，情绪的高低，心律的强弱，内心世界与外部世界的神韵通感，都是我的风景，岂能为单一的选择而错过？

人生的结果被人生的过程割裂成一个个闪现的一瞬，瞬间的辉煌与不辉煌都是结果。是的，结果的枯燥粗糙，比过程中的生动细腻逊色得多。过程中的体验常常遭到我们的拒绝，造成巨大遗憾。人生失却了过程中的营养，会叫我们贫血，还生动得起来吗？

不在乎结果不是没有结果，不是不想要结果，而是注重结果并不比注重过程更重要。过程中孕育的结果有时会超过我们想象的结果，这结果不一定表现在最后，结果的失败不能削弱我们人生的意义，结果的成功也不能掩盖我们人生的缺憾。

我不在乎结果，我不在乎你怎么想。

我喜欢你

你心里总有几个你喜欢的异性朋友,是明星或不是明星,是美人或不是美人,是穷人或不是穷人,是文人或不是文人,都不重要,重要的是喜欢。

你也悄悄对我说过:我喜欢你。

你喜欢的情绪总在你心灵深处弥漫。在过去和未来的许多日子里,你对你喜欢的人,总是怀有一丝默默的牵挂。你会寻找你的方式,表达你的喜欢,最容易袒露这神秘感情的,还是你“守口如瓶”的嘴巴。

你会有意无意地提起你喜欢的那个人,你的得意常常会叫你忘形。你纵然警惕百倍不说出那个人,但你会声东击西,引诱别人提起那个人,于是你就大大利用机会,把你的喜欢发挥得淋漓尽致。你自己一点也不觉得是在重复,可别人心里有数,别人在抿嘴笑或是不笑,都是在理解你的喜欢。反正你绝对不会把你的这种喜欢明目张胆地公开,你是在默默受用,让你的生活不为人知地添光增彩。

这算是一种神秘。神秘无所谓是非对错,它可以堂堂正正地在你心里的角落占有一个位置,慰藉你的心灵。它排斥着占有的欲望,抵御着伤害的情感。虽然渴望着见面,却控制着见面;虽然推心置腹地说话,却把握着说话的分寸;虽然感到亲密,却淡化着亲密,是彼此懂得呵护着的一种神圣。

你在你喜欢的人面前,衣着一定很整齐,说话一定很温和,举止一定很文雅,显得那样自然,又那样潇洒,极有方寸,不知你是怎么做到的。

作为“我喜欢你”的回报,是不是你被你喜欢的人喜欢着?也许这重要,也许不重要。

我总想去看你

我总想去看你,总想。

去看你的愿望很强烈,强烈得要把我肢解了。然而,我终究没去看你。没有,一次也没有。我不知道为什么。

我也没有给你写信,不是我不想写。想去看你的愿望总是敦促我要先给你写信。

没给你写信的理由也很充分:试图让你惊喜我的突然到来。我没让你惊喜,也没给你写信,不是我无情,也不是我懒散,真不知道是为什么。

想想我们见面分别的时候,没有说再见,连相互勉励的话也没有。默默相对的眼神代替了一切,彼此所深知的心性代替了一切。

过去的一切都变成了美好的回忆。假如你对我不那么慷慨,我也许会发疯。我不知道我是怎么了,你理所当然地给了我珍贵的回忆,我珍惜的却是现在。

我痛恨我当时所有的挥霍。我似乎有一点点明白,是不是我们太没有你我了?我们之间缺少距离。可有距离才懂得亲近吗?亲近中的距离是为了检验亲近吗?

我现在才懂了。感激你给了我一个距离。

大约是上苍创造了距离来惩罚我的挥霍,来惊醒我的头脑,让我在接受距离,调理我的人生吧。

欣然独笑

这是一个节目。这个节目不选择时间,也不选择地点,超越了时空。

它就是:欣然独笑。独笑在自己手里。独笑在自己心里。能进能出,能收能放。无拘无束,无障无碍。如入无人之境。

独笑是独语。思想的清风明月,智慧的艳阳春雨,可揽尽千秋万载。思索的笑,笑的思索,笑成独醒独醉独趣。

独笑的欣然不必借助酒,不必求助茶,也婉转谢绝烟的帮助。有能力的笑,便是欣然独笑,也总是独成一种哲学,独成一种艺术,独成一种境界。

不争不辩的包容美德,是属于欣然独笑。

不卑不亢的君子风度,是属于欣然独笑。

独笑是独唱,唱出的是彻悟。彻悟不是引经据典的徒劳,不是伟大不朽之类的废话,不是半真半假不真不假真真假假的人生。

独笑的欣然,是一种难说出的圣意。

生命的涌动在独笑中,生命的体验在独笑中,生命的敬畏也在独笑中。一切不必说,一切说得出的东西都会在说的时候溜走。没说,没想到说,连说的意思也不存在,便是拥有独笑的欣然了。

独笑不是嘲笑,不是推理,不是逻辑,不是理念,是出神,是入化,有时也是腐朽中的神奇。石头上的偈语,不如石头上的苔痕更具有启示性;冬天对夏天的向往,不如冬天的实在性;说出的不如没说出的有博大性。

人生挥霍不去的财富,便是欣然独笑了。

人人能拥有,不是人皆可得,得之甚幸矣。

一个人的名字

我常常想,一个人的名字意味着什么。

有许多人说,一个人的名字只是一个符号。这是不看重名字,抹去了名字的意味,倒是很潇洒的。

其实,一个人的名字能让我想起一个人,一个熟悉的人,或朋友,或亲人。那名字是与那形象联系在一起的,以至与那性格、性情连在一起,哪能不看重呢?

一个人的名字让我生出一种思念,一种思念让我生出一种亲近,一种亲近呢,便生出一种温暖。这不能不说那个名字是生命的真实。

一个恶人的名字呢,也常常是代表了这个恶人。在他名字上打叉,朝他的名字啐之,以至焚烧他的名字,这名字便是恶的符号了。

有许许多多的人,名字是荣誉,是信誉。当我们提到他们的名字时,何尝不是心怀赞誉呢?

有信誉的名字是生的明朗,没有信誉的名字是死的灰暗。一个被报刊印刷过千万次的名字,并不就是明朗的象征;一个陌生的名字也并不是灰暗的标志。一个人的品位是支撑着一个人的,因此名字也必然带着光彩。

一个人的名字被人读着,会读出进取。

一个人的名字被人呼唤,会呼唤出力量。

最亲爱的人的名字,不只是在心里,在嘴里,也会被握在手里,这只是自己不经意派生出的魅力。

默默的关注

一个人总希望自己被人关注。

被人关注是个什么滋味呢?有的名人被关注,名人自己也讨厌。在讨厌之前,大约是希望人关注的。出名的动力,也不无对被关注的向往。

我也向往着被关注。我欣赏的被关注,是默默的,无私的,不带功利的,就像是乡下母亲的牵挂,把自己的心掏出来,去呵护着另一个人的灵魂。

总有一双眼睛看着你,那种眼神穿透时空,温暖着你的人生,让你不能有丝毫的怠惰,不能有片刻的自弃,不能有点滴的辜负。

这种关注不是说出来的,也不是做出来的,是从生命的能量中释放出来的感动。

关注与关注的对话,往往无须说话。纵然有许多话要说,深远的话,说起来也是简单的、平常的、淡然的,譬如一声“再见”,譬如一声“保重”,譬如一声“只要你好”或是“你好我就好”,胜过了许多话,有许多的意味。

有位女作家说,读书,看报,千千万万的黑字在白纸上浮游,忽见一字,是自己思念的那个人的姓名当中的一个,心里也挂念、联想、关切起那个人来。

这就是对一个人关注的神意,也最是让人懂得什么叫“无声胜有声”,什么叫“记得绿罗裙,处处怜芳草”了。

关注是无形的生命陪伴,真好,真好。

有我不一样

一个真理在流传:没有我地球照样转。

这是一种逃脱责任的真理,还是一种自谦可人的真理?我不知道。

你说你也这样认为。我知道,你是谦虚无疑。

是的,有人指责过你:有什么了不起?没有你塌了天不成?没有你地球就不转了?

你为什么不宣称:没有我地球照样转,有我不一样!

“有我不一样”,这是作为人的独立宣言。

尽管我们逃脱不了俗气,但是做一个与众不同的人,才是人的真义,不然“我”还能是“我”吗?

你表现出属于你的个性,表现出属于你的智慧,表现出属于你的才能,表现出属于你的价值,你就是你!你往那里一站,站出你独特的风景。

有我不一样,就是区别,区别了你,区别了他,区别了别的任何人。

敢于宣称:有我不一样。

敢于呼喊:有我不一样。

敢于实践,有我不一样。

当你准备回答敢的时候,你就奠定了你做人的独特信念。

恭喜你。

沉思的享受

我原先不懂得沉思,我总说自己:我这个人是浅碟子装水,一眼看穿。当我学会了写文章,就不免要沉思了。

我不会作深刻状的沉思,我的沉思很肤浅,有时还没来得及沉一沉,便算是思过了。有人称之为果断,我实在抱愧。

我以往的沉思似乎是为了适用,我感觉生活中的许多东西在逼迫我沉思,为了对付、应付、交付,而不是为了享受。

享受应当是有韵味的。在时间的瞬间里,在空间的方块里,在生命的河流里,在事业的层面里,在每天的日子里,在人生的体验里,那韵味就在那些过程中。沉思让生命沉甸甸,不至于轻浮、张扬,生怕人家不知道。

学会沉思,是生命的一门功课。

沉思之"沉",不是时间的长度。有时虽然只是一瞬,但"思"的成果被触发出来,显示出凝重的生命质量。那一瞬的思想光亮,足以丰富你的内心世界。

思想是人的骨架,人立得起来的东西,就是思想。

学会无动于衷

人类的生存需要人类学会很多东西,无论怎么多,我说都还要再加上一点:学会无动于衷。

生活的诱惑太多,人生的虚荣太多,我们的"有动于衷"也太多,一颗聪慧的心,常常被诱惑得浮躁不安,找不着北。

浮躁是这世界的通病。浮躁的危险不只是会失去自己,还会变得蠢而又蠢。现代人的愚蠢不是缺乏知识,而是失去自己。

心甘情愿失去自己的,当然是不值一提。想有自己,怕失去自己,就得对许多东西学会无动于衷,我以为这倒是找回自己的一法。

你是怎么学会无动于衷的,我实在有些惊奇。我常常自诩为超脱,可常常有许多事情又叫我超脱不了,仍是在滚滚红尘里呼吸着俗气,做着俗事,沦为俗人。大言超脱只是一种聊以自慰的理想。

我记起了佛家的境界:是真佛,只谈常事。这又让我有些许自信。真的道行,就是在常事面前的态度。你在时髦面前的态度,在流行面前的态度,在名利面前的态度,便是无动于衷。一颗明净的心属于你,也成就你。

有一种人,对别人的成功是无动于衷的。他会面对着别人的成功把嘴巴一撇,然后从鼻子里哼出一声:有什么了不起!在这种人眼里,一句话就企图瓦解一个人耸立起来的辉煌壁垒。

呵呵,这不是蠢得可以吗?

我总记着挺起腰杆

我伏在课桌上做作业，近乎睡在桌上。老师总是把我的课桌一拍，说：挺起腰杆！我就一惊，接着按老师的指示办了。

这个多年的记忆总不肯淡化。至今我的腰杆都挺得相当规范，就有老师的那记印戳。

人活着总有揪心的时候，揪心叫人痛苦也就罢了，且还常常叫人惊心动魄，让人挺不起腰杆，承受不住某种分量。我常常记起我的老师，我的老师在哪里呢？

只能靠自己了！要别人警醒的日子虽然温馨，靠自己警醒却是理智的牢靠。弯曲的腰杆在别人眼里最清楚，自己心里也挺明白，只不过是痛苦的明白。真正的明白，是要知道，被社会淘汰的，总是那些弯曲的腰杆。

人固然应当做谦逊的学生，但人也应当做那挺起腰杆的老师。我的那位小学老师没有名气，但有骨气，他一生挺起的腰杆，是一个伟大的引导。他去世多年了，可他的灵魂也总在引导我。

我的腰杆有弯曲的时候，我的弯曲也总是为了我的挺起。我常常想，如果我的腰杆失去了挺起的希望，那我还不如趴在地上。

做人、做事，大约就是这个道理吧。

不妨取笑自己

我们习惯于取笑别人,却又憎恨别人取笑自己。

自己总是凛然不可侵犯,却也常常忘了别人也是一个自己,人类老爱在不能将心比心上犯低级错误。

假如我说我们不是圣人,我们每天在制造被人取笑的材料,我想是没多少人会反对的。假如我说我们要学会自己取笑自己,是不是能得到众多人的认可呢?

自己取笑自己因激动带来的偏颇。

自己取笑自己因果断带来的专横。

自己取笑自己因宽容带来的迁就。

自己取笑自己因顺利带来的轻心。

自己取笑自己因成就带来的高傲。

我是爱取笑自己的,这不是我的自贱,而是自信。我讲话,写文章,也常常把我的欠缺作为取笑自己的材料。一个真实的有血有肉的人,并非十全十美,取笑自己的可笑之处,何尝不是一种光明正大呢?

“日光底下无新事”是也,自己取笑自己也愉悦自己,妙也。

走着瞧吧

我不止一次被小看。这没什么，我常在心里说：走着瞧吧。这话我不说出来，可别人还是看得出来，可能是我的神态使然。

朋友说：你心里是不服气的。

我不想跟朋友辩白。我唯一的选择，就是“走着瞧”中的那个“走”字，或者说是一个走的行动。我就怕我不走，就怕我停步。弯路也好，直路也罢，高处也好，低处也罢，只要是走着就好。

“走着瞧”在你的心底，在你的梦里，在你的行为里，在你的日子里，在你的血液中，成了生命的旗帜。

走着瞧吧，就像来自广袤宇宙的声音，呼唤着心灵，无异于给人生导航。即便不达目的，也是生死在路上，临终的时候，正如《钢铁是怎样炼成的》一书中的主人公保尔·柯察金所说的——一个人的一生应该是这样度过的：当他回首往事的时候，他不会因为虚度年华而悔恨，也不会因为碌碌无为而羞耻……

“走”的时间或短或长，不属于上帝的公正分配，而属于你的心劲、腿劲。世上还有什么比“走着瞧”更英勇、更豪迈、更潇洒呢？

我欣赏你

“我欣赏你。”你说出这话的时候，叫我一惊，我不知道我哪点值得你欣赏。但我是兴奋的，因为人需要有人欣赏，不仅仅是爱人的欣赏。

演员的演出，能听到热烈的掌声；运动员的比赛，能听到热烈的喝彩；作家的写作，能听到热烈的反映。这种欣赏，会使被欣赏者的智能发挥得淋漓尽致。

欣赏与被欣赏，是一种心态工程建设。

体育教练员在训练场上的指挥有两种情形。一种是不断发出指令：不对！不行！重来！重来！另一种是不断用欣赏的口吻说：对！对的！好！好的！再来一遍好吗？

哪种效果更佳？无疑是那种欣赏的态度。对人的欣赏，是挖掘人精神潜能的神秘通道。你对我的欣赏，是不是你担任着教练员的角色呢？

我们在欣赏别人，别人也在欣赏我们。一个微笑，一个眼神，一个手势，都是传递欣赏的符号，有着欣赏与被欣赏的重要价值。

亲友的欣赏，也许会叫我们浑然不觉。而陌生人的欣赏，也许会叫我们记住一辈子：那是排除功利的交流，忽略门第的沟通，不计报酬的美妙，没有污染的温馨。

总感觉着你的新鲜，便是“我欣赏你”的回报。

我切记十则

一个人的一生，有的是能作为的，有的是不能作为的。能与不能，有时就在自己的一念之间。能作为的，便是目标。不能作为的，便是禁忌。我有许多禁忌，并不能普遍适用，在我却受益终身，现记录十则如下：

一、生平第一次听到有人当面批判我，我受不了，恨不能跟批判我的人拼了。但我没有拼，我忍住了。有则改之，无则加勉。我切记。

二、我知道自己是个什么样的人，我追求自己的理想，那是不必示人的。朝于斯，夕于斯，沿着自己的目标前行，玩也玩得开心，笑也笑得踏实。世人说我好，我不说我要继续努力。世人说我不好，我不会有半点沮丧。这是庄子的思想，我切记。

三、我对人总是笑脸相迎，和气以对。即便是热脸贴着冷屁股，我转身还是笑，对人家没有半点记恨、半点纠结。尊重人家，理解人家，要有发自骨子里的善意。我切记。

四、我能帮助人家的，一定帮助，哪怕吃亏不讨好。帮助人原本就不是为了讨好。我受过许多人的帮助，要将心比心。不能帮助的，做不到的，把话说在明处，绝不虚与委蛇。不说过头话，不做亏心事。记住自己的承诺，守时，守信。我切记。

五、我的性格有些大大咧咧，在别人眼里也许是潇洒、达观。但我有着作为人的一切好与不好的属性。我心里的那个不好，就像《圣经》里命名的魔鬼撒旦，随时会跑出来作祟。如果我放松对它的警惕，我就会是一个不受欢迎的赵金禾。我切记。

六、我有我们民族中见贤思齐的品性。对贤人我崇敬备至，对平常人之中的智者、高人，我都不放过请教的机会。他们是我生活的教科书。我之所以不骄傲，或者说不太叫人讨嫌地骄傲，是因为我知道人上有人，天外有天，你算老几？我切记。

七、我写过许多文章，我不能用字数形容，我只能说那都是从我的血管里流出来的血。我不能指望它们永垂不朽，但它们比我活得长久些是肯定的。我不是走红作家，没有记者追着、读者捧着、出版社盯着。中国文学是一道新的文化长城，需要大石头砌墙，也需要小石头塞垫，我不过是小石头而已。我切记。

八、人性中一个可恶的毛病，就是嫉妒。我不能说我身上没有。我甚至尝到了嫉妒的好处。年轻的时候，我的同学写了一篇文章，我嫉妒。嫉妒让我发力：我也写给你看看。嫉妒不是去诋毁人家，它是现实的一种参照，化嫉妒为动力，何尝不是一种动力。我切记。

九、我们常常说，凡事要看淡看透看开。话是这样说，但遇到具体事，就是淡不了、透不了、开不了。这里面的原因，是经历。人不能超越自己，只有经历了，才超越得了。世界上真正属于自己的，只有经历。我切记。

十、佛教的核心教义是八个字：面对，接受，处理，放下（最后连“放下”两个字也要放下）。三十年前我在一篇文章中就说过一句话：这个世界唯一的不变就是变。人生，世事，该有多少如意不如意的变化啊。不是没有伤心伤神的事摊在我身上，是我接受一切事情的发生。兵来将挡，水来土掩。人总不能被尿憋死吧。我切记。

第三辑

文论篇

PART

对自己的审视

——赵金禾答问

应邀到学校或社团开展文学讲座,我总要留时间与听众以问答方式互动。问者随心,答者尽意,心灵抵达,意趣交流,总让我感动。下面是我收到提问纸条的有关摘录,以及回答记忆,算是给《孝感文化人》一书约稿的"自供状"。

——题记

问:你的写作动因是什么?

答:我小学的一位老师是诗人,叫鲁合。1956年他就在《人民文学》上发表诗作。他教我什么是写作,即表达内心美的感动。我试着写诗,居然发表在武汉的某个杂志上。我多么幼稚地想,毛主席会看到吧,郭沫若会看到吧,我喜得去后山坡上翻跟头。我得到两块钱的稿费,几乎是父亲半年的劳动收入,那时候父亲每天的工分价值只能买一包大公鸡的香烟。这也许是最早的名利思想的朦胧驱动。一个纯洁的行为,有时不完全是纯洁的动因。后来的升华,是一个人的再生过程。

问:你是怎样看待作家及你自身的?

答:作家不能不写作吗,写作不一定就是作家,尤其是作家已经到了泛滥成灾的地步。当别人叫我作家,或媒体称我"知名作家"时,我就有愧于心。《爱情婚姻家庭》杂志曾在卷首发表《作家赵金禾答本刊记者问》,清样传给我时,"著名作家"四个字的头衔,被我用粗笔狠狠地删去"著名"二字,批曰:作家一词,足以显示其分量,我还担心我是短斤少两呢。

问:你是怎样处理读书与写作的关系的?

答:我常爱说的一句话是:唯有勤读书而多为之。我常爱做的一件事是:

唯有勤读书而多为之。这是古人的实践经验。我经历了功利性很强的读书阶段，但这也不全是有害的。1962年在孝感师专上学的时候，我一学期要用三个借书证，而许多同学一个借书证一半的借阅次数都没用完。读书就像是长肉，是长身体的。后来呢，知道读书的功利不再是光为长肉，更是为着长心智。以前的读书时间总比写作时间少，现在是读书的时间比写作的时间多。我常常问自己：我拿什么喂养你，我的灵魂？答曰：读书。读书是我的朝圣。爱尔兰大师级作家乔伊斯的《尤利西斯》，世界公认的最难读懂的书之一，也是世界公认的一部20世纪的史诗、杰作。我前年读过，读的盗版，去年又买了正版，每天读几页，感到史诗就是史诗，杰作就是杰作，大师就是大师。我敢说，如今的作家，包括像样的作家，怕是不能够静下心来读它的。因为他们有出版商捧着，有媒体追着，有市场抬着，哪静得下来？闭门即是深山，读书随处净土，这便是福。

问：你能说说你是哪类作家吗？

答：我属于运气不佳、才气不足的那种。我不是走红作家，我服气。老天造就了我这样一个人，我就服从老天的安排吧。不过我是“这一个”，这也是我这个作家存在的理由：被忽略可以，被抹去没理由嘛。

问：你的经历对你的写作产生过怎样的影响？

答：哈哈，问得好。我想说说我的经历，正愁没由头呢。我当过教师、演员、记者、文化馆长及文联干部，一直浸泡在文化的汤汤水水里，与官场又不无关系。所以我的中篇作品多是官场文化小说。“官场文化小说”是我的定义，与官场小说有区别。北京的书生网认可了这个定义，集束了我九部中篇小说作为看点和卖点，也引起了评论家注目。这就是我经历的命运。我读大家的作品，总想了解大家的人生经历。钱锺书的观念是：你读我的作品，感觉鸡蛋好吃就是，何必要关心母鸡呢？我不以为然。蛋好吃，我就要弄清下这只蛋的是个什么样的母鸡。人们为什么喜欢吃土鸡蛋而不喜欢吃洋鸡蛋？就是母鸡不同嘛。作家的作品逃脱不了作家的经历。红学研究的热门之一，就是研究曹雪芹的经历呢。研究作家经历，可以更深刻地理解作品。换句话说，就是研究作家怎么样将自己的经历变成作品的。昆德拉说过，小说家拆掉他自己的房子，建筑小说的房子。在孝感的一次文学讲座上，我打出了我的旗号：既要研究蛋，也要研究鸡，既扯鸡又扯蛋。听众在槐荫论坛文学网上就此发表帖子，很是热闹了一阵,不只是好笑。

问:读你的作品,总感到一种味,一种温馨的感动的意味,这是你的追求吗? 包括语言,或者叫风格?

答:谢谢你读出我小说中的那种意味。说追求,我也不是有意。说没有追求,我也不是没有那种意识。这与我个人的气质、经历有关吧。有两个骑自行车的人,一前一后,骑在泥泞的路上。前面的人故意骑慢,不让路,有心逼着后面的人倒在泥水里,得逞了。后面的人呢,带着满身泥水,车也不扶,爬起来就掏出水果刀,一下将前面人的耳朵割下来。残酷吧? 我写不出这样的残酷情节。我的人物总是残酷不起来。有的作家很善良,但就是写得出那种残酷的画面来——揭示人性恶的一面。我不行,我喜欢温馨,我寻求与人类共生的感动。说到语言,我要说我是得益于《红楼梦》。我读过五遍半《红楼梦》(有记者写成七遍,特此更正)。你听听《红楼梦》里的语言:"摸到这里来了?"一个"摸"字传神。"少搁些油",一个"搁"字的音响效果都出来了。"下死眼把贾芸盯了两眼","下死眼"不是比任何形容都好?《红楼梦》的语言语境,在许多作家笔下都死了,你自己去比较就知道的,不用我多说。我感到有些得意的是,十多年前的几部中篇小说,如《后湾二月》《请你吃咸菜》,被大学的语言学家作为语言研究的文本,我就想:搞没搞错啊,我达到了这样的高度吗?哈哈,小文人得志心态,只是不猖狂。

问:你如何评价你的文学成就?

答:不好意思,我真是不敢说我的所谓文学成就。成就,是蛮吓人的字眼。据我所知,国外评价文学成就通常有五个标准:一是大量发表,二是有选载或转载,三是有评家的评论,四是入集(即选入一些版本),五是上教材。要是按这个标准,我算是勉强接受所谓的"成就"的。但国情不同啊,所以我还是不敢轻言所谓成就。有记者写了两位著名作家关于成就方面的报道。我这里说的是真正意义上的著名作家,没有半点调侃。有报道说贾平凹写的文章《丑石》上了初中语文课本……我一下子想到我的杂文《毛遂不避嫌疑》不也是上了课本吗?我怎么一直没把它当个值得骄傲的成就呢?还有一篇报道说,某著名作家有一年发表了 9 部中篇作品, 其中有 5 个是刊物头条……我一惊,1996 年我发表了 11 部中篇作品,有 6 个是刊物头条,其中在《人民文学》就有 2 个头条,我怎么不知道当资本吹一吹啊。因为我生活在小地方,见识少些,不知哪些是可以秀一把的。你们别笑。

问:知道你是 1941 年出生的,现在 66 岁,正是六六大顺。听说你还坚持冬泳,你一定还有自己的宏伟目标是不是?

答:我想我还是不告诉你所谓的“宏伟目标”为好。我崇尚庄子的话:出为不为。也就是说,如果说我还会有什么作为的话,我不是刻意的,是自然的。网上有网友发帖说:赵金禾哪里去了?还有人直接问我的好友陈大超,怎么近年不见赵金禾写的东西?我顺告所有关注我的人们,我活着,我会干活。我现居武汉,坚持每天清晨到武汉长江二桥底下冬泳,不是冲着长寿,是快乐。谢谢你的吉言,六六大顺。我喜欢听好话,这也是我的一大业余爱好。哈哈。

得益于生活

编辑要我写篇“创作谈”之类的文字，我不好拒绝。我是个爱谈的人，有人总说我想的比我谈的好，我谈的比我写的好。胡吹神聊是我的强项，要是正儿八经谈起来，怕经不起推敲。如今喜欢推敲的人又多，哪个也不愿买哪个的账，不是惹是非吗？好在编辑有言在先：随便。这就好。

“创作谈”这东西，谈起来好高深，那应当属于文艺理论的范畴。作家毕竟不是理论家，作家的创作谈自然就是围绕自己的创作。近期在江西的《百花洲》上发了一部七万多字的中篇作品《请你吃咸菜》，我在题记里写道：我读小说是读生活，我写小说也是写生活，没有什么比生活更美妙的了。倘若你是个读不进《红楼梦》的人，也就请别读我这小说了。

这段话可能会叫人产生误解：怎么？就你的小说是写生活？别人的小说就不是写生活？即便是《西游记》这部神话小说，不也是从生活中提炼出来的？我这就要说，我写小说是写生活没错，而且我说的“生活”，就是你无时不在呼吸着的那种人间烟火，不是那种加油盐加佐料腌制过的生活，不是那种翻陈年旧账翻出来的生活，不是那种从哈哈镜里折射出来的变形式的生活，不是那种矛盾集中惊险丛生的生活，不是那种……怎么说呢？还是说我的小说——我的小说就是要你认定“这就是生活”的那种。别人怎么着是别人的事，与我无关。

这段话也许还有叫许多高人讨厌的一面，就是我居然敢扯上《红楼梦》。《红楼梦》是怎样的一座高峰，我知道，读者也知道。我说“倘若你是个读不进《红楼梦》的人，也就请别读我这小说了”，这是不是在拿《红楼梦》来光耀自己呢？这就涉及我要在这篇创作谈里说的正题了。

我曾宣称不写小说，因为我觉得自己不会编故事。后来一想，《红楼梦》是在编故事吗？不是，是在写人情练达的生活。《红楼梦》不是故事吗？是，洞明世事的故事。里面的人物也好，学问也好，其笔外之神情，言时之景状，千端苦绪，万种柔肠，无不剖心呕血而出，真乃“十年辛苦不寻常”。他写出了人的灵魂，写出了他生命的体验，写出了人类存在的永远有着挑战意味的命运。

所以我就有些豁然开朗。我就开始向《红楼梦》致敬，向《红楼梦》学习。读《红楼梦》也成了我的日课。近年来我之所以专事中篇小说写作，之所以在文坛上有那么点响动（不好意思，恕我这样表扬自己），就得益于像《红楼梦》那样写了不是故事的故事，写了追寻世事以求“洞明”的故事，写了拷问人情以求练达的故事。总之是得益于生活：朴朴素素写来，实实在在走去。我只想在《红楼梦》这棵优良传统的大树上，长出属于赵金禾的一片青叶来。

去年，《小说月报》和《城市人》杂志联合举办了一个“我读小说”的征文活动，中国文坛的健将们多有应征，我也写了篇题为《我读生活》的文章投去，年底征文获奖作品揭晓，看到《小说月报》上的消息写着“近万名读者选评，赵金禾的《我读生活》等十篇文章获优秀奖”——别以为我是在这里卖弄，我是想说，我读小说、我写小说的观念，得到了读者的认同。好在这篇文章不长，我就抄录在这里，算是我这个“创作谈”的下半部分：

小说有多种多样的写法，小说有多种多样的读法，这是不能强求一律的。《小说月报》来它个“我读小说”征文，想必也就是要展示那些多样性，展示各人心中的那个味道，让作家们怎么去写好小说，还能有什么呢？

我读小说，我总觉得我不是在读小说，而是在读生活。小说写的，自然是生活。写小说的人，有时是在玩弄生活，那是读得出来的。历史的生活，现实的生活，以至未来的生活，都是可以玩弄的。大凡玩弄，是以生活的贫乏为基础的。无论作者使用怎么样的技巧，也掩盖不了这个事实。

我一读到这样的玩弄，就赶紧把它丢开。这是属于我的一种小说读法。

我读生活，是感到生活需要我们关注。生活平庸也伟大，生活小气也大方，生活前进也后退。生活太有意思，也太无意思。生活太叫人惊悸，也太叫人惊喜。生活太叫人拍案叫绝，也太叫人悲痛欲绝。把所有的正负连在一起，把所有的悖论连在一起,谁有这种多彩的本领?谁有这种丰富的内涵?谁有这种博大的精深?

作家不是靠想象活着吗?你尽管想象,终是逃不过生活的巴掌心。尽管小说五花八门,但没有不打上生活印戳的,即便是几千年之后的小说。

我想到《红楼梦》。《红楼梦》为什么有说不完的话题?为什么有道不尽的奥妙?为什么有解不尽的秘籍?因为写的是生活。宝玉是青峰山下的宝贝,黛玉是灵河岸边的宝贝,这种想象,是神话,为的是表达生活。没人敢说不是。

生活才是永远的话题,才是永远的奥妙,才是永远的秘籍。写小说的写生活,也不过是将他或她感受到的那一个时空,像用刀子切面包一样,充其量也只是切下那么一小块,放在盘子里,端到读者面前说,请您品尝吧。你能说品尝的不是生活?

当然,这生活不是那生活。按昆德拉的意思说,是拆掉生活的房子,建造小说的房子。小说的房子,是小说家用自己的感情、血泪,以至生命建造起来的,自然具有生命的意义。

读者用生命去感受生命,是伟大的读者。

作家用生命去写作,不一定能称得上伟大的作家,但起码是一个称职的作家。

生命的体验

——《毛遂不避嫌疑》一文的产生

记得我在上小学的时候,有个夏季的运动会特别叫我开心,那不是我当了运动员,而是我当了服务员,给同学们倒茶水,我也跑得好欢,只不过不是在运动场上。我看着一碗茶在他们手里,几口就干了,他们揩着汗朝我笑笑,我就觉得好甜。那个甜的记忆,到如今也还保鲜呢。

我发现碗不够,就到学校的厨房里去拿。我不想拿得太少。我也是人小心大,抱了一筒碗,码得老高,齐着我的头高。我的腰朝后弯着,让碗靠着我的身子,贴着我的脸,眼睛看不到地,只能小心地走。脚下还是被什么东西绊了一下,我就要倒,那筒碗在我倒之前就倒了,全碎了。

我顿时哭了,那个伤心不是我能够形容的。有人说我是“风头主义”“好表现自己”。我哭得愈发伤心,班主任走过来了,说:别哭,别哭,几个碗算什么,你的精神可嘉。

在总结会上,校长表扬了我,说:赵金禾同学不错,他心里想着大家,这样的“风头主义”“好表现自己”,我们需要!

我又哭了。

我在党政机关干事好多年了,几次有荣升“科长”之类的希望,几次都被“好表现自己”的理论否决了。说我“好表现自己”的重要标志:一是爱笑,爱打起哈哈笑;二是“爱说”,该说的不该说的话都说。是的,一说话就到人家心里去了,不是人人都喜欢的。一笑呢,尤其是打起哈哈,就让该严肃的严肃不起来……我这个“风头”,还能不成“自我主义”吗?

我只是想,赵金禾影响了什么呢,伤害了什么呢,破坏了什么呢?一位对我极友善的朋友,也是我的科长,私下跟我说:你知道你为什么不能当科长吗?

我说不知道。他说:你的一个哈哈打破天,显得不成熟、不严肃,能不能控制些呢?

朋友恨铁不成钢啊,从此我努力控制住自己不打哈哈,控制住不笑。我可能有了十天的成果,一位十天没见到我的朋友见了我突然大吃一惊,说:你是不是生了病的?

我说没有哇,我好好的呀!朋友说:好什么呀好,你没照照镜子,看看自己瘦成什么样了。他建议我去医院检查检查。

我没去医院。我回家照了镜子(我从来不照镜子哦),我发现我的眼睛大了一圈,身子小了一圈,天哪,这就是我控制的成果?我冲出家门,一口气跑到河边的杉树林里,对着河水大笑、狂笑,也自然是打起哈哈笑,笑声以惊人的音量响亮在树林里,响亮在河面上。

我恢复我的哈哈笑,照笑不误。笑里充满许多意味:有讽刺,有鄙夷,有洞明,有宽厚,有爽朗。哈哈是我的特种语言,特种表现方式。我要说的话,我要做的事,是任何脸色都阻挡不住的,不失汉子本色。

其实,比起毛遂先生来,我就算不得什么了。他老人家在大王面前表现起自己来,是何等气魄,我常常只是小聪明而已。

当我有机会到一个单位去任职之后,我就宣称:你们应当去“表现自己”,表现自己的才能!表现自己的智慧!表现自己的进取!表现自己的人生价值!后来我任职的那个单位出名了,出名的理由可以各取所需地去总结材料,但谁也不能忽视一个真理:我倡导自我表现。于是我就写下了《毛遂不避嫌疑》,此乃我的生命体验。

文章在 1985 年《人民文学》第 4 期发表之后,同时收入 1988 年以后的高中和中专全国统编语文教材,我也收到许多学生以及语文老师的来信,问我写作方法、写作体会。譬如有人问:你这文章改过多少次?说说“文章不厌百回改”的道理。我糊涂了,叫我怎么说呢?我说了个我熟悉的话题,我生命中的话题,大家感兴趣的话题,如此而已。对不起哦,不曾修改。

我要强调的是,不熟悉的我不写,不新鲜的我不写,没意味的我不写。我的“三不写”让我少犯糊涂。所以我写下了第一句话,就跟着来了许多话。结果就变成是文章指挥我,而不是我指挥文章。我没想到结构就自然有了结构,没想到章法就自然有了章法,没想到特色就自然有了特色。

文趣，情趣，理趣，应当说是我的总体追求，让文章总带着一种味儿。什么味儿？你感觉到什么味儿，就是什么味儿，仁者见仁也好，智者见智也罢，总要不失为一种味儿才好。

（注：1999 年为《写作天地》杂志第 8 期重新发表《毛遂不避嫌疑》的“创作谈”。）

台湾版中篇小说集《幸福其实很简单》自序

我的作品已经摆在你面前,或者说你已经拿在手里,你可以跳过这篇《自序》不读。如果你出于好奇,读读也不会上当。

一本书出来了,有没有序文,好像没关系,毕竟读者要读的是书。不过有序文写得好,读者才肯掏钱买书的,这就是那些先看了序文的人。

我就是个喜欢先看序文再决定是否买书的人。序文是推介,是导读,或是成书经历,对于要不要买这本书,是有价值的。

这回我要出书,且是我写作生涯中第一次出书,请熟识我的当今名家朋友为我写个序,推介一下我的作品,不过分吧。

我见过许多作者的作品,序言作者差不多都是文坛大腕,明显是出于应付,朝好里说,朝高处拔。读过作品之后,只能让人摇头。

请名人写序成了风气呢。

读者有自己的眼光,有自己的心智,有自己的审美,有自己的判断。我不想跟风,我不想干扰我的读者。

我不是走红作家,书商不会盯着我,读者不会捧着我,出版社不会求着我,自费出书不是我的选择。当我遭遇文学对话的时候,有人问到你为什么至今没有一本自己的小说集,我只能诚实地回答,是的,没有。至于为什么,没有为什么。

其实现在是个出书的时代。无论什么样的人,都能将厚厚的书呈在我面前,道“请赵老师指正”。一方面叫出书难,一方面是出书成灾。唐以前,一个读书人花一年的时间可以读完全部经典。今人呢,穷其一生,还读不完一年的出版物。

一个偶然的机会,认识了学者蔡登山先生,便有了这次出书的机会。其实呢,这世上有我的一本书不多,没有我的一本书不少,就像没有我地球照样转一样。我不是虚无主义,我的心安处如是。

我的作品已经摆在你面前,或者说你已经拿在手里,你没有跳过这篇《自序》,你读到了这里,你会说,赵金禾这家伙没有胡扯哦。

呵呵,我赶紧打住,谢谢你的不弃。

台湾版中篇小说集《阳光灿烂》自序

这是我在秀威旗下出版的第二本中篇小说集。

写了这句话，我有点气短。

出第二本书算什么呢？比起那些著作等身或正在朝著作等身迈进的人来说，还不如他们的鞋垫高呢，值得一说吗？

我鼓励自己要说的理由，不是说出书就多么了不得，而是从这一刻起，你拿起我这本书的一刻起，你我就是有缘了。

这缘不只是同船共渡的八百年修的，而是中华五千年文明的同根同源。出身不同，环境不同，受业不同，修为不同，生命中对美好的追求是相同的，对善恶的认知是不同的，我的小说便是一扇大门，为你敞开我的心扉，让你走进隔着肚皮的人心。

我的呼吸在我的小说里，我的生命在我的小说里，或者说，我生活的隐私也正大光明地出现在我的小说里。

生活总是感动着我。我也总是问自己，是什么感动着我？以什么方式感动着我？寻求感动伴随着我的人生，所以我才写，为了我，也为与我有缘的人。

我是从53岁开始专事中篇小说写作的，迄今发表60余部中篇小说。多吗？不多，平均一年也只三部。时间让我的作品囤积起来，并不居奇，多是人间烟火。

我也是一个读者，我读别人的小说，也是读人间烟火。这是属于我的一种小说读法。

我读生活，是感到生活需要我们关注。生活平庸也伟大，生活小气也大方,生活前进也后退。生活太有趣,也太无趣。生活太叫人惊悸,也太叫人惊喜。生活太叫人拍案叫绝,也太叫人悲痛欲绝。把所有的正负连在一起,把所有的悖论连在一起,谁有这种多彩的本领?谁有这种丰富的内涵?谁有这种博大的精深?

生活是万能的,小说家无论怎么会编故事,总是逃不过生活的巴掌心。

我们生活在滚滚尘世中,尘世中的甜酸苦辣都是我们的人生滋味。你读我的小说,也经历一下书中的甜酸苦辣吧。如果你对我的表达有些许赞赏,就请你向生活致敬吧。

生活成全了我,也成全了我的小说。我相信基士爵士(Sir Arthur Keith)的话:

> 如果人们的信念和我一样,认为这尘世是唯一的天堂,那么他们必将更尽力把这个世界造成天堂。

没别的。

焚　稿

我有过一段时间的“名气”,这“名气”必须打上引号。

我写过一部失败了的长篇小说。内容是关于农业学大寨,一个笔杆子如何宣扬正气的故事。选题应当说是不错的——在当年是不错的。

三十几万字,业余时间里写了五年,那正是我三十至三十五岁的黄金年龄。写满字的方格纸,有十多斤重。

农业学大寨,当年是多么响亮的口号,多么动人心魄的行动。我写这么一个农村题材,不知怎么的,龙还没出来爪子就先出来了。县里召开三级干部会,县委书记在大会上作报告,讲到精神文明建设,竟然拿我做例子,表扬我的写作精神,公然拿我那还未出笼的长篇小说作例子。那时大约是物以稀为贵吧,我便凭空在全县有名了。

湖北人民出版社看中了我的选题,拟出版,县里便给了我创作假,让我住进出版社招待所修改。最后我是空喜一场:社会的变革,我的书稿理所当然地被否定了。记得那一天,日期可以忽略不计,那不是主要的,主要的是那天在县委会大门的斜对面碰到我的好友雷祖干,对,就是雷祖干,偏偏碰到他。他是最知情的,我不能不告诉他:我的书稿被枪毙了(原话好像是说废了)。他不动声色地“哦”着,没说别的话。

我想他是没法安慰我,或者说没想好安慰我的话,也可能是被这个打击了而不知所措——这都是我过后写这文章想的话。我当时也只是傻傻地笑,大半有尴尬的成分、不安的成分。我年轻生命的一部分遭了劫难,我没哭,没想到哭,那就是最好的。

回到家。我用簇新的红布将书稿包裹好，放在我的书柜顶端，总用我慈爱的眼光摸着她，像抚摸我的孩子，证明她的存在，也是我有过的那段生命的存在。

这个证明一下子就有十八年了，是一个十八岁的大姑娘或小伙子的青春，这个青春总是叫我怦然心动。我企图捕捉那心动的微妙感觉，也企图用言语表达出来，表达得总是很粗糙、很伤感。后来，我才知道那是一段恋情：写作的初恋，揪心的初恋，初恋的失败。不能死在失败里，从头再来。

有人说过，一个作家成名之后，他以前报废了的东西，也是好东西，也有人抢着拿去发表。是不是好东西很难说，反正名气是个好东西。名气形成一种神秘，一种诱惑，一种时效，一种轰动，也形成一种假象，一种自欺欺人的东西。不过，也确确实实有好东西，美国名作家福克纳的《喧哗与骚动》就是经过退稿的成名作。

我珍视我那报废了的长篇小说，是我不愿割舍的生命的一个纪念。我后来的许多文字，也都是从那失败的土壤里生长的，废物不全是无用呢。又是经过了许许多多的后来，我毅然决然也坦然欣然地将我那书稿火化了，像火化应当火化的遗体。

阳台上，点燃了火焰，火舌燎着书稿，火焰熊熊燃烧。稿纸翻卷起来，随着火焰焦黄，然后变黑，黑成薄片、碎片，升腾起来，旋转起来，飞舞起来。伴着青的烟，焦的味，温的热。我久久凝视，仿佛感到生命的疼痛，嘤嘤流泪。

我相信林妹妹焚稿也不过如此。林妹妹含泪焚烧一种灵魂，埋葬一种灵魂，告别一种灵魂。我含泪是慰藉一种灵魂，升华一种灵魂，释放一种灵魂。

一位西方哲人说，我思故我在。我说，我写故我在。写作是我生命的过程，不为留名，不为不朽。人生压抑，生存困境，人生欢乐，便是我的表达。对于我，写作是“绑架”，抗诱惑，抗孤寂，抗悲情，抗衰老，抗死亡。对读者来说，如果我的作品对他们有一种心灵的抚摸，那也是对我的慰藉。

写出这篇文章，没有叹息，没有伤感，只是为了纪念。

关于作家的话题

我常常想，有什么职业，能像作家这个职业，既爱人、诱人、缠人，又烦人、恼人、磨人呢？

我不知道作家是个什么级别，我只知道作家就是作家，作家应当是作家，作家只能是作家。

歌星、影星可以频频出现在电影屏幕上，可以一歌走红天下，可以一演定终生，"王""帝""后"加冕之词就不免加上来了。作家不是什么特殊材料做成的，作家比普通人更普通，只不过作家的名字应当是更有信誉的。

当今的许多人，稍有得意，就不想普通，就觉得不同凡响，高人一等，高出一筹。作家尽管可以自己宣称"曲高和寡"，是不是如此，却是要叫人质疑的。

作家的情趣应是向上的，作家的眼睛应是向下的，这样他才能以一颗实实在在的心去体验一个个实实在在的人。作家像平常人那样生活，具有平常人的心态，这样才能够把握住人类的神意通感，走进彼此隔着肚皮的人心。

作家生活的酸甜苦辣，是作家的宝贵财富。作家不拒绝生活，没有哪一位作家会觉得自己的生活是多余的。作家或苦恼或愉悦，就是作家作为人的属性。我总以为，第一流的经历可以造就第一流的作家，但不是有一流的经历就能成为作家。关键是，作家更懂得或者说更珍惜自己的情感体验，并运用自己的情感体验，以文字形式走进世人心里。

作家和周围的人相处，应当是亲亲善善的，和和美美的，大大度度的。作家常常是要对周围的人怀着感激的，因为作家总是无形无迹地从他们身上汲取营养，他们为作家的创造提供无偿的也是无限的素材。作家有时也遭到白眼,作家也窃喜得到那白眼的体验。作家有时也会遭到辱骂,受到不公正的对待,作家还击不还击那是因作家而异,但作家会让那精彩的辱骂语言在某部作品里“闪光”。

作家对人类生存的关注,对社会进步的期冀,对未来世界的理想,跟世上的优秀政治家应是殊途同归的。作家不是在追求伟大,不是在追求不朽,也不是在追求能够与谁平起平坐,作家是在跟世界对话,为人类发声,应称他们为慈善家。

作家是在以作家的存在完成作家的使命。作家应该知道做什么和不应该做什么,或者说应该知道写什么和不应该写什么。有为有不为,知足知不足。作家出世入世,作家在家出家。作家在滚滚红尘中裹着红尘前行,与世人无异。

什么人都可以浮浮躁躁,唯独作家不可以浮浮躁躁。在写字台前,那是要静心的,要投入的。握着笔或是敲着键盘,那是要净手的,要革心的。作品的境界应是作家的境界,作家的境界会是作品的境界。把作家说成“人类灵魂的工程师”让有些作家害怕,让有些作家不敢接受,让有些作家拒绝接受。为什么?因为这类似于神化,正常人会诚惶诚恐。

不想当一个好作家是不可原谅的作家,这是套用那句“不想当将军的士兵不是好士兵”的名言。想当好作家结果没当上,是可以谅解的,也是可以原谅的作家。

作家,作家,我一口气说了这么多关于作家的话题,我想早就有读者忍不住要问了:赵金禾先生,你呢?你算得上什么样的作家?我说你就别笑话我啦,呵呵,有你的谅解和原谅就足够啊。

文学的真诚接力

我站在《北京文学》编辑部大楼跟前。我请求我的司机朋友给我三分钟，让我下车对《北京文学》那块醒目的牌子行个深深的注目礼吧。

我正儿八经的小说处女作，发表在1980年第五期的《北京文学》上(那时叫《北京文艺》)。我的责任编辑是陈世崇。我和他信来信往，可以说是他把我领进了文学的大森林。

过了两年，陈世崇出任《北京文学》副主编，我收到编辑部小说组署名章德宁的来信，信里说："世崇同志因忙于其他事，让我跟您联系，请继续惠寄大作……"

章德宁笔迹刚健有力，语句恳切诚挚。我心里暖暖的，又有了好老师。

我和章德宁信来信往。我对章德宁的来信也像对待陈世崇的来信一样，装订成册。

1983年出差进京，我一下火车便给编辑部打电话，这是我第一次给《北京文学》打电话。

"您找谁呀？"一位女同胞的声音，极轻柔。

"我找章德宁编辑。"我说。

"我就是啊。"

章德宁是女同胞？我一直以为章德宁是男同胞，把章德宁这个名字误认为是男性一点也不荒谬。

我以为听错了，又说了一遍："我找章德宁啊。"

我几乎是一字一板。

她在电话那边笑了，说："我就是章德宁，我肯定我是章德宁，没有错啊。"

她也几乎是一字一板，让我哈哈大笑。

她也咯咯笑了，问："你是谁？"

必然有一问，我这才连忙说："我是湖北来的，我叫赵金禾……"

章德宁在电话里惊喜起来："啊，您就是赵金禾！"接着就连说"您好您好"。我上了编辑部大楼，跟她见了面，没想到她竟是那么年轻，我年轻的老师……我们就这样一直打交道。过了五六年以后，我收到了编辑部署名吕晴的来信，信里说："德宁同志因忙于其他事，她让我跟您联系，请继续惠寄大作……"

后来我才知道章德宁也当了副主编，继而是主编，扛起了《北京文学》的大旗。

再后来，我记得吕晴也"因忙于其他事"，把我转到了编辑部陆涛编辑手里，陆涛那时就是小说界知名的小说家了。

当我现在翻阅着他们的信件时，心里也翻腾着沉甸甸的敬意。我这个作者，成了《北京文学》编辑手里的接力棒，他们一个个带着我在文学道路上奔跑。

这种真诚的文学接力，我不敢说《北京文学》是独一无二的，起码可以断言是"凤毛麟角"吧。无怪乎《北京文学》的品位一直很高，口碑一直很好。

我不写这篇文章，心里一直不安，写了也不安，原因是我没法去看看他们，只能此致，敬礼！

愿天下的先生耐寒也耐热

正在面对着电脑做功课，长江文艺杂志社的编辑周昉打来电话，说是《中篇小说选刊》选了小说《先生耐寒不耐热》，要我写篇创作谈，我怕误人家的事，当即便敲下了"创作谈"的题目：《愿天下先生耐寒也耐热》。

好几年前，我去海南参加了一个关于文学的聚会。会上，《人啊人》的作者戴厚英作了主题发言。她讲了些什么，我不太记得了，只记得她讲了一个自己经历的故事，还一直鲜活地在我的头脑里。

有一回，她带着她的五六个学生外出，就餐的时候，五六个人吃的，比不上邻桌一位先生吃得豪华。她和她的学生不屑一顾。那位先生偏偏想显示一下，走到他们跟前说：能不能问一下你们是干什么的呀？

戴厚英的学生说，教书的。

那位先生撇撇嘴说，你们也太寒碜了吧，吃得这么简单？

戴厚英的一个学生站起来，指着戴厚英说，你知不知道她是谁？然后自己回答：作家，著名作家，著名作家戴厚英，你不知道吧？

那先生说：作家算什么？我可以买个作家，要作家给我写书。我给作家钱，十万八万的，你信不信？

戴厚英让她的学生坐下，自己站起来笑笑说：你可以买个作家，但你买不到我。

我说的那是 1988 年 10 月的事。参会的，有些作家在座，但没人为她鼓掌，只当听了一个世俗得不能再世俗的故事。然后我为她鼓掌了，大家看着我，把我看成异类。

我想大声说话，但没有我的位置，也没有我的机会，我悄悄坐在角落里，要哭，为着感动，也为着鄙夷。

我也当着作家，虽然不起眼，但内心涌动着南海的波涛。我要发声，向这个世界发声。我要写一个作家的故事，这作家耐得寒，却耐不得热。那个故事也许不太新，也不是太旧，要展示的是，国家在商品经济大潮里，面对精神与物质的两难境地。因此，一位我所知的作家先生也就成了我小说里的主要人物。

这个故事想必会让人深思，发表这部中篇小说原作的《长江文艺》，在编者话中提问：难道中国的文人真的只是穷得苦得？我也正在试着回答。我提醒自己不要编造生活，生活的原汁原味总是新鲜的，无论作家怎么编造，总逃不过生活的巴掌心。

想想我们的生活，我又高兴又悲伤，我又勤奋又慵懒，我又前进又后退，我有时真不知道我是什么、我不是什么，比如我此时坐在电脑跟前敲着这篇文章，我就有些沉不住气，思想频频走神，我需要拨正自己的生命航向。

我写的《先生耐寒不耐热》是不是生活的写照？供先生你参照。

（注：本文为 1995 年第 1 期《中篇小说选刊》转载的《先生耐寒不耐热》的“创作谈”。）

关于咸菜的话题

我敢说我们每个人都有吃咸菜的经验。或许你正在就餐，一面吃着咸菜，还一面读着这篇文章。

我们吃过各式各样的咸菜，各地有各地的咸菜，我要是数出来，那也堪称中国的“咸菜文化”（有人要是编著这样一本书，想必是好选题）。

咸菜的本质是平常的，出入平常百姓家。哪个平常百姓家里要是没有咸菜吃，那这个家就好像不是个家，我的母亲就是这样固执地认为的。

我考证了一下（也可以说是内查外调吧），咸菜的出身并不高贵。说白了，就像是几千年前穷人家的小子，历来不登大雅之堂。咸菜这个家族之所以没有被打灭，还有着很旺的“生命力”，恰是因为它的平常，我们不是常说“平淡是真”吗？

我曾写过一篇短小说，叫《想念青菜》。我就想，咸菜跟青菜是不可割舍的亲戚，咸菜大都是青菜的分支。青菜在盐的帮助下，假以时日，便有了独立的生存价值了。青菜历来是叫人常常想念的，而咸菜现在叫人想念的，只因它是富人席上的点缀。

如今大鱼大肉吃多了，吃腻了，除了将鱼肉变着花样吃之外（道不尽的花样），多半是要想念咸菜的，你我心里都明白。

青菜是长盛不衰的，咸菜也是打不倒的。无论在什么时候，无论在什么地方，当吃着咸菜时，我都觉得咸菜具有的意味让我肃然起敬。于是我就想写篇关于请你吃咸菜的小说，赋予咸菜一种象征意味。

我写小说，从来不是先有故事，也不是先有人物，而是先有某种意味。这意味不是天上掉下来的,也不是作家头脑里固有的,而是生活的触发,是人生的体验,也是生命中的一种涌动,所以也就自然带出了那些可以称作故事的故事,自然带出了可以称作人物的人物。

有一天,我在大街上碰到一位朋友,她说她想请我到她家里去吃饭,几个好友聚一聚,我连说"不麻烦啦不麻烦啦"。她说,麻烦什么,不过请你吃咸菜。仅仅这句话,就让我走进了平常百姓家,也让我突然一惊:这不是一篇极好的小说主题吗?

因为我对生活的熟悉,所以我感受到"请你吃咸菜"的意味。生活中的故事,生活中的人物,便瞬间在我的脑海里涌动。当我坐在电脑前,写下小说的第一句话时,有关的故事和人物便不请自来,仿佛神助似的。

请你吃咸菜,品尝罢,您就别说"味道好极了",不客套。

(注:本文为 1997 年第 5 期《中篇小说选刊》转载的《请你吃咸菜》的"创作谈"。)

关于乡村的话题

“我生长在荆楚大地，像生长着的一茬茬庄稼。荆楚大地生长着我的代代祖先。我的祖先是农民，我的家族是庄稼。如今进入了城市，我不会忘了常常去拜访我的庄稼。”

我写过一篇《拜访庄稼》的散文，上面的引文，就是散文的开头。我是永远的乡村孩子，无论我走到哪里，我总是感到我的乡村情结在把我拉回乡村。村头的那棵大树，我走了好远还看得见；我回到村里，隔着好远，就看到了那棵大树，走了好半天也还没走近，走了好远也还没走远。那棵大树总在我的背后，或总在我前面。我的乡村仿佛就是那棵大树，让我走不近，也走不远，总是牵牵挂挂的。

我的那个永远的乡村如今建了机场(就是“天河国际机场”)。那棵大树自然没有了，我的乡亲呢，我的乡情呢，自然都还在。我常常的牵挂，就变成了永远的怀念。这些怀念，往往变成了我笔下的文字。我曾经是他们，他们也是一个时期的我。当我每回去拜访庄稼的时候，我发现我思想的根须从来就没有离开我乡下的土地。我如今还鲜活地生长着，我没想到仍是那片土地在给我提供着养分。

不要说我们是城里人，不要说他们是乡下人。乡下人总在向城里人看齐，城里人总在向往乡下。现代生活总是在破坏乡村，乡村也总是在走向城市。物质的，精神的，谁优谁劣，不去说它，城市要有博大的胸怀——乡村是自己的乡村，那才不愧为城市，那才不只是去走一走，弄些土特产，吸收些新鲜空气。

我永远的乡村。

我永远的关注。

我永远的揪心。

我永远的姐妹,《后湾二月》中的润月和细月。

(注:本文为1995年第5期《中篇小说选刊》转载的《后湾二月》的“创作谈”。)

关注灵魂的话题

我专事中篇小说写作，也只是近两年的事(53岁以后)。写过一二十部中篇小说之后，就写出了野心，妄图震撼半壁河山，哪知半壁河山不是那么好震撼的。于是安分守己，回到写作的初衷上来：不赶时尚，不玩花样，不眼红人家，不拒绝学人家的长处，朴朴素素写来，实实在在走去，把我感受到的东西，化为形象，化为艺术，再还给社会。这便让我的灵魂找到处所了。

打从我工作的那天起，就泡在文化圈子里。我当过教师，当过演员，当过记者，当过文化馆馆长，且如今又是在文联供职，没离过文化一步。我熟悉我那个层面的文化人，我也是他们当中的一员。我拿起笔来是作家，放下笔就是工作人员，老百姓一个。

我要生存，也要吃喝拉撒，因此我特别正视我作为一个文人的内心。对自己诚实，对别人诚实，人与人之间便有了神意通感。所以我给自己创造了一条格言：悟道不在远，受益不贪多。

我常常感到一些文人魂不附体。我目击了许多不愉快的事，不应当发生的事。当局者迷？不，他们清醒得很呢。他们像油子哥似的，不拿它当回事，吃不了兜着走是必然的。而我的那种“目击”，往往是击痛了我自己，我也总要为之暗暗伤心一回。

他们要别人把文化人当人，又不自重，多半染上了痞子气还不知道，还要在那里清他的高，潇他的洒，免不了泡在他们自己酿制的牢骚里我行我素，全然失去了文人的聪明才智，什么时候能清醒地修炼灵魂呢？这是我常常想的问题，后来就衍生了这部中篇小说《一种状态》。

写罢《一种状态》，我以为我是在招魂，让每个人的灵魂都找到处所。我们常常感叹“身不由己”，身是自己的身，己是自己的己，自己怎么就不能把握？这大概就是灵魂的愤然出走，无可奈何地把身躯舍弃给世俗践踏，灵魂只有在痛苦的漂泊里继续承受着苦痛。

人的分量是灵魂。小说里的“钟志一老师”是有灵魂的，那位“来睡悟馆长”是有灵魂的，他们应当有优秀感。但“钟老师”最终只是被一辆板车送走了。为钟老师大哭了一场，愿他的灵魂升天。那位“来馆长”也是一种形式的“走”，走到许多人都向往的南方去了，南方就肯接纳他的灵魂吗？想必他总会悟到一些东西的。

有许多好心的哲人替我们设计“人的一生应当怎样度过”，他们的设计关注了灵魂，却无法阻止一些人的灵魂漂泊不定。大慈大悲的菩萨也只能在人死之后表示超度的慈悲。天苍苍，野茫茫，生命的困扰，灵魂的焦虑，似乎是冥冥之中有什么力量要让我们的灵魂永不安宁，才有永远的苦度和发奋，不然要那灵魂干什么呢？

感叹一世的匆匆，感叹瞬间的永恒，感叹伟大的渺小，有时就让我深夜醒来，惊心于人类灵魂的脆弱，真想大哭一场。灵魂也不能承受生命之轻。

我如此思考，是写《一种状态》的触发点。在某个下午，我应朋友之邀去歌厅唱歌，偶然听到一首流行歌曲：《我听过你的歌》，我被那种真挚的纯情打动，听得泪流满面。我怕人家见了笑话，便面向窗外看天。

一位懂音乐的朋友告诉我，那首歌曲的创作有个背景：一个十六岁的小姑娘得了绝症，就给一位音乐家写信，诉说她喜欢听他的歌，希望听到他更多的歌。音乐家很是感动，就写了那首《我听过你的歌》。我当下就对朋友说，我要写一部中篇小说，记下打动了我的真挚的纯情，所以作品中就有了那些关于《我听过你的歌》的文字。那不是点缀，是生活，是骨子里的感动，也是一种百无聊赖状态下的温馨。没有这种温馨，那种状态我怕是写不下去的。我这个人就是喜欢从无聊中寻找意义，从平淡中寻找新鲜，从日常中寻找妙趣。这也许不是我的专利，却是我的红利。

岁月从我们身边走过，时间在压缩我们的生命，也在延续着我们的生命。人的一生在不断付出，也在不断获取。人学会了恨，也学会了爱。别人学着你的爱爱你，别人也会学着你的恨恨你。你是别人的榜样，也是你自己的榜样。

伸出你的手,握住我的手,我们会有许多力量。一个笑脸,一个眼神,一个手势,就能让我们的灵魂得到抚慰。至于作品中那位“一口一个粗话”的华吉(顺便吐露一句,“华吉”意为“滑稽”也),也是一种状态下的生命,提请读者去体味,我就不多说了。

读者注意到了,责任编辑邓一光,已经是知名的小说家,作为编辑,他也拿捏到作为小说家的深刻与残酷。他在给我的约稿信中说:你一定要给我那种你不想给我的东西!一定要给我!我被他的真挚俘虏了,不能遁逃,便把已经许过人的稿子给了他。这里也要谢谢主编子昂先生的厚爱,他要我写这篇文字,才让我有机会说些作品之外的话,一并呈现给读者。

(注:本文为《芳草》杂志 1996 年第 3 期发表的中篇小说《一种状态》的“创作谈”。)

王石笔下跳出的新人物

作家王石太知道自己应当写什么，应当不写什么。他新近出版的长篇小说《隆重纪念一个无用的人》，便足以证明他的清醒。

王石太知道中国文坛现状，中国长篇小说缺少的不是数量。近些年，每年出版的长篇小说有3000多部，仅2011年就有4300多部，还不算网络长篇小说——流水线似的，平均一天要产多少部？这是不难的算术题。

唐朝以前的人，短短一生五六十年的时间（那时人们的平均寿命不长），能读完中国传统文化中的全部经典。今人呢，用其几倍的生命，也读不完一年出版的书，怪吓人的。

这是我和王石经常讨论的话题之一。

2003年，他说他在写一部长篇小说。什么样的长篇，他没有预告。他不是爱吹牛的人，不到火候是不揭锅的。我虽是个"包打听"的人，但也没有追问。我知道他的辛苦，他身为一家报社的副总，白天要上班，双休要值班，遇到特别的事情晚上还要加班，能坐下来写作的时间实在少得可怜。

今年3月，他到我家里来，将这本《隆重纪念一个无用的人》送到我手上，兑现了他十年前的承诺。

《隆重纪念一个无用的人》作为小说题目，小说家通常是不会采用的。这个题目像新闻报道，像演讲稿，像《记念刘和珍君》之类的纪念文章。王石担心读者嫌弃，在自序里声明：

"最早写下的，是篇名，此后，改过多次，唯一没改的，只有篇名。"

可见这是王石铁定了的深意。

“无用”这个词来自庄子，其中的典故，几乎普及。人们说到“无用”，自然会想起庄子的“无用之用”，以至用莫大焉。

王石为一个“无用”的人立传，正是他的高明之处，这是从他笔下跳出来的一个全新人物。他不写的，是别人写过的大体相同的千人一面的人物。他写的，是没有哪部长篇小说写过的一个无用的人，且要隆重纪念他。

何为？忍不住要追问，忍不住要看个究竟。

这个人物的名字叫丁零。请注意这个名字的寓意：从起码的事情做起，作家在书中没有明示过，却是处处体现出来了。丁零身为大学哲学老师，因校长认为哲学无用，将哲学系改为旅游系。丁零愤然辞职。

道不同不相为谋。

辞职之后的丁零，做过两种职业，一是经商，阴错阳差地做了新南方公司的副总经理；一是搞教育，在新天地实验中学担任素质教育高二语文老师。经历并不复杂，步履却很艰难。

艰难的是，他坚守的常理观念，常常遭遇非常理观念的挑战。他一次次败下阵来，要多尴尬有多尴尬。极为可贵的是，他不沮丧，不气馁，身体力行地传播文明，在不理解以至对立的人面前，总爱给别人留下一句近似于口头禅的话：

“想一想，慢慢想一想，就会明白的。”

丁零要人家想什么？

那就是常理，不是什么高深理论。

常理是做人的准则。

常理是道德的规范。

常理是文明的标志。

常理是他的观念，观念是他的力量。我们就听他的，“慢慢想一想”吧。

王石不猎奇，不怪异，不神秘，不哗众取宠，他坦坦荡荡地站立在现实生活中，从庸常的现象里，发现司空见惯的悖论，捕捉到丁零这样一个不是英雄，不是模范，不是伟人名人，也不是在某个事件中有特殊贡献的人物，可以说是失败者、落荒者——作者给我们生动展现了无用之用的精神资源，让我们在日常的生活中警醒地走进了另一番精神境界。

这是王石笔下的新人物给我们的启示。

像丁零这样的人，就生活在我们中间，也许他不时会触犯不按常理出牌的人的利益，人们不大喜欢他，慢慢想一想之后，会觉得他是高尚的、纯洁的、进取的，的确是我们社会需要的人。

丁零不是什么天外来客（如韩剧《来自星星的你》，丁零就在我们中间。

不按常理出牌是我们司空见惯的，坚持常理的人大都会遭到嘲笑。丁零一方面拾到一个女人的重要坤包，还给了人家，一方面又举报女主人满处张贴一百份寻包启事。他还将启事一份份揭下来，送到工商所，领到两百元举报奖金。连老婆也说他是个怪，天下少有的“二百五”。

老婆总算承认老公天下少有，不是没有。

丁零做事丁是丁，卯是卯，一码归一码。他用大爱包容着一切，包括他的小美人妻子。无怪乎妻子被他的爱拴得牢牢的，有看中她的大老板，宁肯花一百万包她三个月，她也不动心。

丁零在人间烟火中，被烟熏火燎，总不改他坚守的常理。

这里必须提及作者让“二百五”丁零意外死于车祸的寓意。

丁零开车本无事，他在斑马线上礼让行人，哪知有不遵守交通规则的人，强行冲斑马线，冲撞了他，也冲撞了被他礼让的人，丁零由此失去生命。

常理与非常理的冲突，最终引发了悲剧。

作者用生命的代价提醒人们：常理就像空气一样，让我们自由呼吸；非常理会不时地让我们的生命窒息。

读完全书，我们才真正明白作者的告示：为什么坚持不改他的小说题目，是要旗帜鲜明地、隆重地纪念这个拥有鲜活生命的全新人物。

这个全新人物在作家笔下结束了生命，却是真正站立起来了。

丁零生活在常理之中。

丁零代表着常理。

常理不死，丁零不死。

当今长篇小说中，还有什么样的人物能让我得出这样的结论呢？我要说到一件事，说起来惭愧。多年前，我随四五个朋友去西安参观兵马俑，收门票的是我老乡，由于我的交涉，我们一行人免票进去了。这事被一位游客看在眼里，他走到我面前说：你好意思吗？占国家的便宜！

游客的话至今还在敲打着我，旅客尊崇的就是常理啊，我尊敬这位游客。

第四辑 人物篇

PART

一个人和一本书

这个人,有过许多头衔,小说写得漂亮,官也做得好。他真实、坦率、丰厚,朋友爱拿来他的名字开涮:刘富道吗,良善的"妇道人家"。

这本书,应当说不是他的拿手戏,却是他的真功夫。为别人写的序与跋,小说评点,编辑手记,还有作家之死探秘,好个繁复,好个冗杂,起了个随意的书名:《阅读感悟》。

我们常爱说"随意",随意里有大讲究。随从率性来,意伴真情出。随意是自然流淌着的那份心意。富道的心意在这本书里显露无疑,这不比写小说,作者可以藏在背后装神弄鬼。

富道在自序里说:"都是我的心血之作, 是用我生命中一部分光阴完成的。敝帚自珍,立此存照。"可见他也是看重这本书的。他说他在位时的得意之作是散文《本无意做官》,至于其他所得,都已过去,不重要了。如此真情告白,来不得半点虚假。

新时期湖北文坛,这个人是一座山。他是以其小说《眼镜》和《南湖月》奠定的辉煌地位。后来湖北小说家的辉煌,是后来时空的收获。一座山是不能覆盖的,也是打不败的。后来者只能翻越,或者绕过,但那山还是山。一句"都已过去,不重要了",是他骨子里浸润着的大气,我读懂了他。

书中所写的文字,有关于名家专家的,也有非此非彼的后生、毛丫头,谓之"名不见经传"吧。为名家写,那不是他要写就能写的,他也无须傍名家,他自己也身处名家队伍。名家看重的不是名家,是一个人所达到的境界,所以他受他队伍的推崇。

他为小人物所写的文字，自然是因了他的名气，也是因了他的为人。那些亲切的文字迎面扑来，像一个长者拍拍你的头，抚抚你的肩，摸摸你的背，你不能不为之动容。

富道这个五尺男子汉的“妇道人家”，更像母亲，像姐姐，深情得到家。那都是些性情文字，性情中人所为，不是文字匠人所能达到的质朴、浑圆、关爱、智慧与激情。

接受这本书编辑的建议，富道选了一篇关于评论他的文章附后，这便是王石先生的《刘富道的过去与以后》。王石先生称富道为“湖北新时期小说第一人”，我以为准确，经得起科学考证。

王石先生说，富道的创作势头，在连续两届斩获全国短篇小说大奖之后，渐趋于沉寂。王先生分析了三点原因：一是他的小说价值没有被人全面认识，甚至一度被他本人所忽略；二是他作为专业作家写得太少；第三是他在 20 世纪 80 年代中叶就到省作协当了领导人。

我不认为王先生这三条都准确。价值判断不是以认同为标识的，写得多与少也不能说明创作的势头。至于当了领导人，倒是一个有力的论证。一个事物是这样而不是那样，自然有诸多原因。准确不准确，可以自圆其说。这里我不是要跟王先生唱反调（王先生不必介意），而是想说明我对这个人的立论：面对自己的现实，由着自己的心使然，不改其本色。这是作为一个人的底线。

王先生在他的文章里充满对富道的期待：他的以后，“很可能是人生曲折线在经历了一个必然低谷之后的又一个上升”。

如今是王先生说过的许多年之后的“以后”。这个“以后”的今天，这本《阅读感悟》，没有任何迹象表明富道犯糊涂。问他尚能饭否，答曰“还行”。他“还行”的不只是“尚能饭”，还有他不变的“举世誉之而不加劝，举世非之而不加沮”的人生态度。

富道富道，富道可道。

如此清醒的这一个人，我们应当为他庆贺，还强求什么呢？

罗维扬的忠厚

要写罗维扬，其特点是我抓住了的：忠厚。他的长相忠厚，那是写在脸上的；内心忠厚，那是朋友们感受到的，当然不只是朋友。

作为湖北有影响的随笔作家，维扬当过许多年的《今古传奇》编辑，也当过主编。对有名无名作者的态度无二致。中国文坛的势利，在他面前会显出许许多多的"小"来。

一位普通女工的中篇处女作到了他手里，他洞悉灵魂的价值，约请她见面，交谈，最后变成铅字之前，题目还没有出来。他的忠厚面向了大众：将小说正文发表出来，而题目让千万读者代为拟定。这种独特的编者与读者的互动，怕是少有的吧。

我与维扬深交是在一个笔会上，住在一个房间，谈话至凌晨两点。一个外表忠厚得近似木讷的人，其实很健谈，谈至兴处还会手舞足蹈，我就有些奇怪了。

那次我才真正认识了他。作为文人，他一直守住自己的精神家园。这叫安分守己，清白做文人，地道做文人。守住自己的人格，守住自己的灵魂。他的不安分守己是在艺术上，用他自己的话说，是随心所欲。不管写出来的东西属什么文体，算什么流派，不计较发表在什么地方，不奢望引起评论家的注意，更不管得不得奖，甚至无意当作家，全然是那种"跳出三界外，不在五行中"的洒脱意味。正如著名文学评论家王先霈教授对他的评价：

"罗维扬常有悟道之言。悟道之言往往并非大雅宏达之论，但引人悄然深思悠然神往。""把作文与参禅在无意间沟通了，把精心营构和即兴发挥融会了，把超然的出世心境和认真的入世精神结合了。不能说他免除了惶惑与苦闷，毕竟窥见了一条不离原则、不违本性、较为切实的立身处世之道。这是他的散文能吸引同道的重要原因。”

我跟维扬长谈，谈得很通透，我不以为是我的激情点燃了他。他是他骨子里的火山，不然哪会有那么多喷发的精妙文字、点穴文字、血性文字？他退休之后被北京印刷学院聘为教授也是不奇怪的。

我写过一部名为《父亲种稻》的中篇小说，他写文说我为湖北文坛又贡献了一位伟大父亲，让我也为我的父亲很是骄傲了一阵。后来他写了一篇《赵金禾火了》的文章，虽然说了些我喜欢听的话，但其忠厚是不改其道的。

鸡年的六、七、八三个月，维扬出了三本书，是个不小的成绩。有天他请了连我在内的九个朋友到武昌一家很像样的饭店吃饭，事前他不说为什么事，只说纯粹是朋友相聚。这号召，比什么都管用。

朋友中有学者、作家、老报人，坐了一桌。酒菜上来了，他站起来，说人活着要干活，他个人的六、七、八三个月形势不是小好，是大好，比以往任何时候都好（这是特殊年代流行的语言，他拿来开玩笑）。他将这三本书分别赠送给朋友，也请朋友吃餐饭，算是通报的意思吧。

他说明是自费宴请，接着亮出笔墨宣纸，要大家为他留下墨宝。原湖北省作协副主席刘富道说自己出门有三怕：一怕喝酒，二怕唱歌，三怕留墨宝。为纯真友谊，他喝了酒，也留了墨宝，大家免了他唱歌。周冀南为他画了一头有灵气的忠厚的牛。我也献丑，写下“品格临风香自远”的话。

维扬在每本书上认真签名，这不是签名售书，是签名赠书。如此阵势，正如他的为人，忠厚到家了。

陈大超：心灵的捕手

本文的主人公是陈大超。何许人也？不是焦点人物，不是新闻人物，不是特别人物，只是一个普通人，普通的写作者，说得更确切些：自由撰稿人。

他自称为“一个写手”，就像歌手、鼓手、吉他手一样。他不喜欢人家称他作家。他说如今的作家变成了一种名分，一种职位，丢了实在的意义，他不喜欢。他普通是普通，普通得有“焦点”意味，有“新闻”意味，有“特别”意味。

三十年前，他刚从部队复员，二十多岁的小伙子，因爱好写作，来找我了，他的真性情注定我们成为好朋友。后来他到孝感图书馆当了副馆长，我们每周有书信往来，后来又有了“伊妹儿”(E-mail)，直到如今我住武汉，一天一个“伊妹儿”，就像往来精神岛屿的航船，风雨无阻，少有延误抵达的，我居住美国时也是如此。

在美国想读他的文章，便在网上搜索“陈大超”，便有几千篇目跳出，成了我在异国的中文读物。十年前(写此文的当时)，大超辞去了副馆长的职务，当了自由撰稿人。十年前的自由撰稿人不是没有，像他这样辞去公职，20多年的工龄不要，置相当级别的位置于不顾的少有，同事和朋友为他惋惜。如果他是没能力、没水平、遭人嫌，倒也罢了，偏是一个堪称优秀的干部，自己下自己的课，在中国作家当中，不多吧？

上级领导一再挽留，以至开出条件：可以给你写作时间，可以不坐班。他不。他说他这样可以腾出一个位置，可以让国家少一个负担，不是很好吗？没有谁不明这个大义，但领导就是不批。直到他回家当了六年自由撰稿人，也就是说，领导耐心等待，等了他六年，够意思吧？

六年之后，他没有回心转意，领导这才无奈地给他办了离职手续。还送他一句温情的话：什么时候想回来，什么时候欢迎。他断了自己的后路，20多年工龄算断，8046元，两不找。不知读者做何感想。

我们不必去想数字及数字背后的意义，只想想他的意愿。大超情愿。有人说他不值得，不值得的理由充分。大超说："哪怕只给我一块钱算断也值。"因为他有了下半生的自由选择，自由无价。

一位在某大报当了四五年"本报评论员"的朋友，到孝感看大超，大超吓了一跳，多年没见，朋友老多了。那朋友说自己的工作是一种灵魂煎熬，常常是一篇文章怎么写都不合领导的胃口，完全生活在一种揣摩之中。

跟这位朋友相比，大超说他是幸福的。一个人生活在这个世界上，老是需要揣摩别人的意图和想法，要不要命啊。他辞职的根本原因，就是逃避那种需要时时揣摩别人的生活。这是他不曾向多家媒体说破的。

大超当自由撰稿人的头一两年，媒体追踪报道他。《湖北日报》和《长江日报》是湖北的两家党报，曾在重头位置不惜篇幅对他进行报道，且还不说那些文学艺术类的专业性报纸的报道。好家伙，他不成为新闻人物、焦点人物、特别人物还不行。

下自己的岗，当自由撰稿人，稿费能养活自己及家人吗？记者赞赏他的勇气与执着，佩服他坚持"做自己"的品性，也为他担着心。采访过他的资深记者朱学诗，被他的心灵感动，成了他的好朋友。

辞职前，他也想得乐观。全国有一万多家报刊，是吧？凭他的才气与经验，饿不死人，是吧？后来发现，那一万家里，绝大多数都是地县级报纸。就是一篇文章投一百家，也只有一两家可以用，而这一两家的稿费也少得说不出口。不能不叫他暗吸一口冷气。

当然啦，他的文章多是发在大城市的报纸。一连发过几篇的报纸，也不意味着永远占领。这逼得他多视野、多领域、多层次、多体裁地发展，永远面向未来，洞察时代发展秘密，正视自己内在的生命体验，突破生活的种种束缚，迎接每一天全新的太阳。

他的写作总呈现出一种涌动状态，这令许多人吃惊。诗人谷未黄打电话问他："你怎么有那么多东西可写啊？"他戏称上帝在可怜他。作家总要多有几副笔墨为好，在大超这里，要变成十八般武艺。

他是经常写诗的，诗的层次很高。“2004 年 6 月 3 日至 5 日在瑞士卢家诺举行的第八届世界和平诗歌大会上，中国作家、诗人陈大超先生创作的诗歌——《写给一位英国皇家空军驾驶员》，作为中国唯一战争与和平题材的诗歌入选大会，并在大会上宣读。”

这是媒体的报道。不能说他写诗的层次不高吧？尽管他有不少诗作入选许多选本，但写诗能赚钱吗？做梦去吧。他坚持写诗，是他心灵的需要。他写千字文，怕是他自己也不知道写了多少。如果分类说，叫随笔也行，叫散文也行，叫杂文也行，叫小品文也行，满天飞地。用大超的一位朋友的话说，装到篮子里的就是菜。

他是有原则的，不是什么乱七八糟的都写。他文章的骨架是思想，他文章的生命是灵魂。不然那些有名的网站侵犯他著作权的时候，他怎么会跟他们打官司，那些网站偷他文章的总量达到几百篇。当然那是他的文章好，读者叫好，公众叫好。用他的话说，为文为人应当是有信誉的。《深圳青年》编辑的约稿信开头写道：“交稿日期已近，发现手头好稿少得可怜，交不了差啦，救命啊！”

这就是市场。市场残酷，也生动。有一个西祠胡同网站，那里面就是作者与编辑做买卖的市场。有作者经常通报哪家杂志拖稿费、赖稿费，哪个编辑懒、不回复，哪个编辑缺乏敬业精神，甚至还有人提议设立编辑黑名单。这也就是说，市场剥去许多人高高在上的伪装，让他们变得可爱起来。大超的可爱也在这里。

大超写小小说，是基于拓宽自己的财路乎？文路乎？两者并存乎？不同的是，他写小小说是作为艺术而为之的。他在海内外报刊发表各类文学作品几千篇，小小说占有相当比例，也多是上乘。每年的小小说年度精选本，总会选他的作品。小小说选刊之类的转载也是经常的。

具体摆个谱吧：小小说《下毒手》，获《天津日报》飞鹰杯全国微型小说大赛二等奖；小小说《贼》，获《微型小说》杂志举办的全国幽默小小说大赛三等奖；小小说《想吃人胆的豹子》，获“春兰·世界华文微型小说大赛”一等奖；小小说《出奇制胜》，入选《世界微型小说经典·中国卷》；短篇小说《街头小店》，获“人民文学·贝塔斯曼”文学新秀杯三等奖。

应当说，这成绩不错吧。大超不以为然，既不让这成绩自己打败自己，也不让别人的成绩打败自己。他一方面重心灵的捕捉（包括自己的心灵），一方面接受市场挑战。像大超这样不拿工资，靠写作吃饭的，不可能看那些“纯文学”杂志的脸色行事。

读者愿意掏钱买他的文章，而不是那些评论家的评论和编辑高抬贵手的恩赐。呵呵，叫他如何不生动！有一回他在给我的邮件里说：

“许多人死后作品才火，以至成了一代宗师。古代文人特别信这个，所以古时候下死功的人特别多，他们也真的可以做到语不惊人死不休。现代人都是讲究及时行乐的，也就少了那份执着，垃圾作品也就特别多。文明社会有多种标志，我们不可忘记的一个标志，就是垃圾产量高。社会物质丰富了，精神的垃圾却不少。每个月我能收到十几份样报样刊，不说是看一眼，有好些我都不拆封的，不是垃圾是什么呢？”

十年来，大超的稿费收入一年比一年多，他像个每年增收的农民，自然是喜悦，又不像一般农民那样过于算计。他说，稿费怎么才叫多？哪里是止境？倘若纯是为多赚稿费，干吗不去写“拳头”加“枕头”？让稿费“多多益善”的追求，免不了陷入歪门邪道。

他不认为自己的文章是“不朽之盛事”，宁愿做个“心灵的捕手”，他认为他的路只能这么走。一个人不可能超越他的时空，他是他的“这一个”，坚实，快乐。快乐因了坚实，营养了快乐。

一个人的河流

有多少人知道云梦有个赵俊鹏？有多少人知道湖北有个古云梦泽？不读诗是不知道赵俊鹏的，不读史是不知道古云梦泽的。

赵俊鹏是诗人，生活在位于古云梦泽的云梦。古云梦泽的水汽浸润着他，古云梦泽的诗意栖居在他心里。生活有多少波澜？人生有多少况味？这些都凝固在他的诗里，构成了他的生命之流。

古云梦泽派生出一条河流叫府河，流经云梦，亲近着云梦县城。每天早晨，俊鹏骑自行车二十分钟到府河游泳，七点半赶回去上班。每天的生活就是从一条河流开始的。

河上一座桥，是县城与乡村的握手，繁华与纯朴的过渡。繁华背后的纷纭与焦虑，取悦与疏远，呼唤与解救，总是像白天黑夜一样将俊鹏拉来扯去。河水是安抚他心灵的天使。

桥那边的村人不知道俊鹏是诗人，且在中国大陆及台湾诗坛有名。这不妨碍俊鹏跟村人的交流。村人知道他像知道一棵庄稼，也就知道了又一个纯朴的人。当一头扎进河水时，他像回到了母亲的子宫，如鱼得水，率性初开。他在诗文里形容自己像是从人群里逃离的野鸭，让灵魂痛饮碧绿的河水，足足可以抵挡一天的干渴。

早晨，俊鹏从固定的一块大石头下水，又从那块大石头上岸。开始便是结束，出发也是回归。他的心灵参与了河水的循环，他的每一天也像河水的每一页，都是新的。天空是他的国度，白云是他的思想，流水是他的诗情。他变得耳聪目明，于是有了新诗集《清洁的耳朵》。

清洁的耳朵。

这是俊鹏站在一个九月清晨的河岸想起的诗句。

冰清玉洁的上弦月像耳朵,能够倾听天籁、地籁、人籁的耳朵是幸福的。当我们的耳朵塞满世俗的耳垢,灌耳的只是喧哗与欲望,不幸便产生了。

鸟在树头回忆
那个用耳朵采集歌唱的人呢?
鱼在水里回忆
那个用面包屑饲养自己影子的人呢?
一束白发在镜子里回忆
去年的山水呢?

俊鹏在追问,追问耳朵,追问记忆,追问生命。追问是强大的。小地方的红尘手一挥,足以抹去诗意的力量也是强大的。俊鹏能如此坚守自己的精神家园,能让生命之流如此清澈,能让诗意在心里栖居得如此无恙,是胜人者之智还是胜己者之明?

我们见过大森林里满眼的大树是自然不过的事情。倘若在旷野有一棵大树又怎么样呢?牛踩人踏的,先是苗子难起来。有幸长成小树了,风吹雨打的,难以成材。再长大一点呢?难免遭人伐。所以我总是对旷野里的大树表达我特别的敬畏。

俊鹏是旷野里的一棵大树,诗性的大树。

俊鹏在众人里头,不事张扬。他的内心,却一直张扬着脚踏实地之大旗走向世界。他发表过的近千首诗,诗家们知道,诗评家们知道,呵呵,他身边的人不一定知道。

俊鹏不追求著作等身,不追求写作攀比,不追求外在浮泛。如庄子所言:“凡外重者内拙。”他追求生命的欢歌,人类的欢歌。

俊鹏说,诗是他的圣坛,他为地球上所有的生命欢歌祈祷。

他在《清洁的耳朵》之前出版的诗集是《心雨》,被台湾诗坛定为“通幽诗”,他被称为“通幽诗人”。俊鹏运用诗的象征与隐喻,意境与勾连,荒诞与讽刺,让人与物、人与人、人与自然,都有着超越国界的神意通感。诗中哲学意味、生命体验、乡土情怀，及悲天悯人的气象，受到如艾青、晏明、曾卓、洛夫等大诗家的赞赏。

在一个正儿八经的冬天，我应云梦县委宣传部部长何燕的邀请，为长篇小说《千古孝子黄香》做所谓润色工作，十五天，俊鹏一直作陪。他一直是个冬泳者，有天问我敢不敢陪他冬泳？我说陪。接着是他反悔："算了算了，你没游过的，把你弄病了我负不起那个责。"我说："你以为廉颇老矣？"

于是俊鹏带我下水了，零上一两度，河边薄冰，一下水就知道河水不是吃素的：残酷咬人。

俊鹏先行下水了，他一手拿拖鞋敲冰，一手划水。我还没下水就打冷战。我牙齿一咬，脱得只剩短裤包屁股，钻到水里意思了一下，便上岸了。俊鹏却赞扬我"英雄英雄"，而他这位英雄却游到河心了。从此我回汉口坚持到长江冬泳，我就知道冬天的府河水比长江水厉害得多。我理解了赵家兄弟送我的话：冬泳不是冲着长寿，只是把生命推到极致的一种享受。

近期俊鹏传来他的新作，十五万字的长篇散文：《一个人的河流》，是2004年3月至2005年2月每天的游泳日记，为这一年四季在河水里扑腾的实录，感激河水的浮载、洗涤、抚慰而写下的性灵文字。

文字里充盈着乐水的深沉、温情，还有着愤世、忧心及大爱，像河水涌动到我跟前，让我知道一个现代人性灵中不能失去的生命之重。河水在俊鹏心里有着宗教般的神圣感，自自然然的河水性灵，与俊鹏的生命性灵，融为一体，无怪乎俊鹏在文中把河流称为他的神坛。

俊鹏说，有流水有清风，不假思索，顺手写来，也不谋篇布局，写哪算哪，那个"书"字就省略给河水了。也正因为如此，"流水里，我清洁着自身。流水清洁着肮脏的烦恼，蛛网的杂念，宿命的陈词滥调。我被清扫得干干净净的。皮肤潮红，内外透凉"。

这就是俊鹏的河流，让天下泳者到俊鹏的河浪里见识见识吧，见识一个真正的自然之子，人类之子。

哦，对不起，我忘了我这里不是写书评。打住吧。

“神话小说大师”的人间烟火

第一次见到周濯街大约是十五年前，在《中国故事》组织的笔会上。我跟他睡一间房，相处了十来天吧，我感到他是朴实厚道，又不乏活跃开朗，幽默起来笑得我肚子痛的黑脸大汉，我戏称他“大队会计”。他不在乎，就像老虎不在乎自己被划为猫科。

周濯街那时候写的是一部中篇神话小说，发表出来叫《宝扇记——天仙配外传》。语言朴实厚道，玩的花样就是将人间烟火搬到了天上，让天仙们也食起了人间烟火，那经典的句子我至今还记得：“玉皇大帝的七个女儿都像熟食店里的油条——个个下了矾(凡)。”

此前他杀过猪，锯过木头，扛过锄头把，也当过大兵。他没有文凭，连初中也没有读，民间文学却成了他的奶水，那个时候他就收集了八百多万字的民间故事资料，装了几麻布袋子。他定下的目标是专事神话小说写作，“为神仙立传”。因为他认为中国的神仙离人的距离最近，所谓“英雄回首即神仙”“生前为圣贤，死后封神仙”说的就是这个道理。

他坚信，为神仙立传，其实是为民族英雄、民族先贤、民族精英立传；坚信中国的老百姓会喜欢此类被神化了的英雄、圣贤们的传记，也坚信自己在这方面具备优势。

以后每隔一两年我都能见到他，总是在一些笔会或别的会议上。我自然要问起他“为神仙立传”的事，他也总有些惊人的喜讯给我。他重视每一个实际步骤，快快乐乐地朝他的目标走去。用他那朴实厚道话说，是“做自己喜欢的事，做别人尊重的人”。

为了这个“喜欢”，他先后几次放弃了进省城的机会，而情愿在民间文学“奶水”丰厚的乡土吸吮，怕断了那口奶就再也写不出像样的东西。也是为那个“尊重”，他一次次地谢绝出版商要为他请“枪手”突击写“某某丛书”赚大钱的建议。人能通神，人和神都是不能亵渎的，他认为。

这几年与他相见少了，信息却是通的。十多年来，他已经出版长篇神话小说三十四部，还有六部即将出笼。其中《妈祖》《吕洞宾》《赤脚大仙》等十八部小说是在台湾出版的，他被台湾评论界誉为“楚天怪才”“鄂东鬼才”“神话周”“民间文学与作家文学缝合的裁剪大师”。台湾某个知名出版社原准备出版他的十二部长篇神话小说之后就打住的，但因读者叫好声强烈，不断点名要“周濯街大师的新作”，要“周濯街大师的全集”，社长就对他说：“你写多少，我就收多少，合作到我退休，我还让我儿子接着跟你合作！”

当我们又在省作协理事会上相见时，我不再叫他“大队会计”，而叫他“大师”，他说什么大师不大师的，不过是我这“手艺”做到如今，“顾主”多了起来就是。一句轻描淡写的话，哈哈，却是“大师”味道十足。

他的生活轨迹还是按部就班进行：已从黄梅县文联主席的位置上退居“二线”，湖北省民间文艺家协会副主席、黄冈市作协副主席还兼着，“神事”还做着，他喜欢喝的烧酒也一直喝着，一辈子钟爱的娇妻也一直钟爱着。他食着人间烟火，他的心灵则在天庭常与天官及天官的子民们神会。他塑造的人物是在云彩上生活的，他演绎的故事是发生在云彩下的，不装神弄鬼。这是他的作品受欢迎的重要原因。

在短短的二十年内，他竟创作（发表）了400多部中短篇小说（共1300余万字）。根据他原创小说改编的二十八集电视剧《新天仙配》，二十八集电视剧《财神到》和戏曲电视剧《戏审记》都有很好的收视率，其中《戏审记》还荣获“飞天奖”。国内外许多媒体介绍过他，央视《讲述》栏目的编导看到一篇有关“神话周”的报道，就找到黄梅他家来了，拍摄了二十分钟由他讲述的专题片。

妻子梅美容是业内人士公认的“逼夫成才”的领导高手，为周濯街的成功起到了不可替代的作用，编导也要她上镜讲讲，但因普通话水平欠佳，专题片在后期制作时忍痛割爱了。周濯街很男子汉地说：“实在是我讲得太多，占了‘领导’的篇幅，对不起哦。”妻抿嘴一笑：“领导就是搞服务嘛。”呵呵，活脱老夫妻、老顽童，想不食人间烟火都办不到。

作家喻长亮的脚印

作家喻长亮出版了一本新书，长篇小说，叫《漳河岸边》。我不是在这里写书评，这只是我写这篇文章的由头，不排除有广告意味。

他送了我一本。我讨厌送书给我的人在书上写“指教”“雅正”之类的字眼，不如说“惠存”来得实在。长亮知道我的性情，在书的扉页上写的是别样的文字：

金禾先生：

如果写得不够好，请别见怪，因为当时我还年轻。如果写得足够好，请别见怪，因为那时我正年轻。先生尽可啥也别说。俺低头，埋头，挖着脑壳写就是了。

2019 年 7 月 4 日，长亮敬呈

我在给他的微信留言中说：“像砖头的一本书，砸下一个脚印。好也罢不好也罢，都是自己的。路很长，脚印会很多，走下去就好。”

我跟长亮的交往，没有大话、套话，袒露真性情。友谊长存，结伴远行，真性情最为重要。

大约十多年前，长亮是安陆雷公镇文化站的工作人员。我的同事曹军庆说长亮喜欢写小说，邀我去雷公看他。好壮实好漂亮的一个小伙子，在乡下犁耙应当是把好手哦。

我的感觉不错，他原本就是离雷公不远的木梓乡下的农民。有文化，又爱写作，被人打捞到文化站来，算是有"用文之地"。

或许是长亮的写作才能突出，也或许是他办事妥帖、扎实，他进城了，在安陆广播局工作。工作很忙，不能怠慢。写作很美，美在心里。白天他被工作扯来扯去，为稻粱谋。晚上他被这美缠来缠去，为心灵安好。那时他还只三十来岁，不知天高地厚地写起了《漳河岸边》的初稿，像农民一样地耕耘着，希望收获，但把握不住收获。

应当说是收获了，收获了一摞原稿，一直搁在自己的箱子里，没有投稿。他不知道怎么投稿，投了也不知道有没有人要。小伙子倒是腼腆了，像揣着自己小时候的裸照，不好意思示人。

有个东西压在箱底，无论好坏，总是倾注过自己心血的东西，一想起来心里就有些悸动，或者说像胎儿在娘肚子里悸动。真正能让他放下的，是他还一直在写，写短篇小说。

那十多年，我一直住在武汉，不知道他的短篇小说写得怎么样，直到那次在雷公见面才有了联系。有回他问我读过他的小说没有。我老实交代，说没有。他说这不公平，我说怎么不公平？他说在某年某期的《长江文艺》上，登了我和他的小说。我的小说是《美国笨蛋》，他的小说是《背后》。我还真没注意，我只注意了自己，毛病。喻长亮是何人？没进入我的视野，对不起。

后来，我找来那期《长江文艺》读了。写得清丽、冷峻，也残酷，显示出他的写作技巧与生活根基。再后来，陆续看到他的小说。到 2015 年，正是我从武汉回到安陆定居的那一年，他的短篇小说集《铁塔之上》出版，是作为湖北青年作家丛书之一。这是个有门槛的入选，值得祝贺。

我和长亮的交往便频繁了，深入了——不是因其后的其后他当了安陆作协主席，而是因他的人品与作品让我走近了他。他经常到我家里来聊天，或一起到河边、到田野散步，聊写作，聊读书，聊人生，聊认识或不认识的作家，聊文学作品，也聊家长里短，两个老爷们像两个老农妇。有回我们步行 28 公里去了白兆山，吃了餐中饭再走回城里，足足走了十个小时，也一路聊了十个小时。

长亮是 1973 年出生的人，我比他年长 32 岁。我极不情愿承认这个事实，但事实就是事实。我和长亮成了忘年交的兄弟，这情谊的前提就是忘记年龄。若不忘记年龄，有许多话、许多事情，便有许多不正经之处。这个世界往往是太正经了，我们常常来点不正经，却是特别开心。二十多年前，军庆称了我一回金禾兄,被他老婆当场训斥"没有家教"。长亮吸取军庆的教训,常常一口一个"先生"地称呼我,倒是正经得有趣。

我跟他说话,从来不转弯抹角,不环顾左右而言他。有一天他兴冲冲地来我家,给我看他打印好的两篇小说。我放下手里的事,当即看了,否定地说:像你这样的作者,除了知道要写什么,还要知道不写什么——你这两篇的格局太小,意味太小,不值得写。

他顿时蒙了,抹下了笑脸,怏怏地说:"你这是'枪毙'了嘛。"

我不给他面子,一二三四地讲了"枪毙"的理由,他说:"别讲了,我知道了,我有事,我要走了。"

他拿起他的稿子,起身就出门。

这家伙!显然有情绪。我才不考虑你的情绪呢,说你好话的人太多了,我乐意做个逆耳者。

过了一天,或许是两天,他又到我家里来了。

我说:我以为得罪了你。

他说:放在那里,不管它。

我说:也是,你的《漳河岸边》不是一放十年吗?

我们哈哈大笑。

论一种高贵

早些年写过一篇文章，叫《我走不出俗气》。许多年之后，我见识了画家徐庆雄，发现他跟我是“串通一气”的。这个气便是俗。

“俗”本来就不可耐，还要把“俗”和“气”搅在一起，就成了无时不在、无时不有、无孔不入的“俗气”，谁还能逃脱得了？

有些人宣称自己摆脱了“俗气”，显示出自己的头脑如何高贵。我不敢怀疑，也不敢相信。吃饭并不高贵，睡觉并不高贵，生儿育女也不见得高贵，不高贵也是一种贵。

有许许多多的思想不一定高贵，有许许多多的欲望不一定高贵，有许许多多的行为不一定高贵，许许多多的东西都是生活的必需，如躺在床上抽烟，坐在马桶上看报纸，那是俗气，登不了大雅之堂——你不俗气试试，看谁离得了！

俗气也是一种高贵。这是我从庆雄的画作里得到的启示。他画的多是俗人俗事，如风俗、习俗、民俗，以至俗语。说得确切点，就是人间烟火，就是滚滚红尘——从中挖出意义，掏出想法，给人以提示、警醒，且叫人一乐。

这便是高贵的实质。如古诗说的“屈子冤魂终古在，楚乡遗俗至今留”，全然与恶俗、庸俗、粗俗、低俗无关。通读庆雄的画作，表明他是生活在地上，接地气，可触可感。从某种意义上说，俗气是生命的土壤，结出的果实是高贵。

庆雄算得上一个“俗家弟子”，我想。古称留发者为俗家弟子，俗家弟子艺成后经过严格比武考试，方可下山。因此俗家弟子人才辈出，像武松、岳飞、武当创始人张三丰、一代名将许世友，都是俗家弟子的典范。说庆雄算得是一个“俗家弟子”，不过是借此来做我的文章：他从一个普通工人习画，修炼成大家风范。

有位欣赏他画作的高人，特意送他一个画案——长3.3米、宽85厘米、厚15厘米、重800余斤的越南梨花红木，案主从云南发送到安陆费了些周折。这周折也算是一个隐喻：越贵重的东西，越不是轻而易举能得到的。

我有幸跟庆雄共过事，他虽是晚辈，但并不妨碍我们交流。他喜欢读书，喜欢背书。我是弄文学的，书画同源——我们有许多共同语言。譬如说读书，他懂得“少年读书，如隙中窥月；中年读书，如庭中望月；老年读书，如台上玩月。皆以阅历之浅深，为所得之浅深耳”（明张潮的《幽梦影》）。他只五十多点岁数，应是中年，却有着玩月的神韵。

一部多年想读而总没读的《红楼梦》，他终是读完了。是读艺术，也是读生活。“世事洞明皆学问，人情练达即文章”，入了骨髓。读了和没读不一样，早读早受益，多读多受益，不读不受益。这是经典，要朝圣，像意大利作家卡尔维诺说过的话：每次重读经典，就像初次阅读一般，是一次发现的航行。庆雄懂了这个。

庆雄不只是喜欢文学，对宗教也感兴趣。说穿了，文学，绘画，包括宗教，或者说一切学问，都是生存功能，是为了快乐而轻松地活着，反弹生活的种种重负。庆雄的画作体现了这个趣旨。他把自己看得很淡，把自己看得很透，也把自己看得很准：画画读读，自自然然。人家画人家的，他画他的，不松动，不移动，不乱动，自己对自己负责。

作画的快乐在于出新，作画的残酷也在于出新。别人画过的不能画，自己画过的也不能画。还有一个难题：哪能都知道哪些是人家画过的？这只能靠独特了。他追求的是独特，是个性化，个性化便是属于自己的风格。在某画家的一次画展中，刘海粟的弟子80多岁的李平野先生到场了，许多画家拿出自己的画作请老先生指教。老先生不推辞，一一看了，说都画得不错，只是没有“自己”。唯独看了庆雄的画作说：呵呵，你是你自己的。

独特需要眼光。生活有熟悉的，有陌生的。熟悉的有时让人讨厌，陌生的有时让人迷茫。在熟悉之中看到新意，在陌生之中捕捉苗头，就需要艺术家的智慧了。庆雄总在锤炼自己，要保持住内心的激情是一个很大的难题。不知道什么人说过，知道难，你得对自己喊“一、二、三”，一是方向，二是目标，三是行动。这就是得道了。众人通常抬个什么重物，总是要齐声喊一二三的。这也是禅,生活禅。如果目标错了,回头就是进步。古人有这种试误法:错了就回头,回头就是进步。回头的周折多了,经验有了,行动的步子也就牢靠了,坐实了。这叫锤炼而成。

孔子有句被引用烂了的话:朝闻道,夕死可矣。即旧的东西可以死了,可以抛在身后了,可以朝新的东西“往前走”了。不是人可以死了——人要是死了,还得那道干吗?这也是我经常跟庆雄议论的课题。

不知从什么时候开始,庆雄注重内观。古人叫壁观,其实是观壁,关注自己的内心世界。2015年我回安陆过春节的许多天,总是跟他一起去球馆打乒乓球。天不冷,他总戴着一顶灰黄色的布帽,像某些动物的天然保护色。我问为何,他说走在大街上,把帽子一戴,鸭舌压得低低的,也是保持一种心境呢。

他现在喜欢宁静,不像从前喜欢热闹。他懂得“开口神气散,舌动是非生”。喜静并不妨碍他广结人缘。有回他参加了一个政府系统的反腐漫画大赛,获一等奖。省政府的一位官员给他打电话说:“我敢肯定你不是我们政府系统的人,是我们系统之外的专业艺术家,不然怎么有那么好的功底!”这样他成了官员的朋友。在彼此交往中,他的画作有了更宽广的领域,更深邃的发现。

佛旨讲究举目皆是,触事皆真,无有走失,率性便灵。庆雄从率性走来,朝率性走去,去来皆真,有失也正常,但失不到哪里去。在至高的艺术创造中安顿好自己的生命吧,在烦恼的生活中安顿好自己的生命吧,这是必然的,也是必需的。

管用和的《勿忘我》忘了谁?

1937 年出生的作家、诗人管用和,那年也不过 66 岁,按国际有关方面的界定,他还被定为中年人。他的身体不大好,只能弄弄丹青,一时不能写作,诗意却营养着他,营养着他的人生。

他任武汉作家协会主席十多年,并没有把作协主席当个什么官。在行政领域,多的是正儿八经的有相当级别的厅官。作家们总爱调侃作家管主席:在作家面前你是官,在官面前你是作家,双料货,够厉害哦。他只是一笑,只是诗意地笑。

当作协主席只是为作家服务,是要做自我牺牲的。你想想,作家除了是作家,还是人,哪个不是厉害的角儿?你不服务谁买你的账?谁认你?

管用和的幸运是,武汉作家没有不认他的。武汉那些响当当的作家朋友,只要是谈起管用和,都说:"管用和的名字是有信誉的。"

管用和曾是全国有影响力的作家、诗人,20 多年前从一个县文化馆调到武汉当专业作家,凭的是作品、才气,及他作为诗人的真诚、纯粹、至善的品性。他调侃自己,说他的理想是当个一般作家,哪知后来当了他不曾梦想的作协主席。用他的俗语说,扁担掉了系,两头失塌。

管用和也诗意地检视自己:我想得到的,没有得到。不想得到的又意外地来了,当了个不称职的官,结果落了一身的病。不过,那也是我的人生经历。人生除了经历是自己的,这个世界上还有什么是自己的呢?

他一生不追逐名,名来了;不追逐利,正好利薄了他(想写诗赚钱才是傻瓜呢)。在他 66 岁的 10 年前,曾经有出版社有感管用和其人其诗,愿意出版他的诗歌选集。他想诗歌无法进入市场,叫人家赔本他不安,便诗意地谢绝了。这不妨碍他写诗的努力。

1985 年,他写了首叫《勿忘我》的诗,被施光南谱了曲,上了当年的春节晚会,演唱者是彭丽媛。我祝贺他,他说这没什么。也真的没什么,没有任何人给他寄过稿费。

再后来,施光南到武汉开演唱会,亲自演唱了《勿忘我》,这还作为新中国成立 50 周年歌曲精品展播在中央电视台播出,并作为“每周一歌”播了一星期。管用和不仅未得到分文稿费,甚至连一份资料也没有见到。《勿忘我》火了,从来没人过问他。他说“这没什么”,确实没有什么。

《勿忘我》忘了谁? 叫人思考。他倒大度,我想哭。

知道管用和是作家和诗人的读者,不一定知道他还是画家。他已发表了美术作品 100 余幅。出版的诗集,常常是他设计封面,他作插图。他画的山水画也是清流一脉,气韵为上,清润秀丽,滋心养目,有大美无言之妙。

他的经历其实是坎坷的,但他不说它,他注重诗意地栖居在他的现实里,成为他的意境。正如他的诗句说的:历尽人间弯折路,水终到海不寻常。

管用和的诗意不寻常,管用和这人不寻常。

隔水呼渡

——写给余光中先生

一位建筑了诗歌大厦的台湾著名诗人,也建筑了他的散文大厦。这就是光中先生。我对余先生诗文的喜爱,演变成对余先生的敬重。我读过余先生在大陆出版的散文集《鬼雨》,觉得那就是余先生的精妙怀乡曲。

集子收藏了余先生四十多个春天和冬天的风雨。余先生在“上下五千年,纵横九万里”的时空里,看到漂泊着的一个怀乡民族的灵魂。余先生站在《逍遥游》的远行位置上神驰意往,也终究凝定了自己的怀乡情结:“摩天三十六层楼,我将在哪一层朗吟《登楼赋》?可想到,即最高一层,也眺不到长安?当我怀乡,我怀的是大陆的母体,啊,《诗经》中的北国,《楚辞》中的南方! 当我死时,愿江南的春泥覆盖在我的身上,当我死时。”《逍遥游》是余先生较早的散文,那时余先生年纪不大,怀乡的情分已是生长得好大好大了。他成熟地认定他的“魂魄烙着北京人全部的梦魇和恐惧”,他也清醒地表明“虚悬于永恒的一顶皇冠”也是“空无”。他的江南春江南雨纵然有松山机场的挥别、有东京御河的天鹅、有太平洋的云层、有芝加哥的黄叶、有爱荷华的黑土、有印第安的落日,也阻隔不了、淡忘不了、生疏不了。

余光中先生是福建永春人,1928 年生于南京。因眷恋母乡,亦自命江南人。且不说他极丰的辽阔著述,且不说他的文理兼长、刚柔并济,还是说他的怀乡曲是怎样贯穿他的散文的吧。集子里的四十二篇散文,无论是记人、叙事还是纪游,那种浓浓密密、沉沉重重、幽幽深深的眷恋母乡的情韵,都流泻在先生笔下。早已出嫁了的江南表妹们,早已毕业了的巴蜀同学们,黄昏塔下的母亲，记忆灯前的父亲，涨肥了秋池的巴山夜雨，嘉陵江畔布谷鸟的啼声，江南风中一朵瘦瘦的水仙，都浸透了先生的怀乡情。即便是先生伸手摸摸自己，也感觉到自己是多少年前的"世界上最可爱最神秘最伟大的土地"上的自己。尽管他去到遥远的异国，吟着江南的词，他的眼泪也忍不住滚了出来。他正视他的怀乡病，在抗战的歌谣里，在穿草鞋踏过的土地上。先生自诩是一个怀乡诗人。

余光中先生熟谙西方文化，中国文化也浸透了他深沉的意识。他的熟谙是为着他的中国文化的牢固。作为怀乡诗人的动人之处，是他总那么执着地神游古典。用先生自己的话说，他的怀乡"也在古典诗悠扬的韵尾"里，先生哪怕是住在北美大陆的心脏，也仍识得床前的月光是中国中秋的月光，是李白床前的月光。在异国的土地上，每一张脸都吸引着先生，但先生一张脸也记不住，他常常想起的是自己没见过的古人，譬如李白、杜甫和米芾。先生在异国拜见诗翁也很想告诉诗翁："我国古代有一片云梦大泽，也出现过一位水气逼人的诗宗。"（我曾给余先生写信说我就住在"云梦大泽"畔安定绿洲里的安陆，我借李白的明月邀请先生到大泽畔一游，尚不知先生意下如何）先生在洛杉矶听冷雨，看雨景，也觉得中国诗词里"荡胸生层云"或是"商略黄昏雨"的意趣，是洛杉矶难睹的现象。要领略"白云回望合，青霭入看无"的境界，余先生断言，"仍须回来中国"看。其实，余光中先生是在为祖国的山水得意，得意之情尽在他那点横竖撇捺弯勾的汉字挥洒里。

读过王维《送元二使安西》的人，不能不记得白居易的"最忆阳关唱，珍珠一串歌"，刘禹锡的"旧人惟有何戡在，更与殷勤唱渭城"的唱和，我们来看看余先生读了王维之后神游古典的过程：

"中国最浪漫的一条古驿道，应该在西北。最好是细雨霏霏的黎明，从渭城出发，收音机天线上系着依依的柳枝。挡风窗上犹浥着轻尘，而渭城已渐远，波声渐渺。《甘州曲》《凉州词》《阳关三叠》的节拍里车向西北，琴声诗韵的河西孔道，右边是古长城的雉堞隐隐，左边是青海的雪峰簇簇，白耀天际，我以七十英里高速驰入张骞的梦高适岑参的世界，轮印下重重叠叠多少古英雄长征的蹄印。"（《高速的联想》）

好一个余先生怀乡的痴情赤化为先生的灵魂。他的灵魂漂泊或宁静，都断不了先生的怀乡情。先生有时把自己比作一块飞不起的望乡石，"石颜朝西，上面镌刻的，不是拉丁的格言，不是希伯莱的经典，是一种东方的象形文字，隐隐约约要诉说一些伟大的美的什么”。先生有时把自己比作“乡土观念那么重那么深的一棵树，每一圈年轮都是江南的太阳”。总之余先生坚信，“无论赤县也好神州也好中国也好，变来变去，只要仓颉的灵感不灭美丽的中文不老，那形象，那磁石一般的向心力当必然长在”，“希望便有了寄托”。

我坚信余先生的坚信。我读余先生尔后给余先生写信，就是想让先生知道先生的怀乡曲穿峡过海把我感动在深沉的情韵里。先生寄赠了他在台湾出版的散文新集《隔水呼渡》。呵呵，我写这篇文字，也算是与先生隔水应答了。

浩然朝我微笑

那是 1988 年 10 月吧，文化部（现文化和旅游部）主办“让生活充满美”全国金狮杯报告文学征文，在北京颁奖。我的《自己报告自己》碰上一等奖。在文化部礼堂的评委席上，坐着浩然、陈建功、韩少华、吴泰昌等名家，我坐的位置离评委席相对不远。

我悄声问我的邻座，谁是浩然？邻座说，左起第一人。那是个慈祥的长者，他对我微笑着，或者说，他是朝我这一边微笑着。他的名字伴随着我的文学爱好的岁月。他在“文革”中被江青利用，是唯一的“文革”走红作家，但他并不因走红投靠“四人帮”，而是坚守着自己做人的正派标准，实在难得。

我佩服这样的作家，更佩服这样的人。当他活生生地出现在我面前时，我的佩服自然被推到了极致。

主持人刘厚明（著名儿童文学作家）请浩然发言，浩然站起来。刘厚明要他坐着说，他不，他说他要站着说，站着说精神些。我们笑了。

他的发言讲到我，我心里一动。

他说：“赵金禾的《自己报告自己》，是一幅洋溢着真情的自画像，他画的甜酸苦辣喜喜忧忧，把我感动了……”

他指着坐在他对面的我说：你就是赵金禾吧？可见他像我打听“谁是浩然”一样，也打听过“谁是赵金禾”（不好意思，我不该这样类比）。

浩然接着说他在《自己报告自己》这个题目下面，用粗粗的红铅笔，画了一个粗粗的红杠杠，表明他的感动。他抬起右手，用拇指和食指比画着那个“粗粗的红杠杠”的夸张意味，逗得满场笑，他也笑。

颁奖大会结束之后，浩然被获奖作者们簇拥着。我默默地站在离他不远的地方，看着他跟他们交谈，平实、自然，有如泥土般亲切。

我感到有人拍了拍我的手膀子，回头一看，是陈建功。陈建功那篇知名小说《飘逝的花头巾》还没有从我的头脑里“飘逝”，他也是我喜爱的知名青年作家。我们刚谈了几句，陈建功就被别人强占着谈去了。

大厅里已经没有了浩然的身影。我的遗憾让我连连骂着自己“混账”，为什么不上前去表示一下我对浩然老师的敬意呢？

万幸之幸，在当时文化部副部长高占祥（著名杂文家）主持招待的午宴上，我又见到了浩然。我跟他隔着三张餐桌，我拟定不失良机地给他敬酒，他却端着酒杯，绕到我这边来了。

他老远就微笑着说：赵金禾，祝贺你，干杯！

我抖着嘴唇，一时说不出话来。平素滴酒不沾的我，猛然来了个底朝天。跟我同席的机灵的作者们，利用这个机会，拿出自己的本子或奖状，请浩然签名。

我以为这是不识时务，怎么能打搅浩然就餐呢？当浩然欣然放下筷子和酒杯，接过别人递给他的钢笔时，我才觉得我不能再制造遗憾，于是也取出了我的日记本，等待签名。

浩然没让我等待。他先接过我的本子，说：“嗯，我给你写什么好呢？我给你写一句话吧。写什么话呢？还是把我的座右铭抄送给你吧。”于是他就站在我的餐桌旁边写，写错了一个字，墨了个黑坨子，重写了六个字：

颂苍生，吐真情。

同时也写下了他在北京和河北三河县的联系地址。

浩然的座右铭成了我的座右铭。浩然朝我微笑的样子也永远定格在我脑海里，那微笑是浅浅的，可掬的，真情的。

斯人已去。为纪念他，也为纪念我的文学兴会，写下这段文字。只是浩然看不到了，哭矣。

刘益善的微笑

刘益善进入我的视野，不是他作为《长江文艺》杂志的社长兼主编，也不是他作为作家与诗人。呵呵，那时候他还只是《长江文艺》的一个年轻编辑。我进出编辑部，只是个投稿者。在紫阳路的那栋老房子里，他的办公桌靠编辑部大厅北边的一角，他见人笑眯眯地，可以定性为“微笑”吧。我发现这微笑几十年一贯制，像是某种品牌，传递着温馨。他在湖北文坛的中青年作家里有“老哥”之称，陈应松还专门写文章论证他的“老哥”地位。我嫌应松的文章有重大欠缺：忽略了老哥的微笑内涵。

老哥的微笑有一种独笑的意义，带有欣然的性质。写了一首好诗，他会欣然独笑；写了一篇好小说，他会欣然独笑；审读一篇好稿，他会欣然独笑；发现有潜力的文学青年，他会欣然独笑。我早年有篇《欣然独笑》的散文，是由益善编发的。文中有这样的句子：

> 独笑是独语。思想的清风明月，智慧的艳阳春雨，可揽尽千秋万载。
>
> 独笑的欣然不必借助酒，也不必求助茶，也婉转谢绝烟的帮助。有能力的欣然独笑，也总是独成一种哲学，一种艺术，一种境界。

益善对我这篇文章的喜爱，是不是包含了他的体验？他没说，只对我微笑。

市场经济拍击着文学的堤岸，冲刷着文学的队伍。物质日益张扬，精神渐次衰微，益善担起了《长江文艺》的担子，用“受命于危难之间”这句描述不为过。生活无时不在给文学杂志“施暴”。他的无畏有时也无趣，他的意志有时也无用，但他仍是坚守着，反抗着。他相信“只要长江不断流，文学旗帜不倒”。

最近读到他的新诗集《三色土》。他在自序里说：“我自小生活在长江的支流金水河边，我的乡村离长江也很近，小时为那巍巍的长江大堤挑过土，我后来读书都在江城武汉，而我工作了三十多年的单位也称为长江文艺杂志社，我这辈子就没有离开过长江。”他的“三原色”是以长江为本色。化雨化雪，无论落到哪里，都归回长江。生活演绎成作品，智慧推举着作家，无论是哪种形式，都为了“文学旗帜不倒”。金水河是长江支流，他的乡村是长江“支流”。诗集里震撼我也震撼许多读者的组诗《我忆念的山村》，汇入文学的长江，被诗评家称为“刻画中国农民性格特征的力作”，无怪乎被收入《中国新文艺大系》。

益善跟我说过，网上曾有一篇《枪挑湖北诗坛》的文章，第一枪挑的就是他，说《我忆念的山村》写得像顺口溜。他也只是微笑。他认为作品是“一种记录时代感情的文字”，除了审美价值，还有认识价值。艺术无止境，认识有升华。他不偏颇艺术，也不偏废认识。他写作，办刊物，有时是要踏着禁忌的。他不依不饶地坚守信念，无怨无悔地奋然前行。对农民，对土地，是温柔的感受，是骨子里的眷念。他有着长江的柔情，长江的怒吼。这是诗人的特质，是作家的气派，是刊物主持人对当今文学独具的神意通感。

益善清楚诗是属于时代的，最优秀的作品才能穿越时空流传后世。他只是默默写他的作品，默默编他的杂志。成也微笑，败也微笑。我用庄子的话解读他，这叫“出为不为”。也就是说，倘若有什么作为的话，那是自然的，就像长江向东流一样。

微笑，益善活在自己的境界里。

寻找刘行干

我突然想到要寻找他。

他叫刘行干,我初中同级不同班的同学。

我们年级有四个班,他是甲班,我是乙班,教室挨着教室,只隔着一堵墙。教室南北方向是三扇大玻璃窗,南面是两扇教室门,前门靠黑板,后门在座位背面。可以坐四五十个学生的教室,敞敞亮亮的。

在我现在的记忆里,就是一个敞亮。这敞亮跟刘行干有关。

有天下了晚自习,打了熄灯铃,我悄悄溜进教室,开了我课桌顶上一盏可以拉高扯低的电灯——我扯低电灯,离课桌几寸高,黄色的光亮被一张报纸罩住,伪装成教室没人,教室外面的路灯也相对地形成一种掩护,我可放心地猫在灯下写诗或读书。

不知是哪天晚上,突然听到一个声音在我身边说:该睡了吧?把我吓了一大跳。想必读者猜得到,这就是刘行干。我知道他是隔墙教室的同学。他不大跟同学一起疯,爱独往独来,走路像是在思考问题的哲学家,没同学敢上前打扰他。所以他得了个诨名:刘夫子。我总想接近他,苦于没有机会。

机会来了。

原来, 他也是在他的教室里做着跟我一样的伪装。不知不觉深夜 12 点了,他收工路过我的教室发现了我。原来我们是一样的人,喜欢文学,喜欢写诗,想当文学家。

从此,这是个实实在在的从此,有历史意义的从此,我记住了这个“从此”,我们成了知心朋友。他比我小两岁,懂得的比我多。写诗比我勤,还经常向报刊投稿，只是一直没有作品发表。他有种精神力量，像磁石一样吸引着我亲近他，敬重他。

当然，还有爱护他。比如说吧，他的家庭跟我的家庭一样苦寒，我总是给他饭票（学校食堂的钵饭用饭票买），买稿纸送给他，连衣服也送。我没见他穿过一件像样的衬衣，母亲给我做了件花格子棉布衬衣，我只穿了一次，就送给他了。母亲见我一直没穿那件衬衣，追问我，我没法撒谎，老实交代了。母亲伤心地抹起了眼泪。

我以为是母亲感动我的助人为乐，哪知母亲说：儿啊，你真不知你妈的甘难苦楚啊！

母亲如此伤心刺痛了我，我觉得辜负了母亲，想把那件衬衣要回来。那时学校放了暑假，我决定到刘行干的家里去一次。

他家在黄陂刘新集，我家在黄陂天河，相隔二十来里，不通公交车。走到了他那个湾子，见他在田埂上放牛，身上穿的正是我那件花格子棉布衬衣，好像穿上身就不曾洗过似的，灰不拉叽。

他见了我特别惊喜，说：你怎么来了！

我立即改变了我的思路，我说我是要到下新集姑妈那里去，路过这里，看到了你，就走过来了。

下新集离刘新集不远，他也晓得我那里有位姑妈，自然信了。他要留我吃中饭，我不，跟他说完再见，转身走了。走到很远的草丛里，我蹲下身子哭起来。

刘行干兄弟比我更苦。我说得出口把送出去的东西要回来吗？我真傻啊，还走那么远的路真想要回，我只有对不起妈妈的辛劳了。

我回家告诉了母亲，母亲说：儿啊，你还想着去要回，真是。妈妈没表扬我，也没批评我，只是又抹起了眼泪。

我接着要说的是，刘行干鼓励我投稿，哪怕是屡投屡不中，也还是要投，永不言败！就因了这个“永不言败”，我确实做到了“屡投屡不中”。怀念那时投稿不收邮资，只要在信封上写“邮资总付”就行，不然我要花多少邮资费啊，那更是对不起母亲了。

有一回我们班的班长（不必说出他的名字）走到讲台上，手里举起一个包裹，像董存瑞举起炸药包似的，对同学们说，这是赵金禾投稿被退回的稿子！真佩服他，写了这么多！

同学们哄笑。班长接着说:“他要是有稿子发表了,我拿脑袋给他垫座!”

我也跟着同学们笑,好像笑的是别人,不是自己。我要告诉读者的是,我以后的一切努力,努力的一切,都是为了拿班长的脑袋垫坐。我下了这个狠心。

我被羞辱的不只是这个。因家里穷,经常穿的是破鞋,妈妈给我做的新布鞋我舍不得穿。上学或回家,几十里路,我宁可打赤脚。我佩服班长看在眼里,记在心里了,把对我的羞辱往纵深推进。

我的同桌同学万姓（仍是不必说出他的名字），跟班长是黄陂滠口的老乡,因班上滠口的同学多,同学们背地里叫他们“滠口帮”。万姓同学称一双新回力牌(那时是名牌)球鞋不见了,“滠口帮”怀疑到我头上,拿不出证据,只有让智慧的班长出面侦探。

那是个周末的下午,我正要清理东西回天河家里(我读书的黄陂四中在黄陂新店附近的任家田),班长笑笑地走到我的床边。因为我听到了风声,对他的不怀好意我已想好了应对之策。还原当年的情景,请听对话吧。

“要回家啦？”

“回家。”

“要带些什么东西回家呢？”

“带个人。”

“哪个人？”

“我。”

“你箱子里放的什么东西？”

“请参观。”

“那包里呢？”

“书。”

“回家还看书哦。”

“管得着吗？”

班长一直笑,我一直板着脸。还没等他走出寝室,我背起我的包包,昂着头,走在他前面了。

这事没完,我还要写个情节。我考取了当时的孝感师范学校,班里的新同学中,有位我初中的同班老同学,叫什么芳的女生,人长得很漂亮,属滠口帮的。开学还没到一个月,就传出话来,说我在读初中的时候偷过同学的一双回力牌球鞋。我知道这话出自哪里,我有口难辩,也不必辩。我面对的是空气,我能跟空气辩吗?

从师范毕业,我不算优秀,也不算很差,在同学中有"文章写得好"的知名度。他们在我的毕业留言本上,大都写的是"希望你将来成为划时代的作家""祝你成为当代鲁迅"……只有一个同学写得实在:"我衷心希望我能面对我的学生讲授你的作品!"

这留言恰恰是那位漂亮的老同学,这会子我才真正感觉到她的漂亮。若干年之后,我的文章被收入高中和中专语文教材,实现了漂亮女同学的愿望。我在心里呼唤:我的班长啊,你还愿意拿你的脑袋给我垫座吗?

老实说,以后的几十年,我从来没有想起过刘行干。我怎么可以忽略刘行干呢?他在我的生命中扮演了"永不言败"的角色,这是一种不可小视的精神引领。他没有成为文学家或诗人什么的,不一定就是失败。"失败精神"未尝不是一种胜利。

我再也无法去刘新集找到刘行干了。因天河机场的修建,刘新集变成高速公路了。每每回天河老家,在那个高速路段,刘行干就出现在我脑海里。

一个人的消遣法

一个人来到世上，几十年之后，至多百年，又离开。明晓得要离开，却努力地活，这或许就是人类的最大悖论。

明末清初的才子金圣叹说："几万万年月皆如水逝云卷，风驰电掣，无不尽去，而至于今年今月而暂有我。此暂有之我，又未尝不水逝云卷，风驰电掣而疾去也。"

悲夫？未有也。人只要想着不是不朽的，就简单得多了。说名利、荣辱、宠幸是过眼烟云，不是一句空话。人活着也有个简单的道理，就是要干活，干活度此生。干活是活着的标志与意义。

干活这个词，可以叫事业，可以叫责任，可以叫工作，可以叫为稻粱谋，可以叫精神寄托。在金圣叹的话语里，叫消遣法。

他说诸葛亮之躬耕南阳，此一消遣法也。既而又因感激三顾茅庐，许人驱驰，食少事烦，至死方已，也是消遣法也。又如陶先生之不愿折腰，飘然归来，仍是消遣法也。即便是金圣叹批点的《西厢记》，一时被"叹为灵鬼转世"的"第六才子书"，他也称其为消遣法。

消遣法不是打发时间的意思，不是被时间裹着走的无奈，不是任何无聊，而是提着太阳升起来的气魄，是推着太阳走的主动意识。总之是美丽人生，积极人生，创造人生。

金圣叹不愧为才子，把伟大、尊严、爱憎视为消遣法，显示出其内心深处平和、宁静、致远的平民化，生活化，自然化。大境界是细化在心灵里头的。

文章的开头，我说了这么多，其实是要说到我的朋友吴运涛。他在安陆市副市长的岗位上退下来之后,出版了一本《岁月留痕》的书,书里展示了他的生活经历,这让他快乐。我想这也是他的消遣法吧。

他是我一生的好朋友。在安陆县毛泽东思想农村文艺宣传队(简称"文艺宣传队")的那个岁月里,我们是同事。他是我的队长,我是他的兵。"金禾当官无运,才成就了文运",多少年之后他这样说。运涛当官有运,才有了官运。呵呵,上帝多少还算是有些公平,各得其所。

他经历过磨难,总是保持着良好的心态。无论是履职政府办科长,还是作为李店区委书记、作为副市长,或是作为孝感地区林业局的副局长,运涛都是安陆的一道景观。我曾一不小心把他写进了我的小说,有评论称我为"官场文化小说家",因为我把文化带进了官场。

可怜见的,我没有官场生活,与官场打交道算是我的消遣一法。他的《岁月留痕》,再现了他这个人的品性、品格、品质。我读着这个人写的文字,是被感动着的。

早年他是我的文友,我们都向《安陆文艺》投稿,我俩都是他在书中提到的安陆文化馆袁必清、罗守田两位老师的受惠者。生活没有让他成为作家,却赋予他文化底蕴,你可以从《岁月留痕》叙事的简约、运笔的传情、细节的神韵看得出来。

捷克作家昆德拉有部长篇小说叫《生命中不能承受之轻》,是影响了一代中国作家的。上帝要人活着,就是要考验人的生命到底能承受多少重量。生命的重量是灵魂的重量。生命之所以不能承受之轻,是怕生命失去重量而没有质量。运涛的灵魂有多重,无须我多说,早有《湖北日报》资深记者鲁力的文章彰显,有政府档案记载。我只是要提醒有幸读到《岁月留痕》的你:这不是匠人文字,不是做作文字,不是王婆文字,而是一个鲜活的优秀灵魂的居室。

我们不畏生命的"水逝云卷,风驰电掣,无不尽去"。我们赴死向生;活过了,风过了,雨过了,霜过了,雪过了,总而言之消遣过了,该闭眼的时候就可以闭眼了。

眼下,你能读到我这篇文章,亦消遣法也,乐也。乐亦消遣法也,乐无碍道也。打住!

第五辑 域外篇

PART 5

“9·11”之后去美国

去美国的机票,是2001年9月12日下午1点半。11日早上到了北京西站,想再乘车到北京朋友长松兄家里住一天,过一夜,第二天再从从容容去首都机场。突然我的手机响了,是女婿从武汉打来的。他说:“爸爸现在在哪儿?”我说:“我们(大女儿送我进京)下了火车,刚上了公汽,要去朋友家。”女婿说:“您明天去不成美国了,纽约和华盛顿遭到恐怖分子的严重袭击,美国关闭了对内对外的一切航班。”

我还不大相信有这种事,我说:“不会吧?”他说他是才看到的央视新闻。我从车窗里看到卖报摊点上有许多人拥挤着买报,一买到手就站在旁边看,还有三五成群的人在一起比比画画的,显然是在配合着说话手势,谈论着震惊世界耳朵和吸引世界眼球的“9·11”事件。

到了朋友家,此事也得到证实。大女儿回汉,我只有在朋友家等候,等候着恢复正常通航的日子。

那几天的电视报纸是必看的,我从来没有那样亲近报纸与电视。我和那些进出美国而滞留在世界各地机场的旅客一样着急。恐怖分子太可恨,给美国造成巨大灾难,伤及无辜,也影响世界各地普通人的正常生活。恐怖事件不再是遥远的事情,不再是与你我他无关的事情。

15日中美终于开航,我的机票改在9月18日。这不是个好日子,当年就是这天日本鬼子大举入侵我国东三省。这也是个好日子,民族危亡激起人民的爱国之情。我这天的义愤呢,都在恐怖分子身上。

平素到机场只需提前一个半小时,这特殊时期却要提前三个小时。主要是安检比平素过细，费时多些。在行李检查处，不断有旅客被叫到一边打开箱子接受检查。在关卡那里安检机器突然叫了起来，把我吓了一跳，原来是因为我身上的钥匙。把钥匙拿下之后，传送带那里的机器又叫了起来，则是因为放在手提包里的几个一元硬币。

在飞机上，我同座的一个小伙子是北京人，操着地道的京腔抱怨说："我他妈的连着三次被叫出列接受检查。第三次我忍不住说，怎么啦？我长得很像中东人吗？"安检人员不理他，只顾例行公事。

美国遭受到恐怖袭击后，公布的嫌疑人都是中东人。我忍不住笑，因为我看他还真有点像中东人，浓浓的眉毛，大大的眼睛，嘴唇厚，块头也大，还黑。我问他怕不怕？他说怕什么？听天由命。倒也洒脱。

这机上有 405 条生命，我想在恐怖分子眼里算什么呢？他们是疯狂的禽兽。这个世上无论哪个政府和人民的敌人，都应当是这些野兽。

机舱里一直很安静，有看书看报的，有戴着耳机听音乐看电影的，有默默吃喝的，也有一直打瞌睡的。机舱外的事他们想没想，我不知道，或许是想过了，或许是根本不去想——想又有什么用呢？那是能由自己想的吗？我们还是好好享受机上的服务吧。

我一天中经历了两个早晨，首都机场的早晨和底特律机场的早晨，大约十三个小时的飞行，正好是北京和底特律的时差。到了美国的底特律又重新过着 18 日，飞机是上午九点多钟到的，提前了四十五分钟，美国海关人员还没有上班，机上的播音员要我们在机上等待。这等待的滋味就像我们都是被劫持了的人质，躁动不安。许多人不再老实地在座位上待着，而是站起来东张西望，一个个变成了长颈鹿似的。美国佬守自己的时，并不把我们这些乘客当上帝，我们成了美国时间的人质。

当双脚踏上美国领土时，我特别地跺了跺脚：这就是美国吗？跟其他地方有什么区别？停机坪上的飞机，及远处的建筑物、树木，还有为"9·11"事件丧生者致哀降半旗的美国国旗，水泥地面的裂纹，长势并不是很好的草坪，堆在一角的机场废弃物，偶见的纸片，走动的机场工作人员，全然陌生的世界，也是人的世界，大同小异。

在美国入境处大厅，我们排起了几列队，逐个接受入境证件检查，工作人员的样子很威严，且黑大汉居多。带枪走动的保安，也都是我们在美国大片里见识过的样子,叫我疑心是在拍电影。排队入境轮到我了,被问了几句话,我只会摊开双手摇头,我的样子也许很滑稽,那美国人随手拿起了话筒,喊了几句什么,一位胸前挂着牌子的中国女人走过来了,说:他问你,你到美国来干什么?打算住多长时间?这是在美国使馆签证就问过的话,我还得回答:我是探亲,我不想多待。我的话被翻译了。美国人没点头,也没摇头,在机器上验了我的护照,然后签字,盖章,放行。他们的问话只是程式,有时也懒得问,只瞟你一眼,就签字盖章放行。我取了托运的箱子,再放置在前往匹兹堡的行李传送带上,换乘去匹兹堡的航班了。

飞机从底特律起飞,一个小时就到了。在机场出口处接我的不是女儿,也不是美国女婿,而是女婿的弟弟忽一:一个高高瘦瘦的美国人。他手里举着写有中文“赵金禾”的牌子,那自然是女儿的手笔。他不懂中文,我不懂英文。他只会对我笑,我也只会对他笑。他不断说着他的英语,表情丰富,我猜想他是在说为什么来接我的是他,我只是万能地笑着“嗯嗯”对应。上了他的小车,他就只顾开车了。公路两旁的树木葱绿,树上系有许多黄色飘带,我是后来知道那是美国民众对“9·11”事件中死难者的悲悼。全然不同的城市景观展现在面前,我仿佛坠入了梦境。

在美国寻找中国

在美国走了一些地方,常常叫我思考的,是在美国见到的“中国”。我们常说的“老乡见老乡,两眼泪汪汪”,放大些说,身处异国,且是一个遥远的异国,风俗习惯、人情世故、语言文字、种族传承全然不同的异国,见到中国的文化符号和文明象征,不说是“两眼泪汪汪”,也是亲切得要命,高兴得发颤。

一家美国豪宅门楣上石刻着的偌大“寿”字,一家雅舍书写着“清风”二字的中国招牌,一座建筑物大门两侧伫立着的中国石狮,某个美国家庭里的中国瓷器,更不用说中国商店里的中国商品、中国餐馆里的中国食品、图书馆的中国图书、唐人街的中国形式与中国内容,就连在太平洋中间瓦胡岛的路易小镇上,见到一百多前华人的一块简易墓地,和墓地旁边走着的跟我一样的中国人,我也要对女儿说:你看,中国人。

女儿说,爸爸的中国情结真是够强烈的。

女婿说,到美国来寻找中国。

我不知道女婿是褒义还是贬义,反正他说出了我心里认同的那个意味,虽然“寻找”这个字眼不是很确切。

中美两国毕竟有着极为复杂的差异,差异之下造就的中国和美国,又呈现怎样一个复杂的现象呢?美国人怎么看中国,中国怎么看美国,不能不说是另外一种眼光,一种特别的眼光。我从先在国内看《参考消息》,总爱看“外国人眼里的中国”。在相当长的一段时间里,《参考消息》上有这个受欢迎的专栏。我也记得美国女婿到中国来的时候,我跟他在武汉街头散步,只要我一见到有关美国的信息,如美国电影大海报、美国花花公子的专卖鞋店、名目繁多的美国品牌时装，及那个总是叼着大烟斗的美国佬头像，我就要提醒女婿说：你看，美国的……

女婿对我的这些提醒总是不屑一顾。

他说，这些怎么全都到了中国？

我无话可说，又不甘心不说话。我说，你在中国见了“美国”没感觉吗？

他说没感觉。“干吗总是念念不忘自己的东西呢？世界上没有哪个民族没有属于他们自己的东西。那些民族的东西也是属于世界的东西。中国不是有一句话说‘越是民族的东西越是属于世界的’吗？有什么值得一惊一乍的呢？”

我不能不同意他说的。他从来就是把自己当个“地球人”看待，笑我没有“胸怀全球”。但不管怎么说，我也仍是生活在自己的境界里。

一位叫安妮的七十岁的美国老太太，是个心理学专家。我女儿跟她女儿是很好的朋友。当我和女儿应邀去拜访她的时候，她特意打扮了一番：穿着中国旗袍，戴着有中国通宝铜钱的饰物。家里摆设的中国字画，中国花瓶，中国唐三彩，仿制的兵马俑，还有林黛玉和贾宝玉亲密接触的中国瓷雕。书架上显眼处的中英文对照版《道德经》，英文版《红楼梦》。这些倒不是主人的刻意为之，是深入了她生活的肌理。

她已故的丈夫是个画家，特别喜欢中国文化。他们曾三次去中国旅行，每次都带回些中国的东西，除了作为礼物送人，再就是摆设在画室和客厅，留作寻味。我的感动倒不是从狭隘的民族立场出发，而是想到营养中国人的民族优秀文化也在营养美国人。

女儿做翻译，我跟心理学专家安妮谈了三个多小时，当有趣而开心的谈话不得不结束的时候，她对我女儿说：“我遗憾没能早点认识你爸爸。”

我女儿问她：“我爸爸有什么东西让你感兴趣？”

安妮说：“你爸爸有属于他自己的东西。”

女儿明白，叫人看得起的人，都是有着自己东西的人。一个人骨子里流淌着民族宝贵的东西，在异国有着并不矮化的心境，又能吸收异域的长处，不就是眼光更远大、心胸更开阔、腰杆更挺直吗？

安妮送我出门，张开双臂跟我拥抱，手掌拍着我的后背。之前进屋见到她的时候，她只是伸出她那富态的手，跟我的手握是握了，但并没用力呢。

滚到角落里去

我见识过美国一些地方的所谓艺术节,不过是些艺术家当街作画、当街表演,还有吹玻璃的、烧陶罐的,自然还有做生意的,包括饮食,热闹是热闹,松松散散,自由至极,远不是国内艺术节的概念。

我和女儿都喜欢去这样一些地方,说是去凑凑热闹也罢,去体味异国情调也罢,就是图个好玩。

我居住的匹兹堡举行了一个艺术节,也是那样一些内容,那样一些阵势,那样一些热闹,不同的是各有各的开心。

我女儿突发奇想:去展示一下咱们中国的书法艺术如何?她征求我的意见,我一个“OK”,她便张罗起来:身着一袭华美的宝蓝色托淡白梅花的旗袍,毛笔、宣纸搭开了架势,煞有介事地闪亮登场,顿时围观者众。

对老美来说,中国书法自然是新奇的。不说是书法,即便是那些稳稳当当的方块印刷字,也叫老美们看着舒服。临过几样帖的女儿要现场挥毫,岂不叫老美们大开眼界?

女儿勒袖悬腕,提笔运气,饱墨凝神,中国魅力便出来了:围观者击掌。不料招来带枪的警察。

警察拨开人群,对女儿说:谁请你到这里来的?有许可证吗?

女儿说:我自己请自己来的。我对许可证不感兴趣。

可警察对许可证感兴趣。正因为女儿没有许可证,警察勒令女儿立即撤退,这局面叫围观的老美们面面相觑。

女儿冷静得出奇,也笑微微,有泱泱君子之风。她像是听不懂警察的话,仍是挥毫运作。我观女儿是在思索对策，可谓“笔在此处，意在彼处”。

警察见女儿不从，很是生气，哇哇啦啦说了一番话，最终说：“至少到那个角落去！否则我给你罚单！”

我不希望女儿和持枪的人顶撞，拉拉她的袖子。

女儿并不顶撞，而是放下笔，直起身，然后是一个漂亮的体转动作，走出人群。我不知道她要去干什么，也只好跟着她。

原来她去找到艺术节的总管，说是“艺术节除要体现艺术之外，还要国际化而不是狭隘化”云云，看来那个白头发的蓝眼睛很欣赏“国际化”，他走过来看了我女儿写的条幅和卡片之后，居然说：好的，干脆把你的桌子摆到对着表演台的正中央来吧。

政策放宽，皆大欢喜。于是女儿更是大张旗鼓地播放着古筝乐曲，点了香，还制作了广告词。

广告词是这样的：

中文，承载着5000年前的气息，
用中文写你的名字，
送你有能量的幸运方块字。

天下没有免费的午餐，尤其是在艺术节上，一切都奇贵无比。所以当人们惊奇地看到女儿在条幅上写的“Charge：$0.00”时，他们都文盲了似的，不断地问女儿：How much do you charge（收费多少）？

女儿微笑着说，零块钱。

可以想象，女儿简直成了“大众情人”。她写了一百多个人名，三十多个“道”，五十多个“福”，八十多个“爱”，还有“气”“喜欢”“美丽”；也替人写了情书，结婚贺卡，乱七八糟一大堆。一天下来，女儿收到了一大包小费，无数个电子邮件地址，还有五朵鲜花。

最后那个别着枪的警察也来了，女儿为他精心写了一个巨大的条幅：滚到角落里去。

围观者中有一对中国夫妻，他们眼睛瞪得老大，女儿连忙冲他们做鬼脸。

别着枪的警察双手捧着中国字，还赞不绝口呢。

为别人点亮你的灯

匹兹堡这个城市的大街上，白天都见不到多少人，晚上更是少有人走动。因为我不住在市中心，来往的汽车也少。成为一景的是，每条街道两边，都停满了小车，一辆接一辆。房子都是尖顶的两层楼房，带地下室，那种构造及颜色，像童话世界。房子与房子之间，都有间隔，间隔处及临街，都有草坪。草坪里的树，树下的花圃、木栅栏、铁栅栏将草坪分割成一块块的。没木栅栏、铁栅栏的，修剪得整整齐齐的绿色植物像一道墙，也成了栅栏。人行道很宽，连接街道的地方是平坦的，这是方便儿童推车和残疾人代步车，我在国内就听说过的。呼吸着新鲜的空气，看着养眼的葱绿植物，就像是在逛公园。

晚上出门逛逛，且不说市中心灯火辉煌，远离市区的居民家里，也是灯火长明。居家门口的门灯当然是亮的，居家草坪上、花丛里，也亮着地灯。有些地灯是沿着草坪排列的，有的是沿着走道排列的，成为一种装饰灯。还有的把地灯的灯光打在自家门前的墙壁上，地灯上装了一张幻灯片，幻灯片以热烈友好的人物图画为背景，横穿画面写着一行字，叫“季节的问候”，使过往的人们感到温暖。遇上节日，那些居家门口的灯光装饰更是五花八门，如圣诞节，都是提前一个月就将灯光装饰好了：树成了“火树银花”，草坪成了“星光灿烂”，还有铁丝或其他材料扎成的马、羊、鹿、兔等动物，人造的绿色青草作为动物的皮肤，再就是许多小灯将动物装点起来，动物的头还能抬起来、低下去，像吃了草之后的得意，得意之后又吃草，尾巴也配合着摇摆。这些装饰过了圣诞节之后的很长时间也不拆除，好像电是不要钱的。

在夏威夷的檀香山，我曾住在九层楼上的朋友家里，也正处在市中心。深夜两点我醒来，没有了睡意，便在阳台上看檀香山的夜景，仍是灯火辉煌。大街从我的脚下延伸出去，沿着坡度伸到很远，车流的灯光接踵而至，像是银河落九天。我对面扇形排开的一座座大楼里，每层楼的每个窗口都是通亮的。我想，那些楼里的人深夜两点了还在加班？第二天我问美国朋友，美国朋友笑着说，深夜加个什么班？他们有钱。

有钱就可以这样浪费？我联想匹兹堡居家的那些长明地灯，就感叹美国如此大手大脚。

从夏威夷回匹兹堡，绕道飞往洛杉矶住了几天。有天深夜，专程驱车去看了看洛杉矶市中心的夜景。洛杉矶是像纽约和国内深圳那样充满竞争意识的城市，充满挑战意味的城市，而不是像匹兹堡那样优雅宁静得充满了书生气。那里的夜也仍是车来车往，那一座座摩天高楼，仍是像我在檀香山见到的灯火通明：每层楼的每个窗口都如此，我已经知道大楼里并没有人上班。到了明斯特市，我看到大街上的一幅大广告牌，上面写着：

为别人点亮你的灯！

我一下子陷入了沉思。

一月一日在匹兹堡“冷闹”

每年的一月一日，匹兹堡北极熊俱乐部都要组织一次冬泳活动。俱乐部的名称叫北极熊，表明抗寒冷。在国内，我可是冬泳爱好者。我对女儿说，到时候我一定去“冷闹”一番。

下雪的天，又遭遇冷雨。冷雨落地就冻，冻成冰，可见那个冷啊。女儿开车送我到位于市中心的门格拉那河边，她担心地问：“老爸行不行啊？”

在国内，我有十年冬泳史，能说不行？

看热闹的人很多。不，还是应当说看“冷闹”的人很多，在大冬天，在冰冷的水里闹一闹，不是谁都能做得到的。岸上救护车的灯光耀眼，水里救护船的灯光呼应。大白天开灯，灯光在没有太阳的阴冷里更耀眼。

网上有预告，说是会有五百人，我看只多不少。上午十点一到，高音喇叭乌里哇啦说着话，大约是宣布冬泳开始。

没有任何仪式，在那个规定的地段，有一批人下水，激起了水浪，激起了欢呼。

多是跳下水就起来了，像是下锅的饺子，放到锅里就捞起来，前后没有一分钟。一年就这么一次，一次就这么一下，什么北极熊嘛，我暗自好笑。

陪同我游的是一位美国朋友，身体壮实得像头牛。我问他冬天游过吗，他说没有。

“你不怕？”

“有你我就不怕。”

他只有四十多岁，我大他差不多三十岁，他有理由不怕。

我们两个一起跳下水。他一跳下就起来了，见我还在水里，又第二次跳下，又赶快起来，见我还在水里，在岸上大叫：Oh，My God!

我在水里游的时间自然长些，有鹤立水中的那种意味（自我感觉）。别人能清楚地看到我，有许多闪光灯对着我“闪”。

起水之后女儿问我是什么感觉，我说哪顾着自己的感觉，连冷的意识也没有了，只有表现的欲望。女儿说，是不是想着为祖国争光啊？

哈哈，你别讽刺你老子啦。

水上保安人员喊话要我回游，不准我往江中游（女儿过后描述），是我太出格了，女儿说的。

这里的水比长江的水冷多了，来美国只能在室内游泳池里游泳。想想吧，我在最后的挣扎里还装作不在乎的样儿，自由泳啊，蛙泳啊，面对照相机、摄像机表演得忘乎所以。

在水里的那阵子，那个冷啊，不能用文字形容。手脚的麻木，身子的僵硬，头脑的冷胀（不是冷缩），让我不得不终止表演。

上岸的那一刻，我站不稳。岸上的一男一女（两个大胖子）已经向我伸出援手，拉我，扶我，以至抱住了我（他们也是刚起水，身体在打战）。

我那美国朋友已经穿好衣服向我走来，他手里的大毛巾朝我身上一披，我顿时暖和多了。

他对我伸出大拇指，用中文说：牛逼！

想不到我多年前教给他的中文，他用得恰到好处。

美国人不设奖，这点做得不够好。我在美国这个“冷闹”，该是“中华第一人”吧？哈哈。

美国儿童图书

我的小外孙女芒果只两岁半,却总是像个小大人似的,安安静静地坐在地毯上,看她的那些儿童图书。在她专用的图书架上,堆满了属于她的图书。

她不是个静得下来的孩子,像其他孩子一样,喜欢蹦跳走动,但只要她妈妈说:“你现在看看书好吗?”她就能坐得下来。她看书的时间有时长达一两个小时,乖乖的。我吃惊她的“坐性”,也吃惊那些儿童图书的吸引力。

这是我见所未见的儿童图书。图书的形状不是我们通常见到的那些样子:十六开本的,或是三十二开本的,或是娃娃书形式的。

美国的儿童图书真可谓丰富多彩。表现在形状上:有圆形的,有方形的,有上圆下方的,有下圆上方的,有左圆右方的,有右圆左方的。方形有横长方形的,有竖长方形的,有正方形的。也有一边是波浪形或是花瓣形的,有的是随动物赋形的,五花八门,难得千篇一律。有的书还是附在动物玩具背上的,是玩具,也是书,别出心裁,令人叫绝。

书的纸质,多是硬壳纸,儿童不易撕破。页码也不是很多,多到二十面就是了不得的。有天我给芒果洗澡,她坐在浴盆里不起来,说是要看书。我说你起来再看,不然书就被打湿了。她说不怕打湿。

她妈妈听到这话,说书架上有些塑料书,是让孩子可以在浴盆里看的,是不怕打湿的。

这可是开了我的眼界。小外孙女坐在浴盆里看着塑料书,也是安安静静的,乖乖的,还不时指着书里的画说:外公,你看,这棵树真好。

那书名叫《给予的树》,是说一棵树跟一个小孩子交上了朋友,到这小孩子长成人，到老，为了朋友，那棵树把自己的果实、树枝，甚至树干，都给予了，最后只剩下矮矮的树墩。那棵树再没有什么给予朋友了，就只能让朋友在树墩上坐下休息了。那朋友也衰老了，一无所有了。

这是个经典的故事，在1964年出版，至今不衰，作者叫谢尔·希尔弗斯坦，也是美国有名的儿童文学作家。

那些儿童图书的内页，有的更是出奇：有从书中洞穿的，一穿到底。那洞穿的是动物的眼睛，或是动物的耳朵，都洞穿在动物对应的部位，洞眼是渐次变小的，从书的封面看上去，像是彩色螺旋形，一直旋到底部。可见变化之绝妙。

有的书翻开内页，书里面的人物就张开了，不只人物，还有景物也张开了，实际上是剪纸式的人物和景物。人物和景物被页面的硬纸牵连着，支撑着，显示出立体效果。

如有一本书里画有五种动物，每种动物吃的东西，拉的东西，走路的脚印，睡的姿势，都一一画出，每种动物吃喝拉撒的最后，就引出孩子吃，拉，走路的脚印和睡的姿势。没有文字，全是图画，立体图画，一目了然。特别吸引孩子，也特别能教会孩子。

启迪孩子的智慧，需要大人有智慧。

我在美国“卖艺”

在匹兹堡街头，周六上午少有人走动。到了下午，窝在家里的美国人才肯出门转悠。我也趁机出动，随从我的是女儿赵莎和外孙女芒果，母女俩为我在美国街头“卖艺”助阵。

“卖艺”是个新的体验，策划者是赵莎。有赵莎壮胆，全体美国人我都不怕。

开车20分钟，到了一条比较热闹的十字街头。那条街叫核桃街，全长两百米左右，宽不过十米。街面多是两层楼的店面，店面都不大，装点精致，也可以叫豪华，显示出美国的富有。

女儿说核桃街的东西贵。也真的是贵。我在儿童玩具店买了个上发条的黄毛小母鸡，送给外孙玩，花了五美金。女儿说，在中国儿童商店到处都是，便宜得多。上网一查，在国内买，只要两元。看小母鸡的标签：中国制造。

我们的住处在核桃街附近。核桃街是人群比较集中的地方，也就是人们爱去逛逛的地方。当我拿起我的陶笛和葫芦丝，试验着我在美国街头“卖艺”的那一刻：往那里一站，不知是胆怯，还是不好意思，落落大方的气质没有了，洒脱的形象全无，好像有着说不出道不明的尴尬。

这是为何呀？我欠美国人的吗？美国人欠我的吗？我比美国人差吗？美国人比我强吗？不嘛，不嘛。其实是我不能面对自己。好歹自己是个作家呀，在国内有些身份的呀。又一想，作家算什么？女儿带我外出，有人总要问，你爸是做什么工作的？女儿说，作家。人家就说：啊，作家吗？我也是作家。

我让女儿问人家是写些什么的呢？别人回答说，诗啊，散文啊，什么文体都写，包括歌曲。问到发表出版情况，回答是，没发表没出版，只是用电子邮件发给朋友们看,自我欣赏。

这就是美国作家。美国的职业作家极少,想写作的人多是业余的。他们都是凭兴趣,凭爱好,他们的写作是给他们快乐的生活兜底。

我欣赏作家在美国的平民化、大众化。愿意写就是作家。不像国内,作家称谓变成了一种头衔,一种桂冠,一种身份,一种名气,一种由此带来的优越感。

到美国来了也“平民化”一回吧,体验一下自己的“行为艺术”,行为乐趣。女儿不知道我的意识流,她在一边说:“爸,开始。”像是个报幕的,报幕的说开始,演员就得上场。

第一曲是吹陶笛《滚滚红尘》,引来人驻足。趁机又吹吹葫芦丝曲《月光下的凤尾竹》,有男人女人朝我笑笑,朝我竖大拇指,只是没人停留。

有个小伙子还朝我喊:我喜欢。他多停留了一会儿,并没有朝我身边的瓶子里丢钱。有位金发女郎“飘逸”过来了,也是说“我喜欢”,也伸出了大拇指,仍是没有朝我身边的瓶子里丢钱。

美国人的口袋紧,是不是受到金融危机的影响?当然,我不是为了美元嘛。

第三曲是吹陶笛《在那遥远的地方》。祖国在遥远的地方,亲人在遥远的地方,朋友在遥远的地方,在特定环境里,我吹出了自己的涓意。

我渐渐进入自己的角色,前后差不多吹了一个小时,陶笛、葫芦丝双管齐下,我把我全然丢开了,我不知道我是在美国还是在中国。收场的时候,瓶子里居然有七块半美金。

女儿怪笑,笑得不明就里,还是外孙女解了谜。她说:“妈妈朝里面丢了四块钱,我朝里面丢了三块半。”我们一时笑晕。

在一个艺术中心之家,跟女儿很熟的女士听说我能“吹”,便邀请我去“吹”。那是有音响的,有阵势的,不像在街头“卖艺”。艺术中心之家的人是流动的,来来去去并不影响我的情绪。我只关注我自己,没把美国人放在眼里。

女儿在我身边说:“我相信爸的吹功,能叫美国人佩服。”管他妈的服不服,我先得服自己:敢在这里牛逼一回。

我走到事先调好的麦克风前,首先亮出我的手枪式武器——陶笛。我改换了节目单,第一曲吹陶笛《在那遥远的地方》。笛音在大厅回荡,充盈着每个细小的角落,那遥远的意象又回到我的脑海里,穿越时空,缭绕地球。

流动的人越来越多,我便拿起葫芦丝即兴吹起来。葫芦丝被称为“东方萨克斯”。吹之前女儿做了点小广告,让我有点人气,我吹出自己感受到的一种宁静悠远平和的情绪。有位高挑的金发女郎将镜头对准我不时“闪光”。时而近,时而远,时而我在人群中,时而人群在我眼中。

该收场的时候,看到金发女郎在跟女儿讲话。她一只手拿着厚重的长镜头家伙,一只手为她的说话助势。我笑笑地走过去,笑笑地说:你应当去当模特,而不是拿照相机。

她大笑,说:不好意思,大家都这样说。

女儿说她叫阿娜,化学工程师,不久前失业,在一个餐馆打工。我旁白道:这美国经济危机,把一位美女也危下来了。

阿娜赞扬我吹得好,她说她现场给她先生打电话,让先生在电话里听我吹奏,她先生还遗憾没有到现场来。她说改天请我到她家去吹。

也许有读者会问,摆在我面前的钱盒子里,到底收获了多少美金啊?商业机密,我不说。我只想告诉你,这算是我在异国的奇遇啊,不比收获美金更开心吗?

快乐是不用翻译的

我要去匹兹堡市中心冰球馆看冰球比赛。先前在电视上看过,看不出名堂。现场是个什么样子呢?很是期待。

匹兹堡职业冰球队跟加拿大职业冰球队开战。

据说匹兹堡职业冰球队是全美最棒的,其中 25 岁的 87 号球员排名世界第一。这场赛事将会全球转播。

吃过晚餐,下午 6 点 15 分出发,开车 15 分钟到了市中心找泊车位。停车场爆满。平素街边是可以停车的,但有这样的赛事不能停。离七点开赛还有 10 分钟,还没找到停车位。我们在市中心兜着圈子,看到一群群穿着 87 号球衣的人们在冷风中急走,赶往球馆。

路边站着的一位黑人告诉我们,他看到有一个可以停车的地方,离球馆不远,可以带我们去。上帝派黑人来为我们指点了迷津,给了他两块钱的小费,果然顺利停车了。

到球馆正好开赛。我们的球票是特座,92 美元一张。在我们座位下面一共有 25 排,直抵场地边缘,那些座位票价都是 50 到 60 美元一张。女儿为我买了贵宾座。四周坐满了人,女儿说近五年的赛事都是这样,座无虚席。

赛场中央的适当位置,悬着立体的四面都能观看的超大荧屏,现场与荧屏成为生活与艺术的关系。现场画面出现在荧屏里,经过导演的视角取舍,特写组合,宏大与细微运用,给了观众极大的快乐。

每个队有 40 名队员,40 秒左右,教练就要瞅着换一个人,换下的人在屏幕上大汗淋漓。一场打 20 分钟,中途休息 15 分钟。这 15 分钟里,赛场上空出现巨大鱼形气球,鱼肚子里不断产出礼物券和纪念品。赛场里面,还有三个持特制枪的人员,分散在不同位置,朝观众射击,击中人的不是子弹,而是 87 号球衣,球衣奇妙地形成了炮弹。观众疯狂地欢呼,乐于被射中。

摄影镜头对准一对对情侣或非情侣(反正是一男一女坐在一起),自然和不自然的,有意或无意的,主动或不主动的,老的或少的——多形态的接吻画面,逗得观众哄笑。还有跟着音乐节拍跳跃的,扭屁股的,唱歌的,做怪相的。我以为最有趣的,是高挑的金发美女,露着肚脐,以花样滑冰的姿态,推着有半人多高的黑色垃圾桶,滑进场地。长发飘逸,长腿飘逸,整个身子飘逸,被带动的垃圾桶也飘逸。跟随着的是手执柔软质地平推铲的美女和帅哥,清理场地。屏幕呈现他们的美丽与美丽劳作,也是一种享受。

接着屏幕上出现播放器的音量显示条,告诉观众:可以尽量发出你最大的呼声。屏幕显示观众人数:18158。不能不佩服电视编导与观众互动的才艺。

“匹队”不愧为“匹队”,两轮中进了四球,87 号一人进了两球。女儿解说,他要是一人进了三球,全体观众就会将自己的帽子全都抛向场地,以示脱帽致敬。但这次没有出现那样帽子成堆的场面。

两队队员在比赛过程中打了五次架,都是单打。奇怪的是,没有人上前劝解。裁判,教练,双方队员,都看着他们对打,像拳击,也像相扑,更像散打。打得不算残酷,虽然有口鼻出血的(屏幕上清晰可见),但都是打得双方自动停止,像是一种潜规则。

这也是一种调节情绪的方式,是赛事的一种节奏。打得太过分,还是有处罚的,87 号就被处罚了一次:停赛两分钟。怪不得“匹队”曾在两分钟内少了一名队员(除去守门员应当是 5 人,却只有 4 人)。

“匹队”是在主场地,人气旺,进了球,那音乐,那观众,都是掀翻球馆的气势。加拿大进了一个球,几乎连掌声也没有。“匹队”的球要进未进,观众齐齐喊的是:没关系,没关系,没关系。宽容之至,温情之至,怜爱之极,全然一边倒。

屏幕上出现了一次加拿大的两位观众,一老一少,手里亮着他们队员的球衣。观众的反映是,一溜溜站起来扬手,一圈一圈地呈运动着的波浪形。我不知道这是喝彩还是喝倒彩。

我是局外人,应当是静观默察的,我也被裹挟到波浪里,成了趋炎附势的强势波浪中的一朵浪花。

在好莱坞行走

好莱坞在全球的名气太大了，到了洛杉矶，就像磁铁把我吸到了好莱坞。计划在好莱坞行走半天，结果行走了一天。

好莱坞不是一个电影厂，不是一条街，也不是一个小地方，而是一个很大的社区。只不过是好莱坞这个地方电影业的名气，把洛杉矶也撑起来了，把美国电影也撑起来了，成了世界电影的首领。

当然，有一条街是集中了好莱坞电影业的。好莱坞纪念品商店，电影器材商店，电影博物馆，电影明星蜡像馆，大剧院，戏院，电影院，再就是沾了好莱坞电影明星的光的其他商店。在这条街的一段行人道上，粉红色水磨石地面，镶嵌着等距离的金色线条五角星，五角星中间写着好莱坞大明星们的名字。我在停车场下了车，一脚踏上这条街，就踏到了我特别欣赏的卓别林的头上。

在中国式戏院的大门前，大片水泥地面上，一个个的水泥方块里，都复制着好莱坞明星的脚印或手印，及他们的签名。有的还写上了一句话，如“感谢好莱坞”之类。戏院龙的浮雕，狮的石像，及中国古代的兵器，礼乐图案，显明着中国特色，英文名字叫“纪念中心”，至于是纪念什么，我一时不得而知。

街道旁边，停着一辆巴士，不是那种普通巴士，车身外观彩绘着电影里的人物，车名写着“明星之家”。原来是旅游车。服务生穿着电影《超人》里显眼的红色超人服装，在旅游车旁边走来走去。那是“超人”的步伐，“超人”的身段，“超人”的形象。他是在吸引游人。有游人跟他合影，没见游人跟他上车。他也激情不减，仍是一副大侠情态。

在同一条街上的柯达剧院门前，挤着数百人，门前的交通道堵了半边街道，警察也允许了，只是不准人们在另一半街道上停留，好让车辆通过，也让人通过。

这天正是为庆贺拳王阿里六十岁的生日集会。有四位好莱坞明星分别在那里拿着话筒演讲，其中一位就是在《午夜女郎》里扮演了男主角的明星，我正好在国内看过该片的译制片。明星的演讲都是讲自己认识阿里的经过，及和阿里相处的感受。

有一位讲：我认识他，是在大街上，他一上来就抓我的爆米花吃。

还有一位讲：现在大家不认识我了，说明我老了。但阿里到该老的时候还不老，因为大家都还认识他。

还有一位是阿里抚养大的，阿里曾对他说：如果你的智商再高一些，我就会享受跟你待在一起的快乐。

明星们真不愧为明星，智慧得很，幽默得很，也随和得很，跟老百姓没区别，有区别的只是他们的职业。

更有趣的是，在这条街上也刚好遇到了好莱坞拍电影。电影镜头是一对情侣在人行道上悠闲地走着，还要边走边说话。电影里扮演行人的人有意穿行，有意打岔。电影外的行人有不知道是拍电影的，无意地走动，与演员交错在一起，生活化也艺术化了。我和女儿也在行走中撞上了镜头，当我们发现是在拍电影之后，便伸着舌头退回到镜头之外。哪知这对电影镜头是一种破坏。有拿着电喇叭的人对着电喇叭喊，重来，重来。

有好几次重来。有几个化了浓妆穿了薄透装的女演员等在一边，在冷风里有些发抖。经不住冷的演员，钻到路边停着的拍摄专用车里。车门是开着的，里面还有好多拍摄用的器材。有演员就坐在装拍摄器材的黑箱子上，像我们一样望着拍摄现场。

真正的好莱坞全球电影博物馆不在这条街上，要开车到另一个地方去。门票四十美金，看一天还看不完，我们只有改天再去，因为在这里走下去兴趣不减。

在一家小型影星博物馆门前，有一幅画，是当年的华盛顿总统在高大建筑背景下的人群里行走。这幅画由 650 位好莱坞明星和 43 位美国总统的头像组成，实在巧妙。

还有一幅“实物画”，并不巧妙，却也是我辈想象不到的：

在一个精致的玻璃橱窗里，展示着著名性感女明星麦当娜给朋友的一封亲笔短信，信里说："送你一件内裤与一盘歌带，歌带也像处女。"

在信的旁边，也同时展示了麦当娜的那件内裤。

这个橱窗就设置在一家麦当劳的饮食馆门口。商业化的时代，如此商业化的手法，已经是全球意识了，是喜还是忧？

《男人对女人的了解》

我在美国交了一个非常好的朋友，是中国人，在匹兹堡中国教会的欧克兰教堂认识的。我们每个周日都要去欧克兰教堂。去那里的都是中国人，只有少数老美。这少数老美也是融进中国人的家庭里了：要么是中国女人的丈夫，要么是中国男人的妻子。老美中的老头子、老太太几乎没有。

我的这位朋友信奉基督，也极虔诚。只要是到了教堂，他就做服务工作，如教堂惯例的一顿周日晚上的免费"圣餐"，他就充当志愿者下厨。我刚认识他的那天，正是周日的圣餐之后，大雪纷纷，我在教堂门口踌躇。他问我有车吗，我说没有，我坐公汽。他问我住哪儿，我回答了他。他说："我可以送您。"我说："不麻烦您。"他说没事，顺路。

我后来知道，其实不顺路。我们的友谊就这样开始了。

三十年前他从中国河南来，一直在匹兹堡大学做医学研究。他娶过三任美国太太，也接二连三地分手了。他承认他对美国女人的了解有限。我说你就找个中国太太嘛。他说也不是没找过，那个中国女人也是离过婚的。好不容易让她到美国来了，她却跟了别人。他说他真是无法了解女人。

他的故事让我想起在夏威夷看到的一本书，你真想不到那是一本什么书，书名就叫《男人对女人的了解》。那是在夏威夷海边的出租屋里，临海的一面是落地玻璃墙。不用出屋，大海的涌动、喧哗就在眼前。我随手在书架上抽出一本书，抽到的就是那本《男人对女人的了解》。我边听海，边翻书。当翻到书的里页时，我吃惊了。

书里面什么也没有，只是一页页的空白纸，从第一页到最后一页，厚厚的三百面，没着一字，全是空白。纸质非常好，封面封底都是铜版纸，设计精美，印刷讲究，是正正经经的一本书的式样。出版社的版权页规规范范，作者的署名及作者简介正儿八经。简介写道：

作者早在 1958 年就出名了，他过去的生活没人知道。1933 年曾写出许许多多遭人指控的作品。他应当是结过婚的，因为有子女若干。当他 230 岁的时候，获得了诺贝尔文学奖。

还有名家对此书的推介。

有说此书要过细读，反复读，画上杠杠，打上着重号，才会有所获。

有说这是天才之作，经典之作，传世之作，值得珍藏。

有说这是未经删改的原版，原汁原味，但少儿不宜，如此等等。

原来这是个绝妙的大幽默。我们见过许许多多的幽默，却不曾见过这样的幽默。尤其是那个书名：《男人对女人的了解》。那是什么意味？男人是无法了解女人的？女人是无字天书一般深奥？或者说女人是一页页的白纸，男人怎么理解都行？或者是说男人对女人的了解永远是空白的？世上没有一个男人真正了解女人？总之，这个书名生出的意味，让你能解释又不能解释，是是，又非非。

我对那朋友讲了这本“书”，朋友笑说：“那‘书’的创意者，与我所见略同啊。”

我的朋友解剖自己，他说这世上男人也是复杂的，如若女人将这书名改为《女人对男人的了解》呢，不也大大“幽了我们男人一默”吗？

匹兹堡大学的“学习主教堂”

匹兹堡大学在绿色草坪的包围中,这所大学最显眼的建筑,就是学习主教堂。尖顶的大楼,五十二层,外形就是教堂。教堂是上帝的国土,但这个教堂不是,这个教堂是大学生们的学习圣地,称为“学习主教堂”。

非常有意味的是,在这学习主教堂的四楼和五楼,有二十六个国家的教室。每个国家的教室,都显示着那个国家的民族风情、文化特色。

俄罗斯的山庄风格,让人一看就知道是俄罗斯。

德国格林童话中的故事人物,是德国籍无疑。

匈牙利 1338 年第一所大学建立的式样,是匈牙利文化的一个象征。

波兰花了五年时间完成的世界第一个铜质地球仪及哥白尼画像,是波兰的骄傲。

意大利教室每张椅子背后写着他们国家各大学成立的年代,是意大利文化的编年史:最早的大学建立在 1088 年,最晚的大学建立在 1924 年。教室里的壁画上,有世界上第一个上大学的女性和 1678 年的博士生。

罗马尼亚教室写着罗马尼亚最早的经文:“无论走到哪里,我们都会像岩石一样坚硬和有力量”。

希腊教室有从雅典运来的大理石砌的墙壁,柏拉图、亚里士多德在其上,并写有“向人的极限挑战”的运动名言。

叙利亚教室是把叙利亚的祈祷室搬到美国来了:全是金银饰物,豪华至极,灿烂至极。

爱尔兰教室是天主教 13 世纪的教堂式样,全是从爱尔兰运来的石头砌成。

卢森堡教室是卢森堡著名的母亲学校的缩影:很久很久以前,女孩子不能进学校读书,于是母亲就担负了教育女儿的义务,著名的母亲学校就是在那个时候问世的。

我在参观每个教室的时候,配发的小型播放机里,除了英语解说,还有该国的经典音乐。到了中国教室,我记得播放的是《春江花月夜》。中国教室中间放着一张圆桌,围着十二张木制靠背椅子,有一张椅子上刻着"循循善诱"。那就是太师椅了,老师坐的,学生都应是围着老师坐。顶上和四周,是北京紫禁城的图案装饰,石刻的孔子像独立一面墙的正中,其他代表人物分列为老子、孟轲、墨翟、司马迁、诸葛亮、关羽、陶潜、花木兰、李白、杜甫、韩愈、欧阳修、王安石、司马光、苏轼、岳飞、孙文,后面还留有给后人刻写名人的一串空白。花木兰这位女将,我的黄陂老乡,也列在这些中华名人之中,是我想不到的。

这座"学习主教堂"创建的时间是1926年。创建者当初召集了许多国家的移民代表,考虑筹建各国教室。各国教室的室内设计方案,都由各国移民代表提出,其经费也由各国移民捐赠。中国教室是当年来自台湾和香港的移民出资的。那时中国来匹兹堡的移民不多,移民中的富人也少,经费的拮据也从眼前的简朴设计中看得出来。

各国的教室不是一开始就有26个的,随着时间的推移,是发展着的,也还要发展下去。如美国教室,我去参观的时候,才开始装修。说明文字已经刻在墙上:一位了不起的公民。也就是说,这美国教室是一位美国公民捐赠的。捐赠的时间是1942年,但不知道为什么现在才开始装修,其间的故事谁知道呢?

历史总是要抹去一些东西才保留一些东西的,保留的东西是以抹去的东西为代价的。谁能说抹去的东西就不贵重呢?

你到底有什么企图

我生活在美国家庭，不能不与美国人交往。

女儿自然成了我的翻译，也教我学学英语，我便试图直接跟美国人对话。

开始学了几句客套话，如“你真好”“你很漂亮”“见到你真高兴”，都是些赞扬人的话。见人就说这一类话，一个是为练习我的英语，再一个是出于中国式的习惯：讲礼，礼多人不怪嘛。有一回，我对一位熟识了的美国人多说了讲礼的话，他睁大眼睛望着我，一脸严肃，说：你到底有什么企图？

我傻了眼，私下问女儿，他怎么这样问我？

女儿说，那些赞扬人的话，你只拎出一句就行了，多说了一句就显得虚伪，美国人怀疑你别有用心。

女儿指出我的毛病，说我有一次赞扬一个美国人“很准时”，就不应当用那个“很”字。英语里说“准时”就是“准时”，没有很不很的问题。如说一个人“正确”，那就是正确，没有必要在“正确”前面加“很”或是“完全”或是“绝对”。英语里这样的词是量化的，分等级的，而不是随便用的。

呵呵，这是我这中国人的“恶习”。

这也不是笑话。想想我的人生经验，要说的话，往往是不能说出来，碍于情面，碍于关系，碍于利益。自己心里憋得慌，宁可在心里骂娘，也要忍气吞声。实在要说的，也往往是包装起来，转着弯说，抹着角说，声东击西地说，总之是那种“看菩萨添颜色”“见风使舵”“顺水弯船”的意思。许多时候就表现出虚伪来。

有一回我将我出版的小说给美国女婿蜡笔看，我说，写得不好，见笑。他说:“写得不好给我看干吗?”

我这种客气纯属多余,也没吸取教训,曾给一位美国人造成伤害。蜡笔的弟媳巴波对中国特别向往。她家里有景泰蓝瓷器,中国的跳棋、象棋,还有中英文对照的带图画的老子、庄子,中国的小工艺品也不少。她经常要我跟她下中国棋,也天天要我教她学中文,她也教我英语。在这种友好的交往中,我的客气话总是脱口而出。

我说,你对中国这么感兴趣,我请你去中国做客。

她当真了,回家跟她老公说了,要老公为她准备钱。她说这钱也不要多的,只需路费,到了中国的一切费用是我替她出。她老公一听,很是生气。因为她家就靠老公一个人赚钱,除了养活一家人,还想积攒点钱买个大一点的房子,怎么能花那一笔钱去中国呢?老公不答应她,她也生气,两个人还吵了起来。

有一天,我女儿问我:老爸是不是说请巴波到中国做客?

我说,是。又说,那也不过是客气话。

女儿就讲述了巴波跟她老公吵架的事。

女儿说,美国人的思维方式,不来虚的。你说请她,她就当真,她就要去。

女儿的美国姑子西娜要去看一个摄影展,我想去,但女儿有事,不能陪我,女儿就跟西娜说:“你就带我爸去吧。”西娜一口回绝,而且是当着我的面连连说着“No”。别的话我听不懂,这“No”的意思我是懂的:不行。女儿以美国方式把话直说了:你总是跑来吃饭,饭都是我爸做的,而且你吃了饭还把碗筷一扔,也是我爸替你洗的。你怎么这个忙也不愿意帮呢?你这是不是太自私了些呢?她这才点了点头,说了声“OK”。

女儿把这些话翻译给我听了,我的小气意识跑出来,说,不去!她现在愿意带我去我也不去!

女儿说:为什么?她既然答应了,是她改变了她原先不带你去的想法,那就是说她愿意带你去,这也是真实的。美国人是不会勉强自己的。

我只有跟随她去了,想不到她对我挺关照的。参观过程中,她不断对我点评那些作品,虽然我不懂她的语言,但她那些手势、表情,以及对那些作品的指点,我知道她是在表达些什么。

她还把我介绍给她的一些熟人,我听得懂的是英语里的“中国”一词:China,以及我的名字发音:Jinhe。参观完毕,到吃中饭的时候,她拉着我,把我带到摄影展的另一间屋子里去吃东西。那间屋子里的长条桌上，摆满了各种免费糕点、饮料之类的小吃。

我还不适应这种吃法，或者说是拘泥于中国式礼节，迟迟不好意思动手，她就替我拿盘子、刀叉。在她的带动下，我也在那些老美旁若无人的吃相影响之下，加入了小吃队伍。

我对西娜印象好极了。我理解美国人了。

有个更为典型的例子。有一天到了吃晚饭的时候，我还在电脑跟前写作。西娜又来蹭饭吃，她对她母亲说要吃鸡蛋，美国老太太自然是起身去弄，而且只弄给她们两人吃，根本不管别人。这个别人就是我、我女儿、我小外孙女，我们都在家。更奇怪的是，她们吃了，把碗筷一丢，面包屑撒了一桌子也不管。当我关机去做给自己吃的时候，我还得清理场子。

我女儿生气了，说："不，不替她们清理，我们去中国餐馆。"

我说：生什么气呀？你不总提醒老爸"这是在美国"吗？按国人的习惯，就会想，她们是什么意思呀？为什么这样？我得罪了她们？我做错什么了？于是弄得自己灵魂不安。其实大可不必这样想。这美国老太太对我不是挺好的吗？我一到美国，她就为我掏腰包买衣服，这不是很善吗？美国人的自由心态，自由行为，也表现在自己弄得自己吃，不是很正常吗？

女儿笑说，老爸与美国接轨了。

我给美国人送礼

礼尚往来是中国人的一大特色。我去美国,也自然带去这个特色。不过在礼品上,是大大打了折扣的。我带去了一块人民币可以买十二张比扑克牌略大些的中国民间剪纸画,纸极薄,画也极精致,无名作者的无名民间艺术,买了十块钱的,虽然显不出堆头,却可以送好多人。

女儿赵莎告诉我,她说美国人送礼,有两种讲究,一是实际意义,一是象征意义。实际意义就是,比如你结婚,亲朋好友也是要送礼的,你需要什么实用的,你可以开出单子,告诉你的亲朋好友,他们就会按单子买东西送给你。

我女儿就有一次被明确告知:我要一个塑料浴盆,我喜欢蓝色的。我女儿就按此办理,也省了许多心思。

象征意义就有些像中国俗话说的"礼轻仁义重"的意味。一位朋友过生日,你可以送一碗你自己做的菜,或是一本书,或是一盘音乐带,还可以是送一件你认为他(她)喜欢的衣服,哪怕是旧的也行,以至送他一颗糖、一句祝福的话,都是仁义。

女儿的美国妯娌,给我三岁的小外孙女芒果送的生日礼物,是她女儿小时候穿过的一件漂亮衣服。质地不错,只是半旧,穿在我外孙女身上也挺好的。

妯娌对我女儿说:"到芒果长大了,不能再穿的时候,你就还给我吧。"

送出的东西,她还记着要还,在我的人生见识里是不曾有过的。不过也表明,哪怕美国的物资极为丰富,也还是物尽其用。最终的去处,还可。

还是说我买的那些不足一毛钱一张的中国剪纸吧,到了美国之后,通过女儿一张一张地送给她美国人中的亲朋好友,没有不喜欢的,都称赞中国民间艺术的"新奇美妙"。有的将它压在玻璃板底下,有的将它保存在书页里,有的将它镶嵌在相框里挂在墙上,实实在在地看重,出乎我的意料。

我离开美国回国的时候,美国人也送我东西。

他们送东西不是考虑对方喜欢不喜欢,而是想着自己喜欢就行了,如衬衣、T恤、铅笔刀、钥匙串、光碟、记事卡片、风景画片、金属跳绳、擦脸的保养霜什么的,还有叫我哭笑不得的观世音菩萨!

美国人有一个观念,接受礼物者不是要感谢赠送礼物者,而是倒过来:赠送礼物者要感谢接受礼物者——接受意味着看重,拒绝则是对赠送者的轻慢。

我的美国女婿倒熟知中国特色,送给我红包:美金。只可惜,我不能对那些美国朋友开出我需要的单子,不然我会收获到许多美金哟。

在美国大学听中国电影课

我很想去美国电影院看看电影，最好是看中国电影，想知道美国观众对中国电影的感受和看法。匹兹堡放映过《秋菊打官司》《活着》，可我在夏威夷，错过了机会。

有一天，我的亲家，年近七十岁的美国老太太，通过我女儿问我：可以跟我一起去听听关于中国电影的课吗？还要放映中国电影。

我自然高兴。老太太在匹兹堡大学选学中国电影课程，每个周一是她去大学上课的时间。我问她为什么要选学中国电影课程，她说喜欢中国电影，尤其喜欢张艺谋。就因为看了张艺谋的电影，就喜欢中国电影。

这位美国老太太很有趣，她讲起中国电影，讲起张艺谋，比我知道的多得多。国内有人对张艺谋有微词，说他总是把眼光盯着中国的“落后”，是讨洋人喜欢，是“媚外”。我向美国老太太转述这些微词，老太太不懂“媚外”这个词，女儿跟她解说了好半天，她说：“你们的东西让外国人喜欢不是坏事。”她还说：“张艺谋的电影有真情，很真实，充满人性美，并没有一个什么‘落后’的概念在我脑子里。我欣赏的是张艺谋的艺术啊。”

我认为老太太的眼光与我一致。

在一个温暖的冬日下午，一座高层的尖顶大楼里，五楼的一间教室，桌凳是带写字台的可以移动的单人座，纵横有序排列。坐着四十几个学生，有白人，有黑人，有棕发，有金发，还有三四个很明显的亚洲人。我看那些学生的年纪，没有超过三十岁的，我的亲家是“鹤立鸡群”。

其中一位女生是中国人，就坐在我旁边。趁还没有上课，我跟她说起话来。

一年前她从北京来，攻读人类学专业。她选学中国电影课，是她与自己国家关联的一种方式。她说她在国内并不常看电影，对中国电影是一个冷漠的忽视状态，到了美国才感到亲近起来。

当授课老师从我后面进门，走到讲台前面的时候，我才知道是位中国老师，四十来岁的样子，显得很质朴，看不出中国气派。他讲课用的虽然是英语，但不时提到张艺谋、陈凯歌、巩俐等人的名字，用粉笔板书他们名字的汉语拼音，读音也是张艺谋、陈凯歌、巩俐，正宗的汉语读音，比美国人的发音准确、清脆。我一时忘了我是在美国，却又时时被提醒我是在美国。

老师讲过一阵之后，就放映一个中国电影片段。有《红高粱》中高粱地里的那场戏。无语言、无音乐，只有人与高粱摩擦的音响。教室里一片寂静，接着是男主角向躺在地上的女主角跪拜……我竟然听到了抽泣声，是一位美国女学生在流泪。

我悄声问我旁边的中国女同胞，你能猜出她为什么哭吗？

女同胞说，感动吧。“我在国内看《红高粱》的时候，也被这场戏感动：性的圣洁，爱的圣洁，灵的圣洁。”

这堂中国电影课有三个小时，中途放映了四次中国电影的片段，还放映了一部完整的中国电影《黄土地》。在国内，我没有看过《黄土地》，但知道媒体和大众看好。放映过程很安静。我听到的是中文对话，字幕打出英语，就像我们在国内通常看到的外语片打上中文字幕一样。电影里男主人的大笑并没有让观者笑，电影里女主人的哭也没有叫观者哭，一切都是平静。只是在电影放映结束之后，有许多学生纷纷举手提问。我那美国亲家提问次数多达四次，问的什么我都不明白。

讲课结束之后，学生们离开教室。我拦住我旁边的中国女学生问，学生都提的些什么问题。她说都是些细枝末节，如那门框上为什么用红线吊着一个罐子之类。她说只有那个美国老太太问得尖锐些。

我问中国女学生在国内看过《黄土地》没有，她说没有。我问怎么样，她说“好难看”。还没来得及细谈，她说有事先走了。

讲台上的中国老师正在收拾自己的东西，我便走上前去跟老师打了个招呼，也攀谈起来。老师二十年前从中国来这里，一直教这门课程。我也问及学生的那些提问，他说他们还不太了解中国，要让他们理解还很费劲，只有慢慢来,多些耐心就是,他们毕竟是在努力了解,尤其是这位美国老太太,七十岁了,还在做这种努力。

我的亲家已经站在我身边,笑眯眯地。她听不懂中文,但感受得到我和中国老师谈得很亲近,她也感到亲近。

异国有《芳草》

匹兹堡这城市像座公园，真是无处无芳草。私家花园的芳草，公共场地的芳草，及伴着芳草的藤类植物、装饰品。一片草坪里，也会有些动物雕塑，再或是一个巨大的头像，仰面于草坪里，只露出一只耳朵在感知世界。本来有几株高大的树木，却有两三棵大树被拦腰锯断，只剩下森黑粗大的树干，从树干上横生的枝叶，与相邻大树对峙成错落别致的视角景象。有些临街的住户，墙壁全是玻璃的，从外看到里，里面堂皇的艺术布置，一目了然。讲究隐私的美国人，竟然可以这样让行人直观屋内，大约也是对于美的展示。

从我居住的地方去匹兹堡大学图书馆，走路只需五十分钟，一路的风景让人养眼养身也养神。

那是个很大的图书馆，设有东亚图书馆，顾名思义，就是东亚地区的图书馆藏。东亚图书馆有相当多的中文书籍和中文报刊。我浏览书架，古代的，现代的，当代的，都有。中国当代文学架上，我所熟悉的许多中国作家的作品赫然在目。

期刊阅览处，我一抬眼就见到武汉的《芳草》，禁不住“啊”地叫了一声，我这置身于美国人中的老外，把他们吓了一跳。阅览处用英文写着“请安静”，我的一声不安静，让我连连说“索瑞索瑞”（Sorry，对不起）。

《芳草》是老朋友了。作为湖北江汉群体的作家，近几年我差不多每年要在上面发一部中篇作品。摆在期刊阅览处的《芳草》是 2001 年的第 1—4 期，这是我在国内读过的。

宽大的一面墙的期刊架上，有许多中文杂志，如《诗刊》《人民文学》《民间文学》《散文》《上海文学》等，不只是文学类，还有考古类、大学学报类、爱情婚姻家庭类、美容服装类。其中的中文杂志数量之多，种类之多，在国内的一些大图书馆，也未必能做到。图书馆突破了阵线，抹平了国界，与世界相通。“天涯若比邻”的感觉油然而生。

自带一杯中国茶，几片面包，中西结合应付一个中餐，在图书馆感受学子的意味。我也想看看新到的《芳草》，但它迟迟没到。到了那一年年底的最后一个星期，我一进阅览处，眼睛一亮：放着《芳草》的那一格里，就有新到的了。我还没来得及上前，就见一位美国白人小伙子比我先到，将《芳草》拿到手，只留下第1—4期。

他坐在一旁翻阅起来。旁边是一格一格的单人桌椅，有木板隔开，像某些咖啡厅的单间，不会有相互的干扰。我也不好去打搅他，只好拿别的书看。看过的书，有字条提醒：不必放回原处，有人会给你放回。

到我该走了，美国小伙子还没走，他的跟前还堆有其他中文书刊。第二天，女儿带我去参加一个“外事活动”，没想到碰到他。他竟然是女儿在匹兹堡大学的同学，叫简逊。我对女儿说起头天在图书馆看《芳草》的事，女儿说他在中国厦门的一所大学教了两年英语，自修了中文，他的太太是广东人。我说他收获了中文，也收获了太太。他哈哈大笑。

他邀请我和女儿到他家去吃饭，尝尝他中国太太做的中国菜。他太太的接待自然是中国式的热情。我到过一些纯美国家庭，他们一般都不问你吃，不问你喝，主人不会到厨房去忙上忙下，只是陪你说话。你没这个精神劲头，你会饿得慌，还不好意思说出。家有中国人就不一样了。我们进屋就看到简逊的太太系着有花的围裙在厨房里忙碌，锅里还在冒着热气。端上桌的几个中国菜倒也明显，只是美国化了些：有筷子，也有刀叉。

饭桌上的话题也谈及《芳草》，简逊说他太太曾经是个文学爱好者，在中国的时候也订阅过《芳草》，还给《芳草》投过稿，但没被选用，退稿时附有编辑的亲笔信。她1998年出国的时候，就带过两本书，一部《红楼梦》，一本《芳草》杂志，记不得是哪一期的。

简逊是在匹兹堡大学图书馆知道《芳草》的。简逊太太说简逊在匹大研究中国经济发展。《芳草》有个“金融文学”栏目，他读《芳草》是想从“金融文学”的角度认识中国经济。我曾经跟图书馆的华人管理员温大姐有过交谈。温大姐祖籍福建，从台湾来这里有三十多年了。她说，许多读者都是想从中文报刊里得到自己感兴趣的信息。读者爱读，图书馆就爱订。

再到图书馆，终是见到新到的《芳草》第 5—9 期。第 5 期冯积岐的《树桩》写尽乡下人的苦涩；王跃文的随笔三题吐露出他写官场小说的心声。第 6 期裘山山的《除夕夜》让我感受到善良的无敌。第 7 期周华山的《四重奏》写出了人间生存的尴尬故事；熊召政的《生命从八十开始》惯常地激扬着生命的“远征”。第 8 期楚良的《栖生之地》仍显示出他对故土亲人的眷恋。第 9 期……啊，十步之内必有芳草！

“艺术之家”出租屋

我住过夏威夷几个岛上的出租屋。

出租屋都在远离闹市的海边。每天在海边跑步，下海游泳，划船冲浪，与海为伍。岛上的花草、椰树，树丛里的出租屋，呈现出生命蓬勃的宁静世界。在青草上躺着，便是躺在花丛里。仰望着蓝得出奇的天，自己仿佛要化了，被清风搂着远去。

给我留下特别印象的是口外岛的“艺术之家”出租屋。丛林中，曲径通屋，屋门口标明“艺术之家”出租屋的牌子，还有一行英文小字：自然的天堂。屋后斜坡上的林木及不知名的花树相拥着阳台。透过枝叶，可以看到海面。阳台旁边的一棵大树上栖着一只啄木鸟，起初我还怕惊动了它，脚步轻轻的。后来细看，原是木刻的饰物。

“艺术之家”出租屋里面，生活用品应有尽有。

更有特色的，当然是艺术。窗台上，书桌上，茶几上，床头柜上，卫生间的洗脸台上，都摆着或铜雕、或玉雕、或木雕、或贝雕的各种小动物，其可爱程度，让人不能不视其为艺术。就连嵌在马桶旁边的卫生纸卷筒上，也是一件骑马者骑马散步的精致竹制品。当你去扯动卫生纸时，纸筒的卷动，带动了骑马者的扬鞭及马蹄的步伐，叫人一乐。客厅、卧室、书房、厨房及卫生间的墙壁上，挂有不同尺寸的带框或不带框的美术作品，多而不乱，繁而不赘，可见布局的精妙。在一些挂画的适当位置，还挂着特制的透明玻璃杯，盛有清水，并插上一株株喜阴植物，或是几枝新鲜的花卉，画内画外，动静盎然。

那些摆设的工艺品看不出国籍，但日本风格的挂画却极为明显，看那署名，多为日本画家所作。想必房东与日本多有关联，或许房主就是日本人。因为进屋的廊檐下，备有好几把日式的木骨黄色油纸雨伞，是为证据。墙壁上也有两幅中国画，其中一幅是中国花鸟画，中文题字：白露不同千点秀，黄莺上树一枝花。

落款为“广重”，时间为20世纪60年代末。我不知“广重”何许人也，但他的画总算是走出了国门，或许他早就移居国外，他与“艺术之家”出租屋的屋主是何种关系，成为一个悠远的遐想。

在“艺术之家”出租屋的一间屋子里，三面墙壁的木架上，放有上千部电影电视录像带，我发现有英文版的《秋菊打官司》。在一间主卧室里，六七米的一面墙是由书架组成的，书架上的书，大约有几千本，其中美术作品集也不少，西方大师们的作品都有。我试图找中国画家的作品，也找到了，是刘国、吴镜汀和秦仲文的个人画集。画集的扉页上，三位画家各自写有赠予某某雅正的签名。被赠送者的名字是英文，画家的签名是中文，时间为20世纪50年代初。我悠远的遐想更为深更为沉，当年故事今何在？只见画集入眼来。

我随手从碟架上取出一张碟子，置于影碟机里，一下子传出庄重、悠深而又苍茫的男性和声音乐来，很适合我深思的遐想。这盘碟子都是如此旋律，我被深深浸润着。后来，我取出碟子给女儿看，她说是欧洲中世纪的庙堂音乐。在这“艺术之家”听这种音乐，适合这种情绪，实在是玄机。我极为喜欢这盘音乐（后来花了十六美金购得一盘，如今还常听）。

有天早上下起了小雨，我在“艺术之家”出租屋的游泳池里游完泳之后，外出散步，从门廊里拿起一把黄油纸伞，撑开出门。放眼望去，满眼的青翠欲滴。雨点落在油纸伞上，跟雨点落在路边的芭蕉上一样，嗒嗒回应。散步回来，见女儿在跟一位老年女士说话，正互道“拜拜”。女儿说那是这房主的女管家。房东是个美国白种女人，与日本没有任何关系，也不是艺术家，只是个普通的美国女人。她丈夫是在第一次海湾战争中死去的，多年来她便不想见人，总把自己关在屋里不出来，而且就住在我们住的“艺术之家”出租屋的楼上。出租屋是两层楼的房子，出租的只是一楼。楼上有彻夜的灯光，我还以为楼上也是房客呢。

我们住了一个星期，没见过女房东下楼。我每天早起跑步，跑过一个高坡，正好面对出租屋楼上的窗口，看得见大屏幕的电视机不断转换着频道，转去转来的，定不下来，想必是女房东是在我见不着的方位指挥着遥控器。我便想象着女房东的隐秘生活，演绎着我想象中的忧伤故事。

要离开“艺术之家”出租屋的那天，我发现书桌上有个精致的日记本，第一面是房东写给住客的话，也有许多住客写下的感言。房东写的话是：欢迎您来到这自然的天堂。希望美妙的大自然给你灵感，给你滋润，也慰藉你的灵魂，直到你下次再来。

我也忍不住在那上面写了四句话回应：

天堂有鸟栖高枝，艺术之家住有时。
不见主人何颜面，居屋神韵已先知。

落款是“中美家庭”，分别写上了我、女儿、女婿，以及小外孙女芒果的名字。我们要到新的地方去，芒果那天也兴奋，不小心打破了一个壁挂的花瓷盘，女儿找到女管家，说明情况，说要赔偿云云，女管家却说：“赔什么，哪个小孩子不淘气？我也有孙子。”

在美国坐飞机

“9·11”事件之后，在美国坐飞机，真是叫人有些担心，万一碰上劫机怎么办？像我这样想的人是多数。不过呢，该坐飞机的也还得坐，这也是没有办法的事情。

我从匹兹堡到夏威夷瓦胡岛的檀香山，从东到西，横穿美国，航程十五个小时之多，中途还要转机。在夏威夷，我往来岛与岛之间，也是要坐飞机。从夏威夷回匹兹堡，先飞了五个小时到洛杉矶住了几天，再坐五个小时飞机到匹兹堡，中途还在明尼苏达州转机。这样说来，我的夏威夷之行共一个月，坐飞机就有十次之多，最短的航程是二十五分钟，像坐公共汽车。

我说在美国坐飞机，是想说我感受到的美国机场的安检氛围。“9·11”事件之后的机场安检气氛森严，又正值美国实行新的航空安检法，就更加森严了。在匹兹堡机场，警员三步一亭五步一岗的，警车一辆一辆地停在路边，车顶的警灯一闪一闪，制造出一种森严的气氛。

匹兹堡机场是十年前在旧有基础上新建的，也算是美国东部较大的航空港。我和女儿、女婿的夏威夷之行，还带着两岁半的外孙女。我抱着她，步入机场安检关口的时候，她说要自己走路，我将她放到地上，她像一条小鱼，一下子就游到安检关口里面了，我没顾得上别的什么，就去追她，追到了关口里面。站在关口的几个全副武装的美国大兵想拦我，向我倾了倾身子，又看了看跑在前面的小外孙女，便只是看我们老少一个跑一个追。别人看了都笑了，森严气氛被冲淡了许多。我抱着外孙女回关口外面，对美国大兵说了声“索瑞”（Sorry），安检人员的脸上才有了笑意。

在瓦胡岛的檀香山机场登机，检查也是森严的。我随身的背包通过了安检传送带，待我去取时，却被安检人员朝我连声说“No”，只得又放置在安检传送带再检查了一遍。我拿了包，安检人员又示意我将包放下。我想，是不是要开包检查？不是，她指指我的脚。我懂了，她是要我脱下皮鞋的意思，因为在我之前不断有人脱下皮鞋接受检查。大约是我皮鞋的臭味很重，见她做着不敢呼吸的样子，将我的皮鞋拿去放在一个蓝色塑料小筐里，送到了传送带那里，让仪器检查。

自然不会有事。我穿了皮鞋，准备走人，她却示意我解下宽皮带。我只好提着裤子等待，我想要是有人拍下了我这幅照片，一定好笑。我在想象中笑了。

还有一件事让我笑，我一直带在包里的刮胡刀，此前都逃过了森严的检查，而在夏威夷的口外岛小机场，却被温和地查出来了，也被温和地没收了。所谓“温和”，就是很亲切地微笑着的神态，全然没有森严的味道。但在托运的行李中的备用刀片还在，幸运地逃过了大小机场的“眼睛”。

夏威夷岛与岛之间的往来，都是坐小飞机。最有意思的是在摩洛凯岛机场。说是机场，其实像个小小的汽车站，但并不简陋，甚至有些富丽，显示出美国的经济实力。大厅内有可容纳四五十人的座椅，此时只坐了三五人。没有售票窗口，也不见安检人员，只有一个问讯的服务台，那里有一位矮矮胖胖的女人，算是工作人员吧。

我们坐了一会儿，走过来一位壮实的中年人，在停机坪出入口处的一张桌子前一坐，打开提包，拿出一张单子和一支笔，马上就有人走上前去，一边叽里咕噜跟他说话，一边掏钱给他。

女儿说他就是卖机票的，但没有票，只收钱，三十五美金一人。要上飞机的人都交了钱，那壮实的中年人就开了入口处的门，并拖过一辆平板车，将我们的行李一一放上去，朝飞机拖去，我们也跟着他走近飞机。他在朝飞机货架上搬行李，没人帮忙。我们自行上飞机，真是跟上公共汽车一样。

飞机只有八个座位，连驾驶、副驾驶一共十个座位。没有副驾驶员，只有那位壮实的中年人坐在了驾驶的位置上。他既是收银员，又是行李搬运工，还是飞机驾驶员，也是服务员。

副驾驶的座位空着，而我就坐在那空位后面，驾驶位和乘客位之间没有任何障碍，我对驾驶员的操作看得清楚。他一会儿按按这个键，一会儿旋旋那个钮，飞机好像贴着海面飞，海鸟、海浪、海船，及海船破浪的水花，都看得清楚。飞机飞得很平稳。没有云，水很蓝很蓝，天很蓝很蓝，太阳很亮很亮。摩洛凯岛渐渐隐去，我们要去的岛屿也渐渐显现。

我面对的是现实，也是诗意。

我想起女儿每次坐飞机回国或是返美的时候，总要提前写一份叫"安排"的文字。文字说：若有不测，一切身后大事，由父母安排，钱财给父母；美国方面的物件，由丈夫负责处理。我的爱给所有人。

坐飞机真的就那么危险吗？

美国诗人瑞本

在夏威夷的口外岛，我遇见了一位美国诗人。说他是诗人，那是我的称法。我觉得应当称他为诗人，他很有诗人气质，写了很多诗，虽然一首也没拿出去发表。

他叫瑞本，是个四十多岁的中年人。他曾经是开电脑公司的，也做保险业务，赚了些钱，后来因为一场大病，差点要了性命。他病好之后，悟到了什么，不再想做生意，把生意卖了，就读书，就旅游，就写诗。

他说他写诗不是为了发表，而是想表达他对生命、对自然的一种感受。他每写罢一首诗，就通过四百封电子邮件发出，发给朋友、熟人或是诗的爱好者，与他们分享。他已经写了五百多首，我问他有没有结集出版的打算，他说要看那些朋友和熟人喜不喜欢，待审视诗的价值而定。

我遇见瑞本是在一次雨后的彩虹里。我说“彩虹里”，不是形容，就是在彩虹里。一道彩虹从我们脚下的谷底升起来，沿着我们的身子很近地升起来，升到高远的天空。彩虹弧形的另一端，落脚在大海的远处。瑞本就站在彩虹升起的地方写诗，他手里摊开的白色大本子，像是将要放飞的白翅鸟。我还以为是画家在写生，走近他，看到本子上的英文诗。

诗人写诗也像画家那样面对大自然写生，而不是回家之后。这是我生平第一次遇见的情景。

我让女儿当翻译与他交谈。他很乐意，也很健谈。

他说他喜欢在现场写诗，写现场感受。诗不是想怎么写就怎么写的，是要用心去体会那种感受的。他以前想问题常常是用脑子去想，而不是用心去想。

用心去想，就带有灵性。用脑子去想，就带有偏见。他回家不写诗，回家的任务就是看书，或者睡觉。

我问他站在这里写的什么内容，他说写这彩虹，写这大自然。他不是夏威夷本土人，是从美国大陆来旅行的。他觉得这里太美了，又巧遇到这样的彩虹，真是有幸。过去他忙忙碌碌做生意，成了赚钱的机器，自己的脸也成了一张电脑脸，冷冷冰冰的，心灵也是虚的。他的那场大病让他知道要珍惜生命，要看重精神。写诗让他快乐，是他所有的金钱买不到的。

他想把他在这现场写的诗读给我听。他说只写了一大半，还没有写完，但他还是充满激情地要我女儿读给我听：

大自然展露她的美丽
也展露了她的宁静
游人也不敢喧哗
彩虹是上帝的笑脸
对人类的爱意……

在大自然面前
我们不需要语言
上帝为什么给了我们两只耳朵而只给一张嘴
那是让我们多倾听
倾听大自然的声音……

我想他真是在用心倾听大自然的声音，他在跟我讲话的时候，还不时看看彩虹，还侧耳听一听。倾听是心的贴近。他不负造物主的爱意，享受着大自然的美妙。瑞本成了职业写诗的，既有了生活保障，又可升华精神。一位做过律师的美国朋友，一动笔就写出了三本很不错的侦探小说。他是作家，也不是作家，其意义不在作家这个名称。而国内，作家似乎太在意“作家”这个名称了。

跟瑞本告别的时候，彩虹还没有消失。我们到了这个岛的另一个景点，又见到了瑞本。他老远就跟我打招呼，还跑过来跟我拥抱。他说他那首诗已经写好了，接着他让我女儿念了他写好的部分。我说愿你诗意地栖居在这个地球上，他又和我拥抱。

他要了我的电子邮箱。当我们一个月之后回到匹兹堡时，我的邮箱里已经有好多他的诗。我不懂英文，读不懂他的诗，但能读懂他的诗心，这就够了。

人的神性

这是我第二次去美国。小外孙女芒果五岁了，长大了。有一天我和女儿带着她逛匹兹堡的大街，有位盲女走在我们前面，双臂向前伸着，两脚向前探着。前面有个障碍，女儿对芒果说，去牵一下前面那位奶奶。芒果刚向前跑了一步，盲女便扭过头来，望着天空，竟然说出一口纯正的北京话："不必啦，谢谢您嘞。这路我很熟咧。"女儿说，幸好我们没说美国人的坏话，人家会中文呢。

第二次见到她，是和女儿去匹兹堡大学的一个会展中心看展。那里举办一年一度的美洲节，在一处免费的小吃摊位旁边，我认出那位盲女奶奶。她不是在吃东西，而是提供东西给别人吃。

她的摊位上有煎饼、红豆汤和沙拉，小吃摊位摆在走道两边。来看展出的，看演出的，顺便拿起自己喜欢吃的东西，边走边吃，边看边吃。摊主们都是志愿者，吃的东西都是从自己家里带来的。

盲女奶奶也是这样？我和女儿都吃惊。知道她会中文，我便撇开了女儿这个翻译，走到她身边说："我们就是那天在路上要让小孙女牵你绕开障碍的人，记得吗？"她连说记得，还问我们是中国人吗。"请尝尝我的煎饼吧，我是在中国学来的。"她看不见我，便用耳朵在搜寻我的反应。

我和女儿都尝了一小块，说很地道。她笑了，拍拍她旁边的空凳子，请我们坐。跟她交谈了一阵，知道她叫凯文，从小就失明（出生之后在保温箱里失明的）。55 岁，会 8 种外语（母语英语除外）。弹钢琴，拉小提琴，吹笛子，唱歌，都会。我请她唱一首中文歌，她附着我的耳朵，唱了电影《上甘岭》的主题歌《我的祖国》。我闭上眼睛听，有郭兰英唱歌的那种韵味，我和女儿惊叹不已。

凯文是残疾人，但她丝毫没有残疾意识，她参与各种社会公益活动，每周去教堂做志愿者（做饼干、做饭），是唱诗班的成员。中国人的中秋或春节活动，都是要请她参加的。她一生下来就在逆境里，却像正常人那样生活着，比许多正常人有更积极的生活态度。美国人给予她正常人的尊重。她凭她的资质，跟正常人一样当老师。我被她感动，也被美国感动。

我们相互留了电话号码，女儿约请她到我们家来做客，她爽快地答应了。有一天，女儿开车去接她。她住的地方离我们的住处不远，20 分钟的车程。车子停在她家门口的草坪旁边，给她打电话，她说：想不想进屋子看看呢？

凯文家的门廊檐上方，挂满了不同式样的风铃，我数了数，共 31 个。门两边宽宽的镶板上，透着红白绿三色玻璃，有流线型的发光盲文，一边写的意思是仰望，一边写的意思是平和。正对门是楼梯，通往楼上，楼梯墙上的挂毯、挂画（有中国画）、念珠，以及小动物饰品拥拥挤挤地排列着。

凯文老师摸着替我们开了楼下一边的房门，开了所有的灯饰，房间顿时辉煌起来。40 平方米的一间大屋子，四面挨墙的高高立柜，一格格，一层层，密密麻麻，摆满了她走过世界 70 多个国家和地区带回美国的各种材质的雕塑或编织工艺品。如兔类、鱼类、鸟类、龟类、蛇类、象类、猴类、人类，分门别类，归集到一处处。

还有她自己制作的胸挂念珠，不同式样，两千多挂，材质也是来自世界各地。在中国，她吃完螺蛳肉，将螺蛳统统收集起来，制成螺蛳胸挂。在法国、德国、新西兰，收集到铁质、铜质、银质的小汤匙，制成汤匙胸挂。谁能相信这都是一位盲人所为呢？她收藏了时间，收藏了风雨，收藏了历史，也收藏了她触摸和感知的人世间。

她丈夫曾是美国的外交官，她随丈夫去过世界各地。

凯文到了我们家，一边弹钢琴，一边唱歌，一气弹唱了 11 个国家的 13 首外国歌曲（中国的有 3 首）。每唱一首外国歌曲，她都要讲讲歌曲内容。她唱中国歌曲《天边》，唱粤语歌和东北小调，仿佛她就是中国歌唱家，唱得我和女儿眼泪汪汪。

弹唱技巧是专业水平，心灵高度是大境界。上海有关方面曾为凯文举办过专场演唱会，一票难求呢。她作为一位盲人，生活得自在、快乐、丰富、精彩，充分展示着人的神性。

那天送她回家,带上了外孙女。我们领着外孙女看凯文的“博物馆”,凯文说去换换衣服(她到我们家来,穿的是中国刺绣的绿泱泱的旗袍),当她再出现时,我们大惊:一只老虎直立在我们面前,外孙女吓得尖叫。原来这是她自制的参加化装舞会的作品,逼真得很呢。

我总归还是一个中国人

2000年的某一天，女儿和女婿带了一大堆照片及女儿写的文章去见移民官,证明他们是真结婚,其实他们的女儿就是最好的证明。移民官是个年纪不大的胖子,开头很礼貌,检查了他们的文件之后,说女儿缺少一个重要表格:那是由学校发出的留学身份的签证文件。

女儿记得那个文件被匹兹堡大学收走了,移民官说不可能,问是谁收的,还拿出一堆名片来,全是匹大做涉外工作的。女儿解释也不中用,女婿插了几句嘴,不知怎么把移民官惹火了,冲他吼起来,说:就是要这个文件,没有就不行,懂吗?!

移民官把其余文件潦草一翻,不耐烦地问他们是怎么认识的。于是精彩的故事登场了,女儿讲了他们在南极的认识过程,带上的关于南极的照片让移民官的眼睛都看直了。

话题就扯到了旅游上,移民官的兴趣大增,移民官告诉他们:他在哪些地方做过移民检查,还想去哪些地方。女婿也讲他的旅行经历,完全成了漫谈、趣谈。谈到实质性的问题,移民官的态度显然变了,他说纽约的移民官在我女儿进入的时候,应该将她拦回去,她虽然有学生签证,但意在移民,是非法的。

移民官下结论说:纽约的移民官犯了一个错误。

女儿说,这简直是一个伟大的美丽的错误。

移民官笑了起来,说:“当时绝对是应该拒绝入境的。不过,过去了就过去了,现在我也就给你们盖章了。”他“啪啪啪”,拿了章子在女儿的护照上盖印。在那无法预料的戏剧性的一刻,女儿拿到了绿卡。

女儿加入美国籍宣誓那天,接受了美国记者采访,她和我小外孙女的照片上了报纸。照片下面引用了女儿的一句话:

“我总归还是一个中国人。每个人都可以保持自己的文化和传统。”

女儿的美国朋友问女儿:“不觉得伤心吗?因为顿时没有中国籍了。”女儿说:“你看我不是一个中国人吗?1971 年出生、高度为 1.62 米、净重为 55 公斤的中国经典制造。中国是我骨子里的中国,虽然我现在的身份是美国人。”

女儿成为“美籍华人”的第二天,她走在匹兹堡的大街上,遇到匹兹堡电视台的记者在大街上随意找市民采访,记者见了她,立即走过来,摄影机也对准了她。

原来是匹兹堡政府贷款投资建设的绿色环保博览中心垮台了,市政府的财政也濒临破产,电视台为此采访市民的看法。女儿说了一句话:

“我不奇怪,美国一向是喜欢花他们不存在的钱!”

这一句话,也伴有一分钟的上镜。播出之后,女儿的美国朋友看了,给女儿打电话说:你才入美国籍,你就批判起美国了?

女儿说,美国不是宣称民主自由吗?

美国朋友告诉女儿,有许多家报纸都刊登了女儿入籍那天被采访的照片,只是照片下面那句话的版本极为不同,尤其叫女儿不能接受的是将那句话变成了一句口号:渴望自由。

这口号显然是对一种理念的宣传,仿佛加入了美国籍就是为了得到自由,仿佛别的国家就没有自由。这是美国报人在“美国为大”这种理念生存状态中的定势。这种定势也许不是为了讨好美国政治,也不会是政府授意,却是美国报人的思维偏见、职业欠缺。连女儿的美国朋友也讽刺说:是的,渴望!渴望给你交税!

女儿想打个电话跟那家报社“交涉”,一想也罢,由他说去。也正如一幅漫画画的:一位美国人(或许是政客)抱着一块方木头,对着别国一堵墙上的圆孔冲去,欲将圆孔砸成方的。方木头上写着美国的“自由”。

美国政府官员考她入籍的问题,她落落大方地站在考官面前。

考官的第一个问题是:你知道美国国旗有多少颗星星?

她一笑,看着一位老美身上穿着的有美国国旗的毛衣,夸张地说:“哦,让我数数。”

老美笑了起来。无须回答了。考官接着问了她几个其他的问题,她像跟考官交流似的,回答自然、风趣,当然也准确。

考官说:“算了吧,不必再问了,你会是很不错的。我们替你办入籍手续就是了。”

女儿笑说:“怎么?这么几个简单的问题就完了?我还想回答更难的呢,要知道我是读过厚厚的三本书的啊。”

考官笑了,他还从来没遇到过这样的情形。他说:“这是你要我问难题的啊,我一般是不问难题的,因为我不想为难人。那我就问啦。”他问:“美国成立时的十三个州是哪十三个州?”当女儿一口气说到了第六个州,考官连忙笑说:“好啦好啦,连我都说不全啊。”

女儿如今虽然是美籍身份,但她的根须仍是扎在中国文化和传统的土壤里,这让她鲜活地做她自己,在地球上生长着。

第六辑 附录

PART

6

自己报告自己

我叫赵金禾。我不是写自传而是写报告文学。自己报告自己，这有不谦之嫌。我想，有自传体小说，为何不能有自传体报告文学嘛。对了，我忽然觉得我不是我(奇怪)。我是一个形象——文学形象。

在县委宣传部工作期间，谣传我要当文化局局长。按照无风不起浪的理论考查，确有其事。但我终究没当上局长，是因为性格太活泼，显得不成熟。不成熟的主要标志是我爱笑、爱大笑、爱打起哈哈笑。有伯乐三次推荐，但都被“不成熟”的重要理论否决，说是“写简报、写报告、写汇报、写报道内行，当领导不一定内行”。领导每每提拔一个科长或局长，竟然都要找我谈话，说:“全县科长局长多的是，可笔杆子最厉害的只有你一人，难得啊。”正确英明的理论决定了我只有写得还算不错的命运。

我写过一些小说而常做作家梦。我不想当官，只想当作家，这是我的终极理想，曾编发过我小说的编辑总来信说“盼有大作”。我总被一种官本位的气氛包裹着，连小作也没有。

亲戚、朋友、同乡、同学、同事见我就提供谁谁谁又被重用了，又提升了，又高就了的诱人信息，让我不安。末后便有评论“有板眼的人不用，没板眼的人连升三级”云云，言外之意是为我鸣不平而明言站在我一边。我附和不是，不附和不是，只有哈哈哈了之。

“近朱者赤，近墨者黑”是个伟大的真理。不是政界的政界，不是官场的官场，让我这文化人摇摆不定。我在宣传部再也待不住、坐不住，怕以后什么都写不出。我毅然决然地离开，退却到了文化馆。幸好当了副馆长，负责全面工作。那对我来说是一个重大改变的日子:1983 年初春。

春的季节带着春的愿望,开始了我做“官”的春天生涯。老馆长为我举行的接风会是一杯清茶和几个苹果。他递给我苹果的时候笑说我们这吃的是“粪”。他说国家拨给的经费吃饭都不够,哪还有招待费?活动经费总是穿着人家的袍子打滚,人来人往的招待办法是靠卖厕所里的大粪赚钱。

哈哈大笑,哈哈大笑。钱钱钱,这个主题一时占住了我的脑子。我曾经在武汉电视台看过录像节目,把录像放映引进文化馆成了我到文化馆拨动的第一颗棋子。

现在说到录像放映,一点也不激动人心。当年我向文化局领导汇报我想经营录像放映,“以文养文”,领导不批准。我说我是文化馆的一把手(我羞于说自己是副馆长)我负责。老馆长说:“文化人是小娘养的,办事脸皮要厚,腿子要长,嘴巴要会说。”这三条我都具备。因此县里方方面面被我这超过三寸的不烂之舌说动容了。财政给了万元无息贷款,再加上我们工资的预拨,让我们孤注一掷地买回了录像放映机和大屏幕的投影机等“先进设备”。

不说小县城录像放映的盛况如何,只说放映《霍元甲》,文化馆的前门要锁着,后门要闩着,文化馆的人要躲着,不然抢票的人要打破脑壳。第一天我们赚了五百多,抵得上两个人一个月的工资总和。一分、两分、五分、一角、两角、五角、一元、两元、五元、十元的人民币堆成了一桌。

我们没见过这钱的阵势,数得笑呵呵的。我们相应地搞起了文化的无偿服务,财大气粗的意味在我们脸上写着。1984 年春,省文化厅(现省文化和旅游厅)召开全省文化馆改革座谈会,我被请到主席台就座。我代表安陆文化馆作了“拨动一颗子,走活全盘棋”的典型发言,引来全省以至全国许许多多文化馆(站)及艺术馆一拨又一拨的所谓取经。来参观“取经”的,我们免费招待一餐,这被视为“文人终有了的气魄”。

但是我的客人们无论如何都不知道,县税务局、物价局、文化局、电视广播局、公安局受县政府委派,组成联合国军似的调查组,来文化馆调查,深深伤害过我。好在时任宣传部部长的朋友王昌波给我撑腰,我才毫发无损地快乐活着。

1985 年秋天,省文化厅又召开了全省文化馆改革座谈会,我又代表安陆文化馆出席了会议。我的发言主题是“做‘以文养文’的文章”,又受到与会者的推崇,我的副馆长的“副”字被拿掉了。

说一说,一度敏感至极的舞会吧。别的地方没开办舞会的时候,我们文化馆早就办起了。有一天,公安人员拿着手枪、三节电筒和警棍,突然袭击地冲进文化馆三楼舞厅,正在跳舞的人抱头鼠窜,楼梯上的平底鞋、高跟鞋好几只找不到失主。袭击的理由是不准办舞会,说是上头有明文规定。

他们说我办的是地下黑舞会,我说是在文化馆灯火通明的三楼并非“地下”,也并非“黑”。我死到临头的幽默被视为对抗,实属胆大包天。我恢复了正经,说我们开办舞会是经文化局、宣传部批准的,还有派出所高所长应邀参加过开办仪式。

人家不会跟你猜谜,我被“请”到了公安局局长办公室(有点吓人吧)。局长要亲自找我谈话的原因是我跟局长有过交情。我不服,局长拿出他们的文件作证,要我关闭舞厅。我不服,这让局长火了,他说:“你不服你拿出你们的文件来吧。”我没有文件,但我不是没有底气。我说改革就是摸着石头过河,一位伟人说过的:认识总是在实践之后,而不是在实践之先。

局长顿时拍起了桌子,说:就是要取缔你们的舞会,待你们有了文件再开办也不迟!我没有拍桌子,也不必拍桌子,反而笑着说:局长你把我请来也不泡杯茶,我口干着呢。他一下子软下来,连说:好好好,话作话说,茶作茶喝。我喝着茶,仍是笑笑地说,就这样吧,跟你的友谊还是要的,让我回去再想想。

我的退兵之计得逞。我给县委写了一封长长的公开信,阐明我作为文化馆馆长“摸着石头过河”的文化改革之举的大明大义。县委专门为文化馆舞会事件召开常委会,进行了专门研究,结论是:“请宣传部转告赵金禾,因为地方小、改革步子不宜过大,舞会暂停一段时间怎么样?”我听了转告,感到受尊重、能体谅又给予希望,让我动容。

(注:此文在文化部举办的“让生活充满美”金狮杯征文中名列榜首,荣获一等奖。)

我在安陆的写作生活

我的小学老师鲁合是位诗人，1958 年就在《人民文学》上发表诗作。他拿起那期《人民文学》上的那首诗念给我听。我至今还记得全诗：满畈麦，金黄黄 / 宽广无边像海洋 / 大队人马出了湾 / 千把镰刀沙沙响 / 直到日光换月光 / 人马还在海中央。他教我，表达内心美的感动就是写作。我的写作受了鲁老师的影响，可见一个人的影响不能低估。

1962 年我从孝感师范学校毕业，分到那时候可以称为边远的安陆乡下小学教书。我很乐意，因为心里有一个明确而又茫然的理想：写作。理想其实是一种营养，高纯度的。

我向亲爱的《安陆文艺》投稿。我之所以称“亲爱”，那是入骨了的东西，像是注入了灵魂。《安陆文艺》是文化馆当时办的油印刊物，十六开，不定期出版的小册子，订书机装订的。纸质粗糙，纸色有黄有绿，有红有白。不是有意弄出的多彩色调，是三年困难时期之后物资匮乏所致。匮乏中的《安陆文艺》近乎彩旗飘飘，可以想象那是怎样一种精神坚守与张扬。

《安陆文艺》有个亲爱的编辑，他叫袁必清。有一期《安陆文艺》竟然发了我 32 首短诗（大约最长不超过八句）。那时候图书馆和文化馆是一家，我每次从长岗小学步行二十多里到县里送稿带借书，袁老师总是领我到他家里去吃饭。我傻瓜似的没有客气过，也没想着带去什么礼物，至今想来仍后悔当时太不懂事。

袁老师高高的个子，瘦瘦精精，很帅气。我跟着“帅气”走。他的爱人总是一脸笑相，让我宾至如归。

山不转路转，多年以后我转到文化馆当馆长，跟袁老师共事。我问过袁老师，当初我一个“愣头青”的小学教师，平平常常，何故那样待我？袁老师说：“我喜欢勤奋的人。”

可是我教书的那个学校的领导不喜欢我，讨厌我写作。领导的理由是：若把人的精力分成一百等份，写作就会占去一定的百分比。领导要我百分之百忠诚党的教育事业，不得已，我保证不再写诗——假保证。

领导的防范意识强，实行灯火管制，晚上十点以后不许点灯。我将白纸折叠成条形，摸黑顺着折叠处写作，像双目失明的奥斯特洛夫斯基那样。第一天夜里不成功，字咬字，字压字，难以辨认。我继续努力，第二天夜里仍是写，写了跟没写一样，因为钢笔里没有墨水。第三次准备充足，这一夜完成了，后来在《武汉晚报》副刊发表出来。

有天邮递员来了，一位老师接过报纸，向我挥动，像扬起一面旗帜，当时我正在操场上上体育课。过了一会儿，领导把我叫到他的办公室，我知道不是好事。

“这就是你的保证？”领导把桌子一拍，墨水瓶在桌子上跳了几下。他手指着《武汉晚报》副刊上我的作品。我无话可说，我心里快乐着呢。我装傻，我做假检讨。过后我跑到后山坡一连翻了几个跟头，喜的。

我不被领导喜欢，领导说我不务正业，但我喜欢自己。教了一年多的书，有天县里来了一个电话，就把我调到了县毛泽东思想农村文艺宣传队。我轻易地逃离了管制，当然是得益于我发表了一些诗文，才到文艺宣传队搞创作。我主要是写演唱作品，供演出用。我不记得写过多少台晚会节目，渔鼓，道情，快板，相声，对口词，三句半，小戏剧，什么都写。1969年因“文革”宣传队解体了。我这个时期的收获，是吸取了民间“奶水”，不知不觉滋补了我的文学细胞。

从1970年起，我觉得我是一个文化与政界的边缘人物。虽然做着文事，如办报，当通讯干事，还曾借调到中央台当记者，甚至后来当文化馆馆长、专职党支部书记，当文联常务副主席，都与政界休戚相关。这对我后来写官场文化小说，充盈着我不能自知的潜在能量。

这里必须提及我在县委革委会政工组搞宣传报道的事。那是“九大”期间，省报打电话到政工组（那时叫“革委会”政工组）找我，说是要我摸一下县革委会成员的思想动态，那时时间是周六，省报要我下周一给他们提供报道线索。

我放下电话就给县革委会办公室打电话，说明此事。接电话的是办公室秘书，即后来做官做到相当一级的某同志。某同志当即拿着我说的电话记录，向分管宣传的某常委汇报。某常委不愧为常委，阶级斗争的弦绷得紧，问这电话是哪里打来的。某同志只说是上头。

哪个上头？一经追问，某同志说不出。某常委认为这是阶级斗争的新动向，不敢怠慢，立即向地区领导汇报。地区领导连夜召开全委会研究，作为重大事件立案，闹得他们24小时忙碌而不安。

到了那个“下周一”，我去革委会办公室，正好碰到某同志，我说上周六给你打电话要的情况摸出来了吗？他一把抓起我的手，怕我逃脱似的，说：“是你打的电话？是你要的情况？”几乎是语无伦次，我这里不必模拟。

我说了原委，他一下子瘫坐在椅子上，我感到莫名其妙。他突然拿起座机话筒，拨了个电话说：找到了找到了！要情况的是赵金禾是赵金禾！

他放下电话，对我说：你不知道发生了什么事情！他没有细说，听口气，有点吓人。我怏怏地回到政工组，接着来了两辆白色摩托车，公安标记，一共四人。他们先找了领导，然后找我。在一个值班室的小房里，一位我认识的同志跟我谈话，其余三位在门外守着，怕我逃跑似的。

跟我谈话的人挺和气，但他的和气没有削弱事件的严重性。他晓以利害，我如实道来。他说：没有你说的那么简单吧？叫领导怎么相信呢？领导不相信又怎么能销号呢？不能销号叫我们怎么交代呢？你总应当说个我们可以向上交代的理由啊！

不管他怎么启发，怎么和气，我都没法造假。

我承认给某同志打电话的时候忽略了，没说我是赵金禾，造成了那个来历不明的电话事件。其实打个电话问问省报也就清楚了，我不知道为什么没有人去问，公安人员无果地走了。

两天之后，政工组召开全体大会，四五十人，坐满木楼的二楼会议室，主持人是政工组组长郑德明。他事先把我叫到一边说：这个形式不能不走，你做个检讨吧，对上头也是个交代。

会上气氛严肃，批判我的口径一致：个人主义、名利思想严重，打着省报的旗号要县革委领导的思想动态。

不过，我觉得我唯一应当检讨的，是我的不慎，无端耗费了各级领导的精力。大约只有以“个人主义、名利思想严重”证明不是阶级斗争新动向，更不是阶级敌人兴风作浪，才可以从轻发落吧。

郑组长在总结中说了些什么，我没听进去，只有一句留在脑子里：“赵金禾同志需要克服缺点，需要更加努力地工作。现在散会。”

那是个阴冷的秋天，散会之后郑组长跟我走在一起，走出县革委会大门好远的南大街街口。见四下没人，郑组长便站在北风头上对我说：“大家说你检讨不深刻，别管它，你该做什么还是做什么。”我流泪了。

那阵风一过，我自然是没事。郑组长信任我，给了我温暖。行政上的事叫我感觉到太无意思。我以内心世界抗衡外部世界，于是偷偷写起了小说。后来郑组长调到组织部当了组织部部长，他知道我的心思。有一天他跟我说：金禾，跟我一起到孝感去开个会好不好？

开什么会，开多少天，他没说，我也没问。去了孝感，郑部长才讲明：一个星期的会，给我一个条件——你只在房间里写你的小说，到吃饭的时候我叫你。晚上看戏看电影也有你一份。你说中不中？他故意用河南话逗我。

这是何等待遇！一个星期过去了，我没有辜负他的希望，写完一部小说，就是后来发表在《北京文学》1980 年第 5 期上的短篇作品《爸爸妈妈老师和我》。

到了 1981 年，朋友王昌波到宣传部当了部长。我请他放我到文化馆当个文学辅导干部。他说：“我一来你就想走，什么意思？”我说：你如果还把我当朋友，就依了我吧。

我在文化馆任副馆长到馆长到支部书记十个年头（1981 年尾到 1992 年头）。文化馆成了全省改革的先进单位，我被誉为全省七位改革先进馆长之一。我对工作的投入，没让我少尝生活的忧伤、尴尬、羞辱、痛苦及愤怒。这是一笔财富，让我写出了多部中篇小说。写作者的生活是没有多余的。

我开始安排自己半天写作、半天工作，没有人批准，我胆大并不包天：自己批准自己。这还了得，当时一位我上司的上司在背后说：赵金禾凭什么半天写作半天工作？谁是他的后台？找他谈话，从明天开始叫他全天上班。

没人找我谈话。

“谁让他领导的文化馆成为全省文化改革的先进单位呢？别说是足以骄

傲，人家拿点时间出来搞搞他的本行，这有什么可说的呢？”

因为我工作上的不弱人，写作上的影响，省里来记者采访我，县里有关领导陪同，总少不了有一句：我们很支持赵金禾的创作，让他半天工作半天写作。我暗自好笑，只是看破不说破。

有一天，分管组织的安陆市委副书记陈友金找我谈话，说是调我到市文联工作，还说我到了文联可以放心大胆地搞我的创作，再也不会有人说三道四。一旁陪同谈话的组织部副部长插话说：那我们明天就派人去考核。不料陈书记说，考核个屁，哪个还不晓得赵金禾？

在文联工作期间，我有许多机会去省城工作：省报社、省出版社、省文化厅（现省文化和旅游厅）等，他们来函或来人跟市里协商过，市里放不放人我不知道，我只知道我一口咬定：哪里都不去，只想在安陆待下去。理由是，我对安陆这块土地太熟了，这对于写作者来说是粮仓。假如我的写作卡了壳，只要到大街上去走一走，每张熟悉的面孔都是我的素材库，一下子就有了灵感。

这注定了我是个现实主义作家，这是没有办法的，呵呵，也注定了我的户籍——“安陆作家”。